AS regras do AMOR

Pamela Wells

AS regras do AMOR

Tradução de
MARIANA LOPES PEIXOTO

1ª edição

GALERA RECORD
RIO DE JANEIRO • SÃO PAULO
2013

CIP-BRASIL. CATALOGAÇÃO NA FONTE
SINDICATO NACIONAL DOS EDITORES DE LIVROS, RJ

W48r
Wells, Pamela
As regras do amor / Pamela Wells; tradução de Mariana Lopes Peixoto.
– Rio de Janeiro: Galera Record, 2013.

Tradução de: Heartbreakers
ISBN 978-85-01-08864-2

1. Literatura infantojuvenil americana. I. Peixoto, Mariana Lopes
II. Título.

13-6995
CDD: 028.5
CDU: 087.5

Título original em inglês:
Heartbreakers

Copyright © 2009 Pamela Wells

Todos os direitos reservados. Proibida a reprodução, no todo ou em parte, através de quaisquer meios. Os direitos morais da autora foram assegurados.

Texto revisado pelo novo Acordo Ortográfico da Língua Portuguesa.

Direitos exclusivos de publicação em língua portuguesa somente para o Brasil adquiridos pela
EDITORA RECORD LTDA.
Rua Argentina 171 – Rio de Janeiro, RJ – 20921-380 – Tel.: 2585-2000, que se reserva a propriedade literária desta tradução.

Impresso no Brasil

ISBN 978-85-01-08864-2

Seja um leitor preferencial Record.
Cadastre-se e receba informações sobre nossos lançamentos e nossas promoções.

EDITORA AFILIADA

Atendimento e venda direta ao leitor:
mdireto@record.com.br ou (21) 2585-2002.

Dedicatória

Para todas as meninas que já tiveram o coração partido —
que este livro seja uma inspiração para vocês.

Agradecimentos

Um agradecimento especial a Abby McAden por me deixar entrar nos portões encantados do mundo editorial. Gostaria de agradecer a Jen por colocar este livro nas mãos de Abby.

Também gostaria de agradecer a Amber Silverstein pela sua contribuição ao livro.

Um

Sydney Howard cutucava a unha enquanto esperava perto dos vestiários depois de um jogo de basquete na sexta à noite. A unha do polegar tinha prendido no zíper do casaco e quebrou, ficando torta. Abriu a bolsa e vasculhou dentro, mas o cortador de unhas que sempre carregava não estava lá. Provavelmente porque seu namorado, Drew, o pegou e o deixou em algum lugar que obviamente *não era* a sua bolsa. Ele nunca colocava as coisas de volta aos seus lugares.

A porta do vestiário feminino se abriu e as líderes de torcida começaram a sair. Algumas deram "oi" para Sydney enquanto passavam, até que Nicole, a líder de torcida principal, apareceu com sua pesada maquiagem retocada.

Nicole olhou para Sydney e sussurrou alguma coisa para três amigas, o que fez todas começarem a rir.

Sydney virou os olhos quando elas foram embora. *Que se dane.*

Alguns minutos depois, Drew saiu do vestiário de calça jeans e casaco de moletom, o cabelo preto ainda molhado do banho.

— Oi — disse ele, ajeitando a alça da mochila no ombro.

— Oi.

Ela andou ao lado dele enquanto saíam da escola pela porta dos fundos. A neve que tinha acabado de cair fazia barulho sob seus pés. Sydney levantou a gola do casaco quando o ar gelado soprou na pele.

— Você deveria ter colocado um casaco mais quente — comentou Drew.

Ela olhou para ele.

— Não sabia que estaria tão frio.

Mesmo com a semiescuridão da noite, Sydney conseguia ver o azul dos olhos dele. Apesar de tudo em Drew ser ótimo, ela sempre achou os olhos a melhor qualidade. Eram de um azul tão claro que pareciam ser de néon. Sempre brincava com ele, dizendo que, se um dia ficassem presos numa caverna, seus olhos iluminariam o caminho para a saída.

Seguiram juntos pela calçada até o estacionamento.

— Eu estava pensando... — Sydney começou a falar.

— Olha só... — disse Drew.

Sydney inclinou a cabeça.

— Você primeiro.

— Bem, vai ter uma festa hoje — Drew começou a falar, levantando e abaixando o zíper da sua mochila. — Vai ser na casa do Craig. É para comemorar o fim do semestre e das provas. Ele quer muito que a gente vá.

— Não sei. Pensei que a gente podia ficar na sua casa.

Ele resmungou.

— Fazemos isso toda noite, Syd.

O som de um carro emitia batidas graves em algum lugar do estacionamento. Sydney deu uma olhada e viu vários jogadores de futebol americano e líderes de torcida perto de alguns carros estacionados. Ela não se encaixava no grupo deles. Não que ela tivesse tentado ou quisesse. Era representante de turma e excelente aluna. Ir para uma "chopada" não era o que considerava divertido.

— Mas você realmente quer ir? — perguntou ela. A casa de Craig Thierot ficava na periferia de Birch Falls, uns trinta minutos de viagem. Esperava que isso influenciasse Drew. Ele odiava dirigir e com certeza não seria *ela* a dirigir até lá.

— Quero, claro.

Está bem. Acho que não.

— Acho que não quero ir.

Ele inclinou a cabeça de lado.

— Por favor, Syd...

Sydney ouviu um gritinho atrás de si. Virou-se a tempo de ver um brilho de cabelo louro quando Nicole correu em direção a Drew e o abraçou pelo pescoço.

— Que jogo irado! — gritou ela, afastando-se um pouco para colocar a mão no peito de Drew.

Sydney conhecia todos os detalhes daquele peito, como a cicatriz pequena no lado esquerdo onde seu irmão mais velho havia jogado uma pedra quando eram pequenos. Não parecia certo Nicole Robinson poder tocar no peitoral dele com tanta liberdade.

No último ano, Drew tinha passado de jogador de basquete magrelo e desconhecido a jogador de basquete titular e muito gato. Sydney não deixou de notar que seu namorado tímido e meio esquisito tinha se transformado no "Cara Lindo" de Birch Falls High.

Ou que todas as outras meninas da escola queriam ficar com ele. Dois anos antes, quando ele e Sydney começaram a namorar, ninguém sabia que ele existia.

Drew sorriu, claramente gostando da atenção de Nicole.

— Não teríamos ganhado sem as líderes de torcida.

— Ai, você... — disse Nicole suavemente, batendo de brincadeira no bíceps dele. — Para.

Sydney bateu com o pé na calçada. Vamos lá, Drew, ela pensou. Se liga na dica.

— Então — continuou ele, depois de olhar rapidamente para Sydney. — Vejo você na festa.

Nicole fez que sim com a cabeça.

— Claro. Vejo você lá. — Ela deu um tchauzinho, ignorando Sydney, e foi em direção ao estacionamento.

— O que... — Sydney colocou as mãos na cintura. — O que foi isso?

Drew olhou para o lado, franzindo a sobrancelha escura.

— Ela estava me parabenizando pelo jogo.

— Acho que foi mais que isso. — Sydney respirou fundo e trocou o pé de apoio. Confiava em Drew, mas era difícil fingir que não via as outras meninas dando em cima dele. Ou que encaram Sydney como um mero obstáculo no caminho.

Às vezes ela queria que Drew ainda fosse esquisitinho, o cara que achava que fazer dever de casa numa sexta à noite era divertido e que chopadas eram para idiotas.

— Acho que Nicole está a fim de você — disse Sydney.

Drew deu de ombros.

— E daí se estiver?

Ela suspirou e balançou a cabeça.

— Que se dane. Vamos embora. Você pegou o meu cortador de unhas? Não estou achando.

— Mas e a festa?

Sydney tinha esperanças de que ele tivesse esquecido a festa.

— Podemos falar sobre isso na caminhonete? Estou morrendo de frio.

— Está bem. — Ele foi em direção ao estacionamento, e Sydney andou rápido para acompanhar seus passos largos. Ele abriu a porta do carona da caminhonete e deu a volta para o lado do motorista.

Sydney franziu a testa.

— Você não quer que eu dirija?

— Não — disse ele, e entrou no carro.

Qual era o problema dele? Ela sempre dirigia, principalmente porque Drew odiava usar os óculos. Ele só usava lentes de contato nos jogos de basquete porque irritavam os seus olhos. Quando sentou do lado de Drew, ele abriu o porta-luvas e pegou os óculos.

Na saída do estacionamento da escola, Sydney ligou o aquecedor a toda potência e colocou as saídas de ar na direção do rosto. As bochechas estavam congeladas.

— Então, você pegou o meu cortador de unhas?

— Dê uma olhada no cinzeiro.

Ela abriu o cinzeiro. O cortador de unhas caiu no chão, assim como vários alfinetes e um protetor labial.

— Que droga, Drew! — Ela se abaixou para pegar as coisas.

— Deixe aí — disse ele.

— Mas está tudo espalhado pelo chão.

Ele olhou para ela quando pararam no sinal vermelho.

— E daí? A caminhonete é minha mesmo.

Ela resmungou e cruzou os braços.

— Está bem. Deixa pra lá.

Drew passou a segunda marcha depois de sair do sinal. Não disse nada e o silêncio tomou conta. Passou pelo meio da cidade, pelas lojas fechadas. Luzes de Natal douradas ainda estavam nas árvores apesar de o Natal ter sido semanas antes. Birch Falls deixava as luzes douradas o ano todo para "enfeitar". Pelo menos foi isso que o prefeito disse quando um cidadão o questionou na seção editorial do *Birch Falls Gazette*.

Drew virou a esquerda na Palmer Street e parou na frente da casa de Sydney. Com a caminhonete ligada, virou-se para ela.

— Você vai ou não à festa?

Sydney se encostou no banco, suspirando. Ele não ia deixar pra lá. Por que simplesmente não deixava?

— O que você vai fazer se eu não for?

— Eu vou à festa.

Ela levantou a sobrancelha, incrédula.

— Você iria sem mim?

Sempre passavam as noites de fim de semana juntos. E se não estivessem juntos teria de haver um bom motivo. Como uma reunião de família ou algo do tipo. Só de pensar em Drew chegando sozinho numa festa fazia o estômago de Sydney embrulhar.

Um monte de meninas estaria lá. Nicole Robinson, por exemplo. De todas as meninas da turma, Nicole era a menina que Sydney amava odiar. Tinha o cabelo louro platinado, as unhas postiças feitas em estilo francesinha, o excesso de bronzeador. Mas acima de tudo era o jeito que Nicole tratava

Sydney, como se ela estivesse muito aquém para ser percebida, como se não entendesse por que Drew estaria com uma pessoa como Sydney.

Nicole não tinha a menor noção do fato de que Drew e Sydney estão juntos há mais tempo do que Nicole é loura. Talvez Sydney devesse simplesmente ir. Talvez devesse engolir o desconforto e a teimosia, e simplesmente ir.

— Syd. — Drew mexia no couro que estava saindo do volante ao evitar olhar nos olhos dela. — Não quero ficar em casa. Quero sair e fazer alguma coisa.

— Ficar em casa era bom o suficiente para você.

— Pois é. Mas não é mais.

Ela se inclinou, tentando olhar nos olhos dele. Seu rosto esquentou com o princípio de raiva e medo.

— O que você está querendo dizer, Drew? Que ficar junto, só nós dois, é chato?

Ele se virou, apoiando-se na porta do motorista.

— Por que você sempre coloca palavras na minha boca?

— Você é que insinuou que sou chata.

Ultimamente eles têm discutido muito assim. Parecia que tudo causava uma discussão, desde a cor da camisa de Drew até a mostarda que não deveria estar no hambúrguer de Sydney.

Ela não conseguia explicar por quê. Quando começava a discutir com Drew, não conseguia parar. Era como um acidente de carro em câmera lenta. Conseguia prevê-lo, mas não podia fazer nada para impedi-lo.

Drew estava tão insistente ultimamente, enchendo o saco dela para ir a essas festas de bêbados com seus amigos da equipe. Para ela, eram todos idiotas. Não acompanharam a evolução, agiam como homens das cavernas.

Ela não queria ir.

— Não estou dizendo que você é chata — disse Drew. — Só queria que a gente saísse e fizesse alguma coisa em vez de ficar em casa vendo TV.

— Mas não estamos só vendo TV, estamos juntos, Drew. É isso que casais fazem. *Ficam* juntos. Não vão a festas para ficarem separados enchendo a cara.

Ele travou a mandíbula e respirou fundo.

— Eu não disse que a gente precisava encher a cara.

— Mas você quer beber. Depois eu vou ter que dirigir de volta para casa no meio da noite e no meio do nada.

Ele levantou as mãos.

— Quer saber, Syd? Cansei.

Ela ficou paralisada.

— O quê?

— Cansei.

— Cansou de quê?

Suspirando, ele falou mais baixo.

— Da gente.

Sydney ficou de queixo caído.

— Você está... — Ela engoliu em seco, sentindo a bile subindo na sua garganta. — Você está terminando comigo?

Ele se mexeu de novo e olhou para a frente, para a rua. A falta de uma resposta disse mais do que as palavras.

O choque virou raiva.

— Está bem! — Ela saiu da caminhonete e bateu a porta. Saiu pisando forte na calçada varrida, a neve molhada fazia barulho sob seus pés.

Na varanda de casa, ela parou e virou para a rua, esperando que Drew estivesse correndo atrás dela. Mas tinha ido embora, passando as marchas rapidamente. Ela observou as lanternas traseiras vermelhas da caminhonete desaparecendo na esquina.

Que porcaria tinha acabado de acontecer?

Ela sentiu as lágrimas ardendo em seus olhos, mas respirou fundo para impedi-las de rolar. Uma mecha do seu cabelo preto voou no rosto. Ela o pegou e o jogou forte para trás do ombro.

Era só mais uma briga de uma lista das muitas de ultimamente. Mas nunca tinham terminado antes... não assim.

Amanhã eles voltariam, ela disse para si mesma enquanto caminhava com dificuldades para dentro de casa. Amanhã resolveriam isso, e tudo ficaria bem.

Dois

O rock que soava dos alto-falantes enormes na parede era tão alto que Raven Valenti mal conseguia ouvir a própria respiração. E a música era ruim, além de tudo. O som da bateria abafava os riffs de guitarra, fazendo com que a música parecesse vir de um garoto tocando tarol à frente de um exército. Seu pai, um ex-cantor, lhe ensinou a apreciar a beleza e as falhas da música. Agora era quase um hábito analisá-la, examinando como um aluno de português examina a gramática e os erros de pontuação de um livro. Às vezes era quase impossível suportar uma aula de música até o fim. Não que ela fosse uma flautista excelente, mas, bem... algumas pessoas simplesmente *não são* musicistas.

Ela abriu caminho para sair da pista de dança improvisada na sala e foi em direção à sala de jogos. Seu namorado, Caleb, estava lá, curvado na mesa de sinuca, pronto para dar uma tacada. Bateu com o taco na bola branca, que passeou pelo feltro verde, encostando numa bola listrada. Ela entrou na caçapa do canto.

— Caleb — disse ela.

— Shhh. — Ele franziu a testa. — Bola oito na caçapa da esquerda — avisou. Depois de vários segundos, encaçapou a bola oito exatamente onde disse. Ele se levantou e sorriu para Kenny, que estava do lado dele.

— Pode pagar, cara.

Kenny entregou uma nota de 20 dólares a Caleb, que a colocou no bolso da calça jeans.

— Caleb — disse Raven novamente, chamando-o com o dedo. Ele se aproximou e envolveu a cintura dela com os braços. Estava com bafo de cerveja, e o cabelo castanho cheirava a gel Aussie.

— Você viu como eu acabei com o Kenny?

Ela revirou os olhos, mas sorriu.

— Vi, mas não diria que você é um mestre em sinuca.

Ele riu e inclinou a cabeça, beijando-a no pescoço.

— Quer subir um pouco? — Ele levantou as sobrancelhas sugestivamente.

— Agora, não. — A mãe de Raven tinha razão sobre uma coisa (se é que *isso* é possível): os meninos pensavam em sexo o tempo *todo*. Raven tinha transado com Caleb pela primeira vez alguns meses antes. Desde então, ele sempre falava no assunto.

— Vamos pegar alguma coisa para beber. A minha garganta está ardendo com toda essa fumaça de cigarro. — Ela abanou o ar na frente dela. Não que isso adiantasse alguma coisa. A festa estava bombando havia mais ou menos uma hora. Notava-se uma neblina de fumaça em todos os ambientes. Não estava só no ar, *era* o ar.

— Vou ver a próxima partida. — Caleb inclinou a cabeça em direção à mesa de sinuca. — Mas pega alguma coisa para mim? Uma cerveja?

Ela suspirou e concordou, depois seguiu para a cozinha. A música tinha mudado para alguma coisa mais legal, mas ainda assim não era legal o suficiente. Imaginou se eram os CDs do Craig ou se outra pessoa havia levado a música. Se fosse a primeira opção, Craig tinha muito mau gosto, o que, agora que ela pensou bem, não seria surpreendente.

No hall de entrada, Raven desviou da porta que estava se abrindo. Drew entrou. Sozinho.

— Cadê a Sydney? — perguntou ela, procurando a amiga.

Drew fez uma careta.

— Não quero falar sobre isso.

Raven franziu a testa. Que bizarro... Drew e Sydney estavam sempre juntos, eram duas metades de uma coisa só. Talvez devesse mandar uma mensagem a Sydney depois de pegar uma bebida. Alguma coisa com certeza estava errada.

Drew deu uma olhada nas pessoas que estavam na sala.

— Você viu o Todd?

Raven fez que não com a cabeça.

— Falei com a Kelly há pouco tempo. Ela disse que ele estava a caminho.

Drew reclamou e fechou os olhos como se estivesse irritado. Pegou o celular, discou um número e o colocou no ouvido.

— Todd? Cadê você? — Drew deu tchau para Raven e desapareceu do lado de fora.

Raven seguiu para a cozinha, que parecia tão cheia quanto a sala. As pessoas estavam enchendo copos de plástico vermelhos no barril. Imaginou que era isso que Caleb queria. Então pegou um copo para ele e foi procurar uma água na geladeira. Depois de encontrar, ela se virou e esbarrou em alguém. A cerveja espirrou dentro do copo. Ela rapidamente colocou o copo no balcão antes que derramasse tudo na sua camisa Firebird vintage.

— Ei! — gritou ela, depois reconheceu quem era. — Ah, Horace, oi.

Seu coração acelerou imediatamente ao ver os olhos verdes voltados para ela. Horace fazia parte da banda da escola com ela. Era da seção de percussão... Mas haviam compartilhado mais do que só música recentemente.

— Oi, Ray.

Ela foi atingida na costela por um cotovelo.

— Aaai.

— Vamos — disse Horace. — É mais seguro aqui. — Ele pegou a mão dela e a tirou do meio dos beberrões e a levou para o hall, que estava escuro.

— Valeu.

— Tranquilo. — Ele sorriu e ela sentiu um friozinho na barriga. Horace sempre tinha o mesmo olhar e uma voz rouca e aconchegante, como se ele soubesse coisas sobre Raven que ela nunca dissera.

Percebendo que agora estava sozinha com Horace num ambiente escuro, ficou com vergonha e olhou para o lado. Na última vez que esteve perto dele assim, eles se beijaram. Foi um mês antes, quando tinham ido para a competição regional com a banda da escola. Mais cedo naquele dia, ela e Caleb haviam brigado, e a banda perdeu a competição. Raven estava num péssimo humor, e Horace era mestre em fazê-la se sentir melhor. Ela o beijara num momento de fraqueza, só isso. Desde então o evitava na escola e na loja da mãe, onde ele trabalhava à noite.

Raven não queria que as coisas ficassem esquisitas entre eles. Como agora... Ela não conseguia pensar em nada *além* daquele beijo. Ou como o hálito dele tinha o cheiro das balinhas de canela que ele chupava o tempo inteiro.

O frio na barriga só aumentava, e ela se afastou. Tinha um namorado, poxa vida. Estava tentando fazer dar certo, diferentemente do que fez com todos os meninos com que namorou.

— Então... — ela começou a falar, tentando acabar com o silêncio. — Desculpa não ter respondido aquela mensagem há um tempo. É que eu...

— Tudo bem, Ray.

Muitas pessoas a chamavam pelo apelido, mas não chegava nem perto da maneira agradável como Horace a chamava.

— Não, não está tudo bem — disse ela, olhando para cima. — Eu deveria ter explicado. Ou feito alguma coisa...

— Talvez. — Ele deu de ombros. — Mas eu saquei tudo sozinho.

Certo. É claro, era óbvio. Ele provavelmente a achava uma babaca. Talvez fosse, já que o beijou e depois o ignorou.

— É melhor eu ir.

Ela se virou, mas Horace pegou seu braço.

— Espera.

Raven parou, gostando de sentir a mão dele na sua pele. Seu braço ficou todo arrepiado.

— Horace, eu...

Ele a beijou. Assim. Nada forçado ou bruto, apenas um beijo suave e inocente, como se não quisesse assustá-la com algo mais agressivo.

— Raven!

Ela se afastou de Horace e olhou para a cozinha. O som do nome dela ecoava sobre os ruídos da festa.

Caleb.

Com os lábios cerrados e o rosto vermelho, ele gritou.

— O que você está fazendo?

— Desculpe — sussurrou Horace.

— Não é culpa sua.

— É, sim.

A multidão de beberrões se abriu, deixando Caleb passar sem fazer esforço. Ele andou arrogantemente até o hall, ficando cara a cara com Horace.

Raven colocou a mão no braço de Caleb.

— Vamos embora.

Ele puxou o braço.

— Não encoste na minha namorada — disse ele a Horace.

Apesar de Horace ser mais musculoso, devia ser uns 13 centímetros mais baixo do que Caleb. Raven não queria ver os dois brigando. Não queria que Horace se machucasse por causa dela.

— Para com isso, Caleb. — Ela tentou puxá-lo, mas ele a empurrou. Horace tentou segurá-la, e Caleb aproveitou para dar um soco na cara dele, fazendo com que Horace caísse em cima de Raven. A boca dele começou a sangrar e inchou na hora.

— Caleb! — gritou Raven enquanto Horace saía de cima dela e limpava a boca com a camisa. — Não acredito que você fez isso.

Caleb chegou perto dela.

— Então somos dois, Raven, porque eu não acredito que você me chifrou com um nerd da banda.

— Eu não chifrei você!

— Ah, é? O que você considera o beijo que deu nele? É um gesto inocente entre nerds de banda? É uma coisa que nerds de banda fazem?

— Para de falar isso.

— O quê? Nerds de banda! — A voz dele aumentava sempre que dizia isso. Raven tentou ignorá-lo e ajudou Horace a se levantar.

— Você está bem?

— Estou vivo.

— Ah, que ótimo, Raven! Cuida dele — revidou Caleb.

— Você deu um soco no rosto dele.

— Quer saber? — Ele abriu os braços. — Acabou.

— Caleb! — Ela correu atrás dele. — Para. — Quando ela chegou à sala, o som tinha sido desligado para o show "ao vivo", Caleb havia agarrado Tina Strong, uma aluna loura mais nova, e a beijou. — O que você acha disso, Raven? — Depois ele sumiu, deixando para trás duas meninas atordoadas.

Imóvel, o queixo de Raven estava caído, os braços sem força. Ele *não* fez isso! Será que ela tinha uma parte de culpa? Afinal, beijara Horace antes. Talvez merecesse isso.

Talvez.

De cabeça baixa, voltou para o hall. Não ficou surpresa ao ver que Horace tinha ido embora. Ela se encostou na parede e fechou os olhos, desejando poder apagar toda a noite.

Por que sua vida amorosa era tão complicada o tempo todo? Sua melhor amiga, Alexia, provavelmente diria que era porque Raven trocava de namorado com muita frequência *e* escolhia os caras errados para namorar, para início de conversa.

Mas Raven gostava de Caleb. Tudo bem, talvez ele fosse pavio-curto e talvez ele fosse muito "macho", mas quando começaram a namorar, comprava flores para ela e ligava toda noite para dar "boa-noite". *Parecia* ser o cara certo. Achou que ele seria seu primeiro namorado sério. Era isso que queria: encontrar alguém por quem pudesse se apaixonar. Tinha muitas opções de garotos para escolher. Por que nunca achava um maravilhoso?

Provavelmente porque ele não existe. Ou isso, ou estava destinada a ficar sozinha. Só de pensar nisso, ficou enjoada. Sozinha. Odiava ficar sozinha. Não queria acabar como a mãe, que passava as noites de sexta em casa com seus álbuns de recorte como o único hobby.

Que ridículo!

O celular de Raven tocou no bolso. Seu coração acelerou. Talvez fosse Caleb ligando para pedir desculpa. Ela olhou para a tela. Era Sydney.

— Oi.

— Ray? — A voz de Sydney estava trêmula.

— Você está chorando? — perguntou Raven.

Sydney fungou.

— Você pode vir me buscar? Não estou a fim de ficar em casa agora.

Alguma coisa *havia* acontecido com Drew. Raven tinha certeza. Ela se esqueceu do próprio drama para se concentrar em Sydney.

— É claro. Passo aí em meia hora, está bem?

— Valeu.

— Até daqui a pouco. — Ela fechou o celular e foi embora.

Três

Kelly Waters se olhou no reflexo da vitrine escura de uma loja de sapatos fechada. Humm. Abriu o casaco para ver melhor o seu corpo. Havia uma gordurinha embaixo da faixa do sutiã, mas, fora isso, estava num dia bem magro.

Logo na frente, uma luz iluminava a calçada pela janela da galeria de arte de Birch Falls. Kelly deu uma olhada no relógio e praguejou, percebendo que a festa de abertura já tinha começado. Apressou o passo, grata pelo fato de estar de sapato baixo, e não salto alto. Além de ter saído de casa com dez minutos de atraso, estacionar no centro era infernal. Apesar de a maioria das lojas já estar fechada, o Frederick's Restaurant — que ficava a poucos metros da galeria — estava sempre cheio nas sextas à noite. Várias pessoas da escola iam para lá naquela época do ano porque não havia nada para fazer em Birch Falls nos meses frios.

Dentro da galeria, Kelly tirou as luvas e o cachecol de lã e os guardou dentro da bolsa. Mal podia esperar a primavera chegar. O inverno não combinava com ela. Não que combinasse com alguém, na verdade. Bem, talvez se você vivesse de snowboarding.

Reconheceu algumas pessoas da escola e sorriu, cumprimentando-as com o olhar enquanto entrava. Percebeu que Will estava no canto, apontando para um quadro enquanto falava com Brittany, uma menina da escola que tinha corpo e altura de modelo, enquanto Kelly estava mais para Oprah. Sentia-se magra uma semana e uma baleia na outra.

Uma pontada de ciúme fez com que ela franzisse a testa e hesitasse, imaginando se seria certo interromper a conversa, visto que ela e Will eram quase um casal, ou se isso seria uma grosseria. Deu passos hesitantes pela galeria, os sapatos fazendo barulho no chão de madeira de lei.

Enquanto gesticulava, Will viu Kelly esperando por perto. Ele pediu licença a Brittany.

A preocupação foi substituída pelo alívio, e Kelly sorriu. Se ele prefere falar com ela a falar com Brittany, então deve gostar mais dela, certo? Talvez devesse voltar para a academia. E parar de comer tanto chocolate. Era a criptonita da sua dieta. Também não ajudava o fato de seu irmão mais velho, Todd, sempre convencê-la a comer porcaria tarde da noite porque a mãe deles não sabia cozinhar. E a mãe de Raven sempre fazia aqueles pratos italianos maravilhosos e insistia para Kelly ficar para o jantar...

— Oi — disse Will em seu ouvido e depois beijou seu rosto delicadamente. — Você está atrasada — continuou, com o sorriso no rosto indo embora.

— Desculpa. — Ela colocou o cabelo para trás da orelha e olhou para o chão.

— Bem... — Will respirou. — Quer dar uma olhada nos meus quadros?

— Claro.

Ele a levou até a parede dos fundos, onde estava conversando com a magrela da Brittany.

— Estão aqui. O meu preferido é *Pipas*. — Ele inclinou a cabeça em direção a um quadro abstrato com cores fortes e infantis. Havia alguma pipa naquele negócio?

— E este aqui — continuou — levei semanas para terminar. Toda vez que eu começava a pintar, alguma coisa mudava. — Ele levou o dedo indicador ao queixo, admirando o próprio trabalho. — Mas gostei de como ficou.

Kelly olhou para o segundo quadro. Era um rosto azul no meio de alguma coisa verde. Árvores, talvez? Sinceramente, não entendia esse lance de arte. Principalmente a arte de Will. É claro que conseguia apreciar a *Mona Lisa* ou a arte fantástica que estava tão popular ultimamente. Mas isso era arte. Havia alguma coisa para ver e olhar. Você não precisava ficar pensando muito nem analisando ou interpretando. Mas nunca diria isso a Will.

— Nossa — disse ela, com um ar de quem estava impressionada. — É tudo lindo, Will.

— É — concordou ele, com um sorrisinho. Ele olhou para ela. — Você está muito bonita hoje, aliás.

— Obrigada. — Ela sorriu de novo e mordeu a boca para não dar gritinhos de emoção. Pelo menos ter chegado atrasada compensou de algum jeito. — Podemos dar uma volta? Quero ver o que as outras pessoas fizeram.

— Claro. — Ele encaixou os dedos entre os dedos dela e a puxou para longe da coleção dele. A galeria era maior do que Kelly imaginava. Nunca tinha ido ali. Depois da parede de Will havia uma salinha cheia de fotografias em preto e branco.

Quando entraram, Kelly viu que a salinha estava vazia. Era a oportunidade perfeita para contar a Will seus planos sobre o Dia dos Namorados. Faltavam apenas algumas semanas. Queria que esse dia fosse mais do que o Dia dos Namorados. Se tudo corresse de acordo com os planos, perderia a virgindade.

Ela e Will já estavam juntos — ou mais ou menos juntos — há vários meses. Não era nada oficial, mas Kelly queria que fosse oficial. Que momento seria melhor que no dia do amor?

— Esse cara — dizia Will — é muito bom, apesar de ter um estilo muito ousado. Não se encaixa em convenções. E tem muitas tatuagens.

— Tatuagens são ruins? — perguntou Kelly.

— A arte é para ser feita nas telas, e não na pele. — Ele colocou o braço nos ombros dela e a puxou para perto dele. — Pelo menos é isso que eu acho.

— Sei como é. — Ela se aconchegou nele. Will estava com cheiro de alcaçuz e sabonete. Era uma mistura interessante.

— Então — continuou ela, imaginando como falaria sobre o Dia dos Namorados. Estava muito animada e tinha medo de estragar tudo se revelasse sua ideia.

Finalmente, prosseguiu:

— Tenho uma surpresa planejada para nós.

— Ah, é? — disse Will, olhando para a parede de fotografias.

— Eu estava pensando que, no Dia dos Namorados, a gente podia fazer uma reserva num restaurante de hotel e depois...

— Peraí. — Will se afastou para poder olhar nos olhos dela. — Você está planejando uma coisa especial para o Dia dos Namorados? — Ele franziu a testa, confuso. — Não posso. Achei que já tivesse dito que tinha planos.

— Planos? — Não, ele não tinha dito nada. — O que você vai fazer?

Ele passou a mão no cabelo, provavelmente verificando se ainda estava perfeitamente arrumado.

— Brittany me chamou para jantar. Não posso cancelar depois de já ter concordado.

— Brittany? — A voz de Kelly falhou ao dizer esse nome, o suor formava gotas na testa. Era exatamente por isso que não queria expor sua ideia.

— Kelly — disse ele, usando aquele tom de adulto que ele usa —, você sabe que não somos exclusivos.

— Eu sei, só achei...

Bem, não importava mais o que ela achava agora. Obrigou sua boca a esboçar algo que esperava ser um sorriso casual.

— Eu sei que não somos exclusivos. Só achei que pudesse ser divertido ficar junto.

— É — respondeu ele, ficando visivelmente mais tranquilo. — Talvez a gente possa fazer alguma coisa naquele domingo.

— É, talvez. — Ela fingiu estar animada.

Não queria que Will soubesse como ela realmente estava se sentindo: arrasada. Esperava que fossem passar o fim de semana todo juntos. Queria que fossem um casal de verdade. Finalmente. Depois de esperar tanto tempo. Achava que, se ficasse por perto e mostrasse a Will o quanto gostava dele ao elogiar e apoiar sua lista eterna de atividades extracurriculares, ele acabaria assumindo um relacionamento sério.

Pelo menos foi isso que o horóscopo da revista *Seventeen* sugeriu para deixar capricornianos de quatro.

Apenas Will falou enquanto andavam pelo resto da galeria. Kelly não estava com vontade de dizer nada. O que queria era ir para casa, tirar aquela roupa ridícula e vestir uma calça de moletom. De repente deixou de se sentir tão magra.

Depois de verem todas as exibições, as pessoas começaram a formar grupos no meio da galeria. Will puxou Kelly e a apresentou para Brittany. Ela conhecia Brittany; *todo mundo* conhecia Brittany. Por que ele fez questão de apresentá-las? Por que Will não simplesmente enfiou uma faca no seu coração e acabou logo com o problema?

— Nós nunca conversamos — disse Brittany, apertando a mão de Kelly.

— Pois é. É legal finalmente conversarmos — mentiu Kelly. Brittany era ainda mais bonita de perto. Tinha traços delicados e o rosto rosado. Como Kelly ia competir com ela?

— Você vem jantar com a gente depois daqui? — perguntou Brittany.

— Ah...

Que jantar? Kelly olhou para Will para que ele esclarecesse as coisas.

— Esqueci de falar — disse Will intrometendo-se. — Vamos todos sair para jantar no Bershetti's. Você pode vir.

Não parecia que ele queria que ela fosse. Apostava que ele não a chamara de propósito e não porque esqueceu.

Com vontade de vomitar, Kelly pediu licença antes de responder e foi correndo ao banheiro. Ao ver que estava vazio, deixou que algumas lágrimas escorressem no seu rosto. Ela as enxugou com raiva e se encarou no espelho alto da parede.

Talvez estivesse exagerando um pouco. Será que era um grande problema se ela e Will não ficassem juntos no Dia dos Namorados? Estava tentando ter um relacionamento sério com ele havia meses. Ainda não era hora de desistir. Talvez Brittany, apesar de todos os seus atributos físicos, fosse uma babaca, e, depois de andar com ela, Will a largaria.

Com a determinação renovada, Kelly saiu do banheiro e foi em direção à parte principal da galeria, só que agora estava menos barulhenta e, ao olhar em volta, viu que havia menos gente. Procurou por Will. Quando não o viu, deu uma volta na galeria e mesmo assim não o encontrou.

Ela se aproximou da primeira pessoa que viu — um cara com óculos grossos e pretos — e falou:

— Com licença. — Ele se virou. — Você conhece Will Daniels?

— Eu sei quem ele *é* — disse o cara.

— Você o viu?

— Vi. Ele apontou para a porta da frente. — Ele acabou de sair. Tem menos de cinco minutos.

— Tem certeza?

— Tenho. — Ele se virou para a parede de fotografias.

— Obrigada — agradeceu e saiu correndo para fora. Tinha visto o carro do Will estacionado do outro lado da rua quando chegou à galeria, mas, olhando agora, viu uma vaga no lugar da BMW preta dele.

Pegou o celular na bolsa e discou o número dele. Tocou várias vezes até alguém atender.

— Will? — disse ela.

— Não, é Ben.

Kelly franziu a testa. Tinha ligado para o celular do irmão gêmeo do Will?

— Will deixou o celular em casa — explicou Ben. — Você quer deixar um recado que eu vou me esquecer de dar a ele? Porque eu adoro esquecer os recados que são para ele e vê-lo explodir de raiva quando me lembro de dá-los dias depois. O rosto dele fica todo vermelho...

Kelly deu uma risadinha e interrompeu Ben.

— Não, tudo bem. Obrigada mesmo assim.

— Valeu. Até mais.

Kelly desligou o celular e o guardou de volta na bolsa. Will a havia largado na galeria. E ele nem tinha dado "tchau". Como pôde fazer isso?

Então as lágrimas vieram para valer. Ela as enxugou com as mãos e viu o rímel saindo. Ótimo, agora ela estava chorando *e* tinha ficado horrorosa.

Duas horas antes, estava toda animada e esperançosa, achando que ela e Will seriam namorados depois do Dia dos Namorados. Agora tudo parecia estar errado. Will tinha terminado com ela, e a pior parte é que nem estavam juntos de verdade.

Está na hora do Chunky Monkey, também conhecido como "Sorvete do Sofrimento". A marca Ben & Jerry devia renomeá-lo. Venderia loucamente.

Quatro

Alexia Bass molhou uma *tortilla chip* num molho de tomate levemente picante enquanto assistia a *Best Week Ever* na TV. Christian Finnigan era seu comentarista preferido: 1) ele era uma graça e 2) era engraçado. Duas grandes qualidades num homem.

No intervalo do programa, ela se levantou do sofá para pegar mais *tortilla chips*, mas parou no meio do caminho quando ouviu seu celular tocando a melodia "Für Elise" de Beethoven no escritório.

— Aaah! — gritou ela para a casa vazia e saiu correndo para pegar o celular, esperando que não entrasse na caixa postal antes que ela chegasse. Há quanto tempo o seu celular não tocava numa sexta à noite? Nem se lembrava mais. Isso queria dizer que era *muito tempo*.

— Alô.

— O que está fazendo? — perguntou Kelly.

Alexia sorriu ao ouvir a voz da amiga.

— Assistindo *Best Week Ever*.

— Posso ir para a sua casa? Com o meu Chunky Monkey?

Alexia voltou para a sala e se jogou no sofá.

— Chunky Monkey geralmente quer dizer que você está triste. O que aconteceu? — Houve pausa silenciosa. — Kel?

— É o Will. Mais ou menos.

Best Week Ever começou de novo. Alexia pegou o controle e deu pause.

— O que aconteceu?

— Posso entrar para contar? Estou na frente da sua casa.

Alexia foi até a janela da frente e puxou a persiana romana. O Honda Prelude azul de Kelly estava na calçada. Ela acenou e saiu do carro, vestindo o capuz do casaco para proteger o rosto da agressividade da neve e do vento. Segurando um saco de papel marrom próximo ao peito com a outra mão, ela correu até a entrada da casa.

Kelly é amiga de Alexia, Raven e Sydney desde o sétimo ano. Ultimamente, Alexia tem andado mais com Kelly do que com as outras duas porque Raven e Sydney estavam namorando sério.

A origem da amizade era esquisita. Alexia e Raven eram melhores amigas desde o segundo ano. Sydney ficou amiga de ambas dois anos depois, quando seus pais se mudaram de Hartford para Birch Falls. As três tinham uma ligação muito forte. Naquela época, Alexia nunca teria imaginado que outra pessoa entraria no grupo. Três amigas sempre pareceram o suficiente.

Mas então Alexia conheceu Kelly no sétimo ano e a convidou para ir com ela, Sydney e Raven ao cinema. Kelly começou a fazer parte do grupo desde então. O fato de Sydney ser apaixonada por Drew também ajudou muito, já que ele era o melhor amigo de Kelly na época. Sydney *sempre* queria ir para a casa da Kelly.

Às vezes, quando Alexia ficava perto de Kelly, *quase* esquecia que era a única das quatro que não tinha namorado. Kelly era completamente apaixonada por Will Daniels. Infelizmente, não parecia que Will era completamente apaixonado por Kelly, o que a deixava com muito mais tempo livre do que um namorado sério a deixaria.

Alexia fechou o celular e abriu a porta da frente.

Kelly tirou o capuz e passou a mão no cabelo ruivo-amarelado.

— Posso entrar, né?

— Se você prometer dividir o seu sorvete comigo.

— Combinado — disse Kelly. Ela levantou o saco de papel.

— Eu providencio o sorvete; você, as colheres?

— Venha comigo, minha querida. — Alexia andou até a cozinha, Kelly atrás dela, com suas botas molhadas fazendo barulho no chão de madeira.

— Seus pais estão aqui? — perguntou Kelly.

Alexia fez que não com a cabeça.

— Eles viajaram para um seminário.

— O fim de semana todo?

— É. Devem chegar em casa no domingo. — Alexia deixou o celular na bancada da cozinha e abriu a gaveta de talheres para pegar duas colheres. Estava entregando uma a Kelly quando ouviu tocar Beethoven de novo.

Duas ligações numa só noite?

Se você lhe perguntasse há uma hora o que era mais provável, ser atingida por um raio ou receber duas ligações numa noite de sexta, ela teria escolhido o raio.

A tela do celular revelou que era Sydney ligando.

— Alô.

— Lexy, você precisa de companhia?

— Ah... — Ela olhou para Kelly na cozinha. — Kelly já está aqui e ela trouxe sorvete.

— Ai, meu Deus, parece perfeito. Chegamos em cinco minutos.

Alexia se despediu e desligou, só depois percebendo que Sydney havia dito "nós". Será que ela estaria levando Drew? Os dois às vezes iam para a casa de Alexia, mas não numa sexta à noite. Geralmente, faziam coisas sozinhos.

— Syd está a caminho — disse Alexia. — Acho que vamos precisar de mais colheres.

Cinco minutos depois, como prometido, Sydney chegou, mas com Raven, e não Drew.

Sydney entrou na cozinha com uma calça de tecido felpudo e um casaco de moletom com capuz. Seu rabo de cavalo bagunçado balançava atrás dela. Os olhos estavam apáticos, as pálpebras pesadas de exaustão.

Raven também parecia... diferente. Sua pele caramelada estava mais para um café com leite com muito leite, e sua boca de Angelina Jolie fazia um bico constante.

— Aconteceu alguma coisa? — perguntou Alexia.

Raven pegou uma colher e se sentou à mesa de café com Kelly.

— Conte a elas — disse ela a Sydney, depois deu uma colherada no sorvete.

Sydney se sentou também, e Alexia se sentou do lado dela.

— Drew e eu brigamos.

— Foi uma briga fatal — disse Raven.

Kelly respirou fundo.

— Ele terminou com você?

— Na verdade, não — argumentou Sydney. — Quero dizer, nós vamos voltar amanhã e tudo vai ficar bem.

Raven deu de ombros, lambendo a colher.

— Bem, Caleb terminou *mesmo* comigo.

Alexia franziu a testa.

— Como é?

Ela deu outra colherada no sorvete.

— Não quero falar sobre isso.

— Isso é muito esquisito — disse Kelly, enchendo a colher de sorvete. — Will meio que terminou comigo também. Não que estivéssemos juntos para início de conversa. É que... Acabou.

Alexia olhou em volta da mesa. Os olhos e o nariz de Sydney estavam vermelhos de tanto chorar. Kelly enfiava mais Chunky Monkey na boca do que Ben & Jerry jamais poderiam imaginar. Raven não olhava para ninguém, provavelmente esperando que sua expressão séria disfarçasse o verdadeiro coração partido que tinha por ter sido rejeitada.

Os namorados delas tinham terminado com todas na mesma noite.

— Talvez um raio tenha caído — sussurrou Alexia.

♥

Uma hora depois, o sorvete tinha acabado e todas as quatro meninas estavam na sala. Na TV passava um comercial de um ursinho de pelúcia da Hallmark para o Dia dos Namorados. Raven reclamou e mudou de canal.

— Que feriado idiota... — sussurrou ela enquanto sentava no canto do sofá.

Sydney estava do outro lado do sofá abraçando uma almofada asiática. Seus joelhos estavam para cima, bem próximos do corpo, como se tentasse se dobrar para dentro. Respirou fundo várias vezes, quase se engasgando. Lágrimas pesadas rolavam pelo rosto.

— Não acredito que ele foi à festa sem mim.

Raven tirou o elástico do cabelo e sacudiu a cabeça. O cabelo ondulado, comprido e preto cobria seus ombros. Alexia sempre teve inveja do cabelo de Raven.

— Se ajudar em alguma coisa — disse Raven —, ele não parecia estar com alguém.

Mas Sydney chorava cada vez mais, e Alexia pegou outro lenço para ela no canto da mesa.

— Eu não devia ter deixado Drew ir embora.

Alexia cruzou as pernas ao sentar no sofá.

— Implorar para ele ficar teria sido ruim. Você se arrependeria de ter dado tanto poder a ele.

Apesar de Alexia sentir compaixão por Sydney, ou melhor, pelas três, ela não se identificava porque nunca tinha tido um namorado. Muito menos um que ficasse dois anos com ela. Não era por falta de beleza. Ela tinha um rosto em forma de coração, olhos grandes e caramelos, e cabelos bem ruivos.

As três amigas diziam que ela tinha uma beleza rara. Só era tímida demais para exibi-la. Talvez tivessem razão, mas, por mais que atributos físicos fossem fáceis de mudar, tendências à introversão não eram.

Não ter um namorado era como ser a última a ser escolhida na aula de Educação Física. Ela se sentia uma perdedora. E se sentir assim só a deixava mais tímida.

Sydney pegou o lenço e assoou o nariz, que estava vermelho e machucado de tanto limpá-lo.

— Queria que existisse um jeito rápido de consertar isso tudo. Nós estamos brigando tanto ultimamente... Só queria me sentir como me sentia quando começamos a ficar, sabe? Aquela sensação boa?

Alexia fez que não com a cabeça. Ela não tinha ideia do que Sydney estava falando, mas podia adivinhar qual deveria ser a resposta.

— O seu relacionamento nunca mais vai ser como era no início do namoro.

— Por que não?

— Simplesmente não vai.

Raven mexia nas pontas duplas do cabelo.

— Você pode arranjar outro cara.

Sydney fez que não com a cabeça.

— Não quero outro cara.

Kelly disse:

— Acho que Will já está com outra. Aquela menina bem magra, Brittany.

Raven resmungou.

— Ela está fazendo Inglês Aplicado e todas as outras aulas do nível de faculdade. — Ela jogou a mecha de cabelo na qual estava mexendo para o lado. — Como você sabe que ele está com ela?

Kelly deu de ombros e passou a mão na barriga como se estivesse enjoada. Talvez tenha tomado muito sorvete.

— Ele vai sair com ela no Dia dos Namorados.

Sydney enxugou o rosto de novo, as lágrimas diminuindo.

— Você está falando sério?

Alexia também queria se sentir mal por Kelly, mas seu seminamorado não valia a pena. Todas achavam isso, mas a única sincera o suficiente para dizer o que pensava era Sydney, o que atenuava o efeito geral.

— O Will... — Sydney sempre dizia o nome dele como se fosse um pedaço de espinafre preso nos dentes — é muito babaca. Além de tudo, é um péssimo representante de turma.

Isso não tinha nada a ver com o término, mas Sydney odiava o fato de Will estar teoricamente no comando do conselho estudantil porque era o representante da turma sênior. Ela sempre usava isso contra ele como se fosse uma falha de caráter.

No outro sofá, Kelly abraçou os joelhos. Sua pele lisa e rosada estava marcada.

Talvez fosse hora de Alexia dar apoio a Sydney. Ela começou a falar das imperfeições de Will.

— Agora você não precisa mais aturar as reclamações dele. "Eu pedi com ketchup, e não com maionese. Você quer me fazer enfartar?"

Todas riram, até Kelly, que geralmente defendia Will de todas as acusações.

— Eu queria ser você agora — disse Kelly, olhando seriamente para Alexia.

— Por quê?

— Porque você está feliz, e não com o coração partido.

— Eu concordo — disse Sydney. — Você não tem ideia de como é sortuda.

— Sortuda? Por nunca ter tido um namorado? — Alexia levantou as sobrancelhas. — Acho que prefiro ter o coração partido e saber como é o amor a sempre ficar imaginando.

Raven mexeu na bolsa e pegou o iPod.

— Nem sei se amei Caleb e continuo com o coração partido. Um namorado não é nenhuma garantia.

Sydney deu de ombros.

— O amor é ótimo. Mas um coração partido é péssimo. — Ela se esticou ainda mais no sofá.

— Gente! — disse Alexia. — Vocês esqueceram que as mulheres não podem ser definidas pelos seus companheiros? Vocês estão se deixando abalar por causa de alguma coisa que um garoto fez. Vocês precisam parar.

— Não é... tão... fácil — comentou Kelly, fungando.

— Não. Não é mesmo — concordou Sydney. — E eu preciso de um mecanismo de superação.

Os pais de Alexia eram psicólogos, então ela conhecia bem essa expressão. Quando ela tinha 7 anos e sua gata Gypsy fugiu, seus pais pediram que ela fizesse uma lista de superação. Quando sentia saudade de Gypsy, em vez de ficar pensando nisso, brincava com o cachorro. Em vez de deitar a cabeça e chorar na caminha de Gypsy, doou a caminha para caridade. E quando via um gato ficava longe até conseguir superar a perda de Gypsy, porque brincar com outro gato só faria com que ela sentisse mais falta da sua.

Pensar na lista de superação fez com que ela tivesse uma ideia.

— Esperem aqui rapidinho — disse ela, e se levantou. Foi até o escritório e começou a remexer nas gavetas, procurando pelas velas que sua mãe sempre guardava. Ela queria ajudar suas melhores amigas a melhorar do coração partido. Já fazia tanto tempo que tinham ficado juntas assim pela última vez...

Os namorados ficavam com todo o tempo livre que tinham. Nos últimos 6 meses, Alexia sentiu que estavam se afastando. Talvez os términos fossem uma coisa boa. Ela nunca diria isso, mas, ao voltar à sala, ficou animada com o fato de que talvez, apenas talvez, três términos pudessem criar um novo laço de amizade.

Seriam *melhores* amigas de novo.

♥

Alexia acendeu as quatro velas que havia encontrado e, depois de alguns segundos, a cera queimada gerou um aroma de baunilha em volta das quatro meninas. Com a TV desligada e a luz do teto apagada, a sala brilhava, e as chamas tremeluzentes das velas criaram sombras esquisitas em volta das meninas quando se sentaram no chão.

— Então, o que exatamente estamos fazendo? — perguntou Raven.

Alexia abriu o caderno e apoiou a caneta na página em branco.

— Quando eu era pequena, meus pais me fizeram criar uma lista de superação quando perdi a minha gata. Achei que poderia ajudar vocês a lidar com os fins de namoro se criássemos uma lista de superação, ou melhor, um código a ser seguido.

Raven não parecia estar convencida.

— Não sei, não...

— Eu mal consigo cortar trezentas calorias por dia — disse Kelly. — Como vou seguir um código?

Sydney levou os joelhos ao peito e abraçou as pernas.

— Eu nem sei o que está acontecendo entre mim e Drew.

— Bem, se vocês voltarem amanhã — disse Alexia —, não vai precisar seguir o código. Mas pode ajudar Kelly e Raven.

Kelly deu de ombros.

— Vale a pena tentar. Quem poderia nos dar conselhos melhores do que uma filha de psicólogos?

Raven bufou.

— Está bem, você me convenceu. Mas, se começar a ficar esquisito, eu tenho o direito de me isolar. — Ela mostrou o iPod para exemplificar o que queria dizer.

— Tudo bem — disse Alexia. Era difícil convencer Raven. Alexia estava feliz de ela estar presente. Olhou para o caderno em branco. — Regra número um...

♥

Criamos o seguinte Código para garantir que nunca mais sejamos magoadas por um menino — hoje nos tornamos Mulheres do Código.

As 25 Regras do Término das Meninas para os Ex:

Regra 1: *Você nunca mais pode trocar e-mail nem mensagem instantânea com o Ex. Tire o nome dele da sua lista de contatos.*

Regra 2: *Você não pode ligar para a secretária eletrônica nem para a caixa postal do seu Ex só para ouvir a voz dele.*

Regra 3: *Você não pode escrever cartas nem torpedos para o Ex dizendo que sente saudade dele.*

Regra 4: *Você deve esquecer o aniversário do Ex. Esqueça que ele nasceu.*

Regra 5: *Você não pode sair com ninguém até conseguir ficar duas semanas sem pensar no Ex. (Use esse tempo para se encontrar e se concentrar na sua estabilidade emocional. Faça atividades em grupo com amigos — tanto meninos quanto meninas.)*

Regra 6: *Você precisa realizar um ritual com a ajuda das suas amigas para se livrar das fotos do Ex e de qualquer presente que ele tenha dado a você.*

Depois do ritual: a Regra 7 deve ser reforçada.

Regra 7: *Você deve ficar acordada até tarde numa quinta à noite comendo pipoca enquanto você e suas amigas riem de uma lista de cinquenta páginas com os defeitos do Ex.*

Regra 8: *Só faça coisas que você tem vontade de fazer durante três meses. Você não pode se envolver com nenhum homem por nenhum motivo.*

Regra 9: *Não deixe que o Ex fale mais de dois minutos com você durante os dois ou três primeiros meses de afastamento. Você não pode ser amiga dele.*

Regra 10: *Não pense sobre o seu passado com o Ex. Se você começar a pensar sobre isso, puxe um elástico no seu punho.*

Regra 11: *Você não pode namorar o Ex das suas amigas.*

Regra 12: *Você não pode namorar um amigo do Ex.*

Regra 13: *Você não pode dormir com o Ex.*

Regra 14: *O nome do Ex não pode ser mencionado, a não ser que a pessoa que terminou com ele fale dele.*

Regra 15: *Encontre um hobby ou alguma coisa que você goste muito de fazer.*

Regra 16: *Não ligue para os pais do Ex para contar à mãe ou ao pai dele por que vocês terminaram, esperando que a mãe ou o pai vá ajudar você com o término, porque eles não podem e não vão.*

Regra 17: *Não mantenha contato com os pais do Ex, nem com a irmã, o irmão, os primos ou qualquer pessoa que seja da família dele.*

Regra 18: *Não pergunte para ninguém o que o Ex anda fazendo. Não interessa! A sua única preocupação deve ser o que você está fazendo.*

Regra 19: *Se você vir o Ex de uma amiga, não comente nada com ela.*

Regra 20: *Você tem 24 horas para lamentar a perda do Ex. Depois de 24 horas, chega de lágrimas. (As 24 horas podem ser divididas em partes: 1 hora na segunda, depois mais 2 horas na terça de manhã, depois mais 30 minutos na terça à noite, depois mais 4 horas na semana seguinte; mas, assim que você chegar a 24 horas, chega de lágrimas e de conversas sobre o Ex. Acompanhe a linha de tempo das 24 horas num diário com o Código do Término, o qual você deve carregar para todos os lados para se lembrar de cada regra do mesmo.)*

Regra 21: *Você precisa sempre estar mais do que radiante na presença do Ex.*

Regra 22: *Você não pode seguir o Ex nem pedir aos amigos dele para falarem bem de você.*

Regra 23: *Eu sei que você mal pode esperar por este momento: se você ficar cara a cara com o seu Ex, precisa fazer com que ele saiba o que está perdendo dando mole para ele, encostando nele e fazendo qualquer coisa que* *a situação pedir. Em outras palavras, faça com que ele se sinta o rei da cocada preta. Depois que você tiver feito bem ao ego dele, acabe com ele dizendo que está muito feliz por terem terminado.*

♥

É brincadeira: não faça isso! A ideia é restabelecer o seu eu "solteiro" — você não precisa fazer bem ao seu ego iludindo o seu Ex. Você precisa exercer confiança e elegância — não mesquinharia!

♥

A próxima regra é a mais importante do Código. Isso quer dizer que não pode ser quebrada sob nenhuma circunstância.

Regra 24: *Você não pode pedir nem implorar para voltar com o seu Ex. Ele também não pode ver você chorando por causa do fim do namoro. A sua atitude deve ser:*

Vá com Deus! Por que demorou tanto para ir embora?

Quem perdeu foi ele!

Quem é o próximo?

Se ele não consegue apreciar você, outro cara conseguirá.

Lembrem-se, meninas, nenhum cara pode completar vocês — vocês precisam fazer isso sozinhas.

Não há nada errado em estar sozinha.

Para ser feliz no seu relacionamento, você precisa ser uma pessoa completa e o cara precisa ser uma pessoa completa.

Duas pessoas completas = um relacionamento saudável e feliz.

Regra 25: *Nunca pense que você não vai conhecer nem amar outro cara como você gostava ou amava o seu Ex, porque você vai, sim. Você só precisa se dar uma chance de esquecer o Ex.*

♥

Alexia tampou a caneta e levantou o rosto.

— Muito bem, meninas. É hora de cumprir o Código.

Cinco

Regra 1: *Você nunca mais pode trocar e-mail nem mensagem instantânea com o Ex. Tire o nome dele da sua lista de contatos.*

Sydney encarou o contato de Drew no seu Instant Messenger, querendo que a carinha amarela acendesse. Onde ele estaria às 11h de uma manhã de sábado senão no seu computador?

Geralmente, nas manhãs de sábado, ela e Drew estavam falando no telefone ou no Instant Messenger, planejando o que fariam depois de ele jogar pôquer com os amigos. Drew gostava de ter planos. Tinha um plano para tudo: faculdade, pós-graduação, casamento e filhos. Ele sabia que queria se casar com 26 anos e que queria ter filhos até os 29 anos.

Não ter um plano para hoje devia estar acabando com ele. Estava acabando com ela. Estava há tanto tempo com Drew que os hábitos dele tinham se tornado os hábitos dela.

Mas a ausência de um itinerário não era a pior coisa que se passava pela cabeça de Sydney. A última noite *era*. Que se dane a briga. O que Drew tinha feito na festa? Será que ele passou a noite na casa de Craig? E se ele tivesse ficado com alguém? Tipo a Nicole?

O estômago de Sydney se revirou. Drew sabia o quanto ela odiava Nicole. Isso seria a pior das decepções. E se ele tivesse ficado com Nicole será que Sydney conseguiria perdoá-lo? Será que o relacionamento deles estava acabado? Não queria pensar nisso.

Para se manter ocupada, clicou no link do horóscopo do Yahoo e checou sobre seu signo.

Querido ariano,
  A paciência é uma palavra desconhecida para você, mas é a palavra do momento. Respire fundo e relaxe. O que você está esperando vai acabar aparecendo. Enquanto isso, concentre-se no projeto importante que deixou de lado.

Projeto importante? Sydney torceu o nariz, confusa. Ela não tinha nenhum projeto importante. E, se tivesse, com certeza não o estaria deixando de lado. O novo semestre na escola começava na segunda. Um novo semestre significava aulas diferentes e nenhum projeto importante.

Esperava que ela e Drew tivessem a hora de estudo juntos. Tinham pedido especificamente o mesmo horário para ficarem juntos. A não ser que ele tenha ficado com Nicole. Nesse caso, ele deveria mudar de nome e sair do país, porque Sydney o mataria.

Suspirando, ela fechou o Internet Explorer e jogou a cabeça para trás, apoiando-a na cadeira. Encarou o teto, percebendo um amontoado de teias no canto. Desde que sua mãe havia se tornado uma empresária da SunBerry Vitamins, ela praticamente morava em Hartford, o que significava que Sydney e o pai tinham de se virar sozinhos. É provável que essas teias começassem a gerar outras teias antes que a mãe de Sydney as limpasse ou contratasse uma faxineira.

Sydney apostaria na última opção porque sua mãe quase não estava em casa para dormir na própria cama, muito menos limpar a casa. E ultimamente o dinheiro estava sendo a solução mais fácil.

O Instant Messenger apitou quando alguém se conectou. Sydney se jogou para a frente. Era só Alexia. Devia estar apenas de olho nela. Sydney rangeu os dentes de frustração. Clicou com o botão direito no contato de Drew e abriu uma janela de mensagem.

Syd17: *Kd vc? Me liga quando receber isto... Precisamos conversar.*

Fechou todas as janelas no computador e se levantou. Era sábado de manhã e ela não tinha para onde ir nem com quem *estar*. Isso era raro. Esperava que Drew ligasse logo para que pudessem sair para tomar café da manhã. Bem, agora, seria um almoço; ela pensou ao olhar para o relógio na parede.

Ao se levantar para sair do quarto, reparou na sua cópia do Código na cômoda. Alexia tinha digitado as regras no computador e imprimido várias cópias.

— Regra número 1: você nunca mais pode trocar e-mail nem mensagem instantânea com o Ex — leu. Se deveria estar seguindo esse troço, tinha acabado de quebrar a primeira regra.

Mas ela e Drew eram bons em resolver os problemas. É por isso que eram "O Casal" na Birch Falls High. Em termos escolares, um relacionamento de dois anos era como um casamento. Provavelmente seriam eleitos como Os Mais Prováveis de Envelhecerem Juntos no anuário da escola. Não é possível que tivessem terminado por causa de uma festa idiota. Agora só faltava Drew ligar para que pudessem resolver tudo.

Sydney jogou o Código do Término no lixo. Não precisava mesmo...

♥

Raven ouviu uma leve batida na porta do seu quarto. Resmungou e abriu os olhos, arrependendo-se imediatamente. O quarto estava muito claro sem a persiana na janela. Quando será que o pai ia pendurar a persiana nova?

Fazia pelo menos três semanas que ele tirara a persiana antiga, prometendo substituí-la naquele fim de semana. Mas ele andava tão ausente ultimamente, concentrado na construção de um condomínio, que ela mesma acabaria tendo que pendurar a persiana. Desde que o pai e a mãe haviam se divorciado, seu pai estava fazendo coisas para arrumar a casa. Ele só não era bom em concluí-las.

Outra batida na porta.

— O que foi? — Ela resmungou e abriu um dos olhos para olhar para a porta.

A irmã mais nova de Raven, Jordan, entrou, depois fechou a porta. Ela já estava vestida com uma calça jeans e uma camisa cor-de-rosa justa. O cabelo preto formava cachos perfeitos, presos num rabo de cavalo e com uma faixa cor-de-rosa.

— Que horas são? — perguntou Raven, deitando de novo no travesseiro e fechando os olhos contra o ataque do sol forte. Será que ela dormiu o dia todo? Tinha ficado acordada até tarde relembrando os acontecimentos da noite anterior enquanto ouvia My Chemical Romance no iPod. Ela devia estar obcecada com o término e com a cena que Caleb fez; contudo, por mais que se esforçasse, sempre acabava pensando em Horace.

E no segundo beijo.

— São onze e meia — disse Jordan. — Mamãe me pediu para te acordar.

— Se a mamãe tivesse pedido para você jogar fora a sua coleção do Milo Ventimiglia, você jogaria?

Quando não houve resposta, Raven olhou para a irmã. Jordan estava na ponta da cama, torcendo os dedos.

— Venha aqui. — Raven acenou para a irmã, e Jordan subiu no cobertor cor de uva. — Eu bateria na mamãe com uma vassoura — disse Raven — para salvar a sua coleção do Milo.

Jordan riu.

— Obrigada.

— Você ainda a deixa escondida?

— Deixo, no fundo do meu armário, embaixo de um cobertor velho.

A mãe era contra tudo que dissesse respeito à cultura pop — ela dizia que era perda de tempo. Revistas para adolescentes estavam fora de questão. A MTV e The N estavam bloqueadas pelo controle de pais, e, se ela tivesse escolha, a internet seria uma palavra desconhecida para as meninas. Mas quando Raven entrou no ensino fundamental ficou claro que o dever de casa não poderia ser feito sem a internet. É claro que havia controle de pais nela também.

Então Raven e Jordan escondiam o que era da cultura pop proibida. Jordan era obcecada por Milo (da época de *Gilmore Girls*, não de *Heroes*). Recortava fotos dele das revistas e as colocava numa pasta. Raven comprava revistas como *Bop* e *Teen Star* para sua irmã devorar.

As revistas secretas de Raven eram *Spin* e *Blender*. E enfiado embaixo do colchão, como as revistas pornográficas dos meninos, ficava o pôster da banda Three Days Grace. Aquele Adam... delícia.

Bocejando, Raven sentou na cama.

— A mamãe deixou alguma coisa para mim de café da manhã?

Jordan balançou a cabeça.

— Ela não fez nada hoje. Eu comi granola.

— Sério? — A mãe de Raven era a mulher do pôster de Mãe do Ano. Sempre preparava o café da manhã. Sempre arrumava o almoço da escola. Sempre lavava e guardava as roupas.

— Quando levantei, ela estava catando recortes — disse Jordan. — Está criando um design novo para a aula de hoje à noite.

Bem, isso explicava tudo. A mãe de Raven, apesar de ainda ser a Mãe do Ano, vinha deixando de lado os afazeres de mãe nos últimos meses, desde que tinha aberto uma loja de scrapbook/café chamada Scrappe. Fazer scrapbooks era a sua vida agora.

— Bem, preciso fazer a mala. A mãe da Cindy está vindo me buscar ao meio-dia — disse Jordan.

— Você vai passar a noite lá?

Raven saiu da cama quando Jordan pegou o Código do Término no lixo. Ignorando completamente a pergunta, ela se virou para Raven e sacudiu os papéis no ar.

— O que é isto?

— Uma coisa que a Alexia inventou ontem.

Jordan mexeu num dos cachos com o polegar e o indicador.

— Então você precisa seguir isto se alguém terminar com você?

Raven suspirou.

— Alguém terminou comigo.

Jordan ficou de queixo caído.

— O Caleb terminou com você?

Raven odiava o som dessas palavras. Era como se ela fosse um produto estragado.

— Sim, ele terminou comigo, e não, eu não quero falar sobre isso. — Falar sobre isso significaria admitir o fracasso. Raven tinha dito à irmã algumas semanas antes que ela achava que Caleb era O Cara. O cara por quem Raven poderia se apaixonar. O cara que gostava dela, não porque ela era popular ou porque tinha um rosto bonito. O cara que nunca a largaria como o seu pai tinha largado a mãe.

— Tudo bem — disse Jordan. — Não vou perguntar. — Ela começou a ler as regras. — Regra número um: você nunca mais pode trocar e-mail nem mensagem instantânea com o Ex. Tire o nome dele da sua lista de contatos. — Ela olhou para Raven. — Você fez isso?

— Não.

— Mas por que não? Não é a regra?

Raven pegou os papéis da mão da irmã e os colocou na mesa.

— É a regra, sim. Eu só não cumpri ainda.

Jordan sentou na cadeira de Raven e mexeu no mouse para que a tela saísse do modo em espera. Clicou duas vezes no ícone do Instant Messenger no desktop, e a lista de amigos de Raven apareceu.

— Prontinho. — Jordan se levantou. — Está na hora de apagá-lo.

Raven hesitou. Se ela realmente se esforçasse, talvez conseguisse fazer Caleb voltar para ela. Mas queria voltar com ele? Ela o queria de volta porque gosta mesmo dele ou porque ele tinha terminado com ela e isso a deixava louca? Ou seria porque teve mais um relacionamento fracassado e queria outra chance para provar que conseguiria fazer dar certo?

— Ray... — Jordan levantou a sobrancelha e colocou uma das mãos na cintura. — Você vai seguir as regras ou não?

Raven se sentou na cadeira do computador e analisou a lista de amigos. Clicou duas vezes no nick de Caleb e escolheu a opção deletar.

Tem certeza de que deseja deletar "Callball"?

Raven clicou no SIM.

— Até mais, idiota — disse Jordan, com um sorrisinho.

Em pé, Raven colocou o braço nos ombros da irmã e a levou para fora do quarto.

— Você está começando a ficar muito parecida comigo, sabia?

— E qual é o problema?

Apesar de Jordan só ter 14 anos, Raven já conseguia se ver na irmã mais nova. Só esperava que Jordan não seguisse seus passos no que se tratava de relacionamentos. Porque era um caminho muito desanimador a se seguir.

Seis

Regra 1: *Você nunca mais pode trocar e-mail nem mensagem instantânea com o Ex. Tire o nome dele da sua lista de contatos.*

Regra 16: *Não ligue para os pais do Ex para contar à mãe ou ao pai dele por que vocês terminaram, esperando que a mãe ou o pai vá ajudar você com o término, porque eles não podem e não vão.*

Kelly estava deitada em sua cama queen size toda enrolada. Abraçava com força seu coala de pelúcia, Sr. Jenkins, a pelúcia branca contra o rosto dela. Will havia lhe dado o coala em agosto, quando se conheceram oficialmente pela primeira vez.

Estudaram juntos durante vários anos, mas se falaram pela primeira vez apenas quando Kelly começou a fazer trabalho voluntário no abrigo para animais. Em seu segundo dia lá, chegou um cachorro que estava perdido ou que tinha sido abandonado. Mais tarde, no mesmo dia, morreu de desnutrição. Kelly se lembra de ter se trancado no banheiro do abrigo e chorado. Ela adorava animais, e era difícil ver um bicho tão magro e infeliz.

Quando ela saiu do banheiro, Will estava lá com o Sr. Jenkins na mão. O abrigo tinha um armário cheio de bichos de pelúcia, que davam de brinde quando alguém adotava um animal. Apesar de Will obviamente não ter tido trabalho para arranjar o Sr. Jenkins, era a intenção que contava.

Ele lhe deu o coala de pelúcia e lhe disse:

— Eu me lembro da primeira vez em que vi um cachorro morrer. Foi muito difícil.

Kelly olhou para o chão e disse:

— Mas eu aposto que você não se trancou no banheiro e começou a chorar.

— Na verdade... — Ele deu de ombros e disse: — Eu vomitei, o que me fez ter vontade de chorar. — Ele olhou para o coala de pelúcia. — Comemorei a vida do cachorro com um dos bichos de pelúcia. Ainda está lá em casa. O nome dele é Urso.

Kelly riu, tentando imaginar um bicho de pelúcia na cama de Will. Ela não tinha ideia de o quanto ele era fofo. Sabia quem Will Daniels era, é óbvio, já que frequentavam a mesma escola. Muitas pessoas achavam que ele era mauricinho. Kelly se sentia culpada por ter achado a mesma coisa. Mas depois daquele dia no abrigo percebeu que ele era muito mais que isso.

Naquela mesma noite, ele a levara para jantar. E algumas semanas depois, estava praticamente apaixonada por ele. O fato de Will ser tão inteligente ajudava, considerando que Kelly achava isso extremamente sexy. E só observá-lo interagindo com os animais a deixava com um enorme sorriso no rosto.

Ela sorriu agora também, ao dar uma boa fungada no Sr. Jenkins. Estava com o cheiro do seu perfume, Karmala — o preferido de Will — e o sorriso se transformou num choro.

Deus, que inferno!

Ela deitou de barriga para cima e encarou os raios de sol no teto branco. Só queria que existisse alguma coisa que fizesse Will ter um compromisso com ela e só com ela. Por que ele simplesmente não queria namorá-la? Será que havia algo de errado com ela? Será que ela não era inteligente o suficiente? Bonita o suficiente? Magra o suficiente?

Achava que tinha feito de tudo para ser a garota certa para ele. Ela o apoiava em tudo, em todas as atividades extracurriculares das quais ele participava. Não ligava toda hora para ele, perguntando onde ele estava e o que estava fazendo (algo que sabia que o deixava louco porque seu irmão Ben havia comentado sobre isso com ela quando pediu a ele uns conselhos).

Tinha feito tudo que podia imaginar para ser a garota perfeita para Will e mesmo assim ele não havia pedido para namorarem oficialmente.

E depois ele a largou naquela galeria idiota!

Cara, sério, o que ela precisava fazer?

Não era o tipo de garota que se tornaria mais uma no harém. Então como se prestou a esse papel na vida de Will? Tiro no escuro. Ela não queria acreditar que ele estava saindo com outras meninas. Não queria acreditar que ele *queria* sair com outras garotas.

Suspirando, saiu da cama com a intenção de procurar algum chocolate na cozinha, quando ouviu o barulho familiar de um novo e-mail no computador.

Pulou na cadeira e mexeu no mouse para tirar a tela do modo em espera. A tela acendeu e sua foto com Will no Natal a encarou. Sua irmã mais nova, Monica, havia tirado a foto, e Kelly a colocou como papel de parede no computador. O braço de Will estava nos seus ombros, e ela estava sorrindo, feliz. Seus olhos estavam iluminados pelo flash e parecia que brilhavam.

Will era sempre mais carinhoso quando havia menos pessoas por perto. Naquela noite, era só a família de Kelly. Will segurou a mão dela praticamente a noite toda. Tinha certeza de que começariam um relacionamento sério, e foi exatamente por isso que começou a pensar em perder a virgindade e a planejar a surpresa do Dia dos Namorados.

Pensar sobre o feriado que estava por vir pesou no coração de Kelly. Não queria ficar sozinha no feriado do amor. Seria péssimo.

Ela clicou duas vezes no ícone do Internet Explorer e esperou a janela abrir. Entrou na conta de e-mail. A empolgação e a esperança fizeram com que ela mordesse o lábio.

Espero que seja Will mandando um e-mail de desculpa, ela pensou.

Ela clicou na nova mensagem e viu o nome de Will na caixa de entrada. Beleza! Rapidamente, abriu o e-mail e respirou fundo para se acalmar.

Oi, Kelly.
Aonde você foi ontem à noite? Achei que fosse para o Bershetti's com a gente. Só queria saber se você está bem.
— W

Esse era o Will que ela amava. O cara que mandava e-mails para saber como ela estava. A noite anterior deve ter sido um grande mal-entendido. Ela checou se ele tinha entrado no Instant Messenger também. A carinha ao lado do nome dele estava escura. Ela clicou em "responder" no e-mail e digitou uma mensagem rápida, esperando que ele ainda estivesse on-line.

Achei que você tivesse me deixado na galeria de propósito!
Não entendi o que estava acontecendo; então fui para casa.

Será que ela escreve mais alguma coisa? Talvez dizer o quanto queria que ele fosse só dela?

Will, preciso dizer uma coisa que anda na minha cabeça
ultimamente.

Não, não, não. Ela apagou a última frase e começou de novo.

Will, acho que a gente precisa muito conversar sobre a
nossa relação.

Não, isso era sério demais! Talvez devesse ser sincera com ele. E se ela seria sincera, era melhor que fosse por e-mail, porque assim não estaria sujeita a presenciar risadas, reclamações ou gestos de impaciência, caso ele achasse ridículo o que ela escreveu.

Sem revisar nem ler de novo, ela digitou exatamente o que estava pensando.

E fiquei chateada com essa coisa do Dia dos Namora-
dos com a Brittany e achei que você estava me largando
na galeria para ficar com ela. Era isso mesmo? O que está
acontecendo entre vocês?

Kelly clicou em "enviar". Ela saltou da cadeira do computador e jogou os braços para cima, comemorando em silêncio. Havia colocado tudo para fora e não tinha mais como retirar nada. Pegou o Sr. Jenkins na cama e sentou de novo em frente ao computador, minimizando o Internet Explorer para que pudesse olhar novamente para a foto no seu desktop.

Will era uma graça mesmo. Tinha um cabelo castanho que estava sempre todo certinho. Seu rosto era muito liso. A pele dele também era muito boa, melhor que a dela. Kelly sempre tinha espinhas.

O barulho do e-mail soou de novo, e Kelly abriu o Internet Explorer, atualizando a caixa de entrada. Ela clicou no outro e-mail de Will.

Esperei um pouco por você, e quando não apareceu achei que tinha ido na frente. Desculpe. Você sabe que eu nunca deixaria você assim de propósito.

Quanto mais pensava, mais percebia que era verdade. Quando foram à festa de Natal com a família toda de Will no Marriott, ele não ficou longe dela em nenhum momento porque ela dissera que estava nervosa e um pouco intimidada. Os pais de Will eram advogados importantes em Birch Falls, e o seu avô tinha sido o prefeito! Will prometera que a deixaria o mais à vontade possível e cumpriu a promessa.

Se a havia convidado para a exibição de arte, nunca a teria largado sem dizer alguma coisa. Ela percebeu isso agora, mas era tarde demais.

Ela leu o resto do e-mail.

Brittany e eu somos amigos como eu e você somos amigos. Você sabe que eu não quero ter um relacionamento sério agora. Tenho que me concentrar em muitas coisas, como na escola, nas atividades extracurriculares etc.

Me desculpe se você está chateada com o Dia dos Namorados, mas não posso cancelar o que combinei Seria injusto com Brittany. Podemos ficar juntos depois nesse mesmo fim de semana. Eu prometo. Me ligue mais tarde.
Will.

Ele só queria ser seu amigo. A palavra ecoava na cabeça de Kelly como um barulhinho de grilo irritante. Ele não sabia que ela daria espaço para ele fazer o dever de casa e todas as coisas que fazia depois da escola? Havia meses que andavam juntos. Isso mostrava que ele tinha tempo para uma namorada. Ela já era praticamente uma namorada! Estavam sempre juntos.

Will queria todas as vantagens de uma namorada, mas sem nenhum tipo de compromisso.

Kelly fechou o Internet Explorer e deitou a cabeça na mesa. O que ela podia fazer para que Will ficasse com ela, só com ela? Talvez se ela convencesse a Sra. Daniels a ficar do seu lado, seria mais fácil convencer Will a ficar do seu lado. Valia a pena tentar.

♥

Kelly pegou o celular e ligou para a casa de Will. Enquanto o telefone tocava, sentou-se na cama e cruzou as pernas. Observou pela janela os flocos de neve serem levados por um redemoinho. O sol tinha acabado de se pôr, então o céu estava um anil desbotado. Ela se lembrou do último inverno, quando ela, seu irmão Todd e Drew foram fazer uma trilha no parque de Birch Falls. No meio do caminho de 3 quilômetros, começou a nevar e ventar. Era quase uma nevasca, e Kelly não estava preparada para uma droga de nevasca! Drew acabou lhe emprestando o casaco. Ele era um cara muito legal mesmo. Todd provavelmente a teria largado lá, quando estava escurecendo, para morrer congelada.

— Alô — disse a Sra. Daniels ao atender o telefone, fazendo Kelly sair do seu delírio.

— Ah, Sra. Daniels...

No fundo, Kelly ouvia o irmão mais novo de Will, Samuel, gritando por causa de um brinquedo. A babá o mandou ficar quieto, e logo depois uma música metálica e sibilante tocou, como se fosse uma caixinha de música.

Kelly trocou o celular de orelha.

— Ah... Will está? — Ela achou que seria uma boa ideia fingir estar ligando para Will e não para a mãe dele. Queria ser esperta.

— Não, ele acabou de sair. Vai fazer um turno extra no abrigo de animais.

Kelly queria estar trabalhando também. A vontade de ver Will fez com que ela sentisse um frio na barriga. Parece que de algum jeito tudo ficaria melhor se pudesse vê-lo.

— Ah... — Sentindo-se corajosa, disse: — Eu tinha certeza de que ele estaria com a Brittany.

— Brittany? — O tom confuso da Sra. Daniels indicava que ela não tinha conhecido Brittany.

— É, a garota com quem o Will está saindo.

Houve uma longa pausa. Kelly começou a desconfiar que a Sra. Daniels tinha desligado. Mas então ela inspirou e disse:

— Como é essa Brittany?

— Bem... Ela é... — Muito magra, culta, inteligente, elegante. Todas as qualidades que a Sra. Daniels queria que a namorada de Will tivesse, algo que Kelly sabia por que ele havia lhe dito. Bem, talvez não a parte da magreza.

Havia uma coisa que Kelly podia usar contra Brittany.

— Acho que ela fuma.

— Eca! — disse a Sra. Daniels.

Ponto!

— E o Will está, tipo, enganando as duas. — Kelly botou para fora. — Está saindo comigo e com a Brittany ao mesmo tempo.

Samuel começou a gritar de novo. Chopin, o cachorro maltês deles, latiu quando a campainha tocou.

— Michelle, pode atender? — disse a Sra. Daniels. Depois voltou sua atenção para Kelly. — Você sabia que Will não estava só com você, Kelly. No momento, é melhor que ele se concentre na escola.

Kelly se surpreendeu. Não era isso que queria ouvir. Ela achava que essa coisa de se concentrar na escola tinha vindo do Sr. Daniels, mas parece que a Sra. Daniels também estava nessa.

Por que Kelly resolveu falar alguma coisa? O que ela estava pensando?

Bem, ela queria um ombro amigo, esperando obviamente que a Sra. Daniels dissesse que conversaria com Will.

Ha! Até parece. Kelly já deveria saber disso.

Aliás, isso não era uma das regras? Não podia falar com os pais do Ex sobre o término, não era isso? Ou sobre o que quer que aconteça entre ela e Will?

Ótimo, maravilha. Não tinham se passado nem 24 horas e ela já havia quebrado uma regra.

Mandou bem, Kel.

— Preciso ir — disse a Sra. Daniels. — Michelle! — gritou ela fora do telefone. — Pegue o Samuel, por favor, antes que ele faça uma bagunça.

O telefone ficou mudo.

Kelly então afastou o celular da orelha e o encarou. A Sra. Daniels desligou na cara dela!

Maravilha. Seu dia estava indo de mal a pior e havia apenas uma coisa que poderia melhorar um pouco a situação: bolo de chocolate.

Mas um bolo de chocolate tinha umas seiscentas calorias.

Não interessa, ela pensou. É muito bom.

Deus, o que ela faria quando fosse o Dia dos Namorados no mês seguinte? Todas as lojas estariam entupidas de chocolates em forma de coração, trazendo a dolorosa lembrança de que ela estava solteira. E que melhor maneira para lidar com a dor de um coração partido do que comer esses chocolates idiotas em forma de coração?

Ugh!

Kelly saiu do quarto, mas parou no corredor quando ouviu vozes masculinas vindo da cozinha.

Tinha esquecido que era a vez de Todd receber os amigos para o jogo de pôquer de sábado.

Olhou para baixo e examinou sua aparência. Estava usando uma calça de pijama cheia de sapos e uma regata branca manchada. Ainda não tinha tido força para tomar banho, e não podia deixar que todos os amigos de Todd a vissem assim!

Voltou correndo para o quarto e deu uma olhada no armário. Vestiu um casaco cinza com capuz da American Eagle e uma saia cor-de-rosa. Analisou seu reflexo no espelho da porta do quarto.

Pronto. A roupa estava melhor que um pijama, mas não levantava suspeitas de que tinha passado o dia todo em casa e que só estava usando aquilo para impressionar. Ela passou a mão no rabo de cavalo bagunçado. Graças a Deus, não estava oleoso, então podia ficar assim mesmo.

Foi para a cozinha e viu Todd no balcão virando um saco de Cheetos numa vasilha de plástico. Matt e Kenny estavam à mesa falando sobre um carro que tinham visto na TV. Drew surgiu por trás da porta da geladeira com uma garrafa de dois litros de Coca-Cola na mão.

— Oi, Kel — disse ele.

— Oi. — Ela foi até o balcão e se sentou sobre ele. Pegou um punhado de Cheetos da vasilha de plástico. Todd tentou bater na mão dela, mas errou.

— Os salgadinhos não são para você — disse ele, levando a vasilha para a mesa.

— Eu só queria um pouco. — Ela fez uma cara feia para ele. Às vezes, Todd era muito mala.

Drew levou o refrigerante até o balcão e pegou quatro copos no armário à direita de Kelly.

Kelly queria estar brava com ele por ter terminado com Sydney. Queria tratá-lo mal ou dizer que ele era um babaca, mas Drew era amigo de Kelly antes de ela ser amiga de Sydney. Além do mais, Drew simplesmente *não era* um babaca. Se ele terminou com Sydney, foi porque teve motivo.

Ele era muito bondoso, carinhoso e inteligente. Além disso, era muito gato, o que fazia dele um cara praticamente perfeito.

Na verdade, Drew havia sido o primeiro cara que Kelly tinha gostado. Ela estava com 11 anos quando ele começou a andar com Todd. Estava sempre na casa deles. Kelly era tímida demais para dizer alguma coisa. E Todd também ficaria furioso.

Então Sydney conheceu Drew por meio de Kelly e, logo depois, Sydney estava namorando com ele. Kelly sabia que a sua paixonite seria inútil, mas ainda assim ela admirava Drew.

— Quer um copo? — disse Drew.

— O quê?

Ele riu.

— Você está me encarando. Achei que talvez quisesse me mandar uma mensagem subliminar para pegar um copo para você também.

— Ela está encarando você porque está tentando ler as suas ondas cerebrais — afirmou Todd. — Não disse que tinha descoberto que ela era uma alienígena?

— Cale a boca, Todd! — Kelly o empurrou, mas ele só se mexeu um centímetro e começou a rir dela.

Drew pegou um quinto copo do armário e o serviu de Coca-Cola.

— Aqui. — Ele deu o copo a ela.

— Obrigada.

Coca-Cola não combinava muito com bolo de chocolate, mas não queria que ele a achasse uma porca gorda, então esperaria que todos descessem. No momento, dava golinhos no refrigerante.

— Enfim — disse Todd. — Vamos sair daqui. — Ele fechou o saco de Cheetos e pegou um copo de refrigerante. — Kenny, pegue os salgadinhos, cara.

Kenny empurrou a cadeira para trás, levantou e pegou a vasilha de Cheetos. Matt passou pelo balcão, cumprimentou Kelly com a cabeça, pegou dois copos de refrigerante e desapareceu no andar de baixo.

— É hora de arrasar — disse Drew. — Você podia descer com a gente.

Kelly sacudiu a cabeça.

— Não, é a noite dos meninos. Além do mais, Todd me expulsaria.

— Eu não vou deixar.

Era tentador ficar perto de um monte de garotos, algo que fazia quando era mais nova, mas o famoso bolo de chocolate da sua mãe estava em cima do forno, chamando por ela.

— Não posso — disse ela. — Preciso mesmo me arrumar para ir à casa da Alexia daqui a pouco.

— Tudo bem. Até mais. — Ele pegou o refrigerante e foi embora.

Kelly desceu do balcão e foi até o fogão. Ela sorriu, ficando animada de repente.

— Muito bem, bolo de chocolate, parece que somos apenas eu e você.

Depois de cortar uma fatia, se sentou à mesa da cozinha, empurrou o jornal da manhã e o dever de casa de Monica e comeu seu primeiro pedaço.

Hummm.

Sete

Regra 6: *Você precisa realizar um ritual com a ajuda das suas amigas para se livrar das fotos do Ex e de qualquer presente que ele tenha dado a você.*

Alexia estava acostumada a ficar em casa sozinha. Seu irmão mais velho, Kyle, já tinha saído de casa havia quatro anos. Ele estava terminando o último ano na faculdade em Hartford. Seus pais estavam sempre fazendo alguma coisa. Tinham um pequeno consultório em Birch Falls, mas foram os livros de autoajuda que os tornaram famosos. Agora não paravam mais. Seminários em um lugar, lançamentos de livros em outro, participações em programas de rádio por todo o país. Nesse fim de semana, estavam... Onde estavam mesmo? Em Illinois ou algo assim. Alexia não conseguia mais acompanhar seus horários.

Moravam na mesma casa, mas Alexia quase não via os pais. Estava acostumada a se divertir sozinha quando eles não estavam por perto e suas amigas estavam com os namorados. Tinha visto todas as temporadas de *America's Next Top*

Model (Kahlen ainda era a sua preferida, como essa garota *não* ganhou?). Veronica Mars era como sua melhor amiga, e Alexia era viciada em *Best Week Ever.*

Não era o tipo de pessoa que precisava interagir socialmente para poder se divertir. Estava satisfeita em ficar sozinha em casa. Quando estava sozinha, ela podia fazer o que quisesse, quando quisesse.

E se seu desejo era ver *Zoolander* pela quinquagésima vez, comendo pipoca cheia de pimenta, poderia. Mas agora mal podia esperar para ter companhia enquanto arrumava as velas acesas e as vasilhas de salgadinhos e molho. Ficar o tempo todo sozinha acaba cansando, e todo mundo precisa de companhia de vez em quando para manter a sanidade. Existe companhia melhor que a das melhores amigas?

Na noite anterior, decidiram que o ritual para enterrar o Ex precisava ser realizado com urgência. Quanto mais cedo, melhor, afirmou Raven. Como sempre, ela estava pronta para esquecer o ex-namorado, mas, se fosse seguir o seu antigo estilo, já teria começado a namorar outro. Agora havia o Código. Alexia não tinha certeza se Raven conseguiria segui-lo. Das quatro, era a mais taradinha por meninos.

Por algum motivo, Raven achava que estar sozinha era um sinal de fracasso. Alexia suspeitava que sua carência tivesse algo a ver com o divórcio dos pais de Raven havia alguns anos. Como seu pai estava sempre ausente, Ray procurava meninos que tapassem esse buraco. Se tudo desse certo, com o Código para ajudá-la, perceberia que não precisava de um cara para ser feliz.

A campainha tocou e Alexia sorriu. Abriu a porta, e o ar da noite entrou, deixando sua pele fria. Seus braços ficaram arrepiados.

— Oi, gente! — disse ela, vendo Raven e Kelly à porta.

Kelly, como sempre, estava escondida sob o capuz de pelos. Mesmo na entrada fechada, mais protegida do vento frio, não parava de se mexer, como se quisesse fazer o sangue se espalhar mais rápido pelo corpo.

Se você visse Raven ao lado de Kelly, nunca imaginaria que as duas estivessem no mesmo clima. O casaco de Raven era um moletom de capuz preto com uma caveira cor-de-rosa na frente. Estava sem luvas, segurando duas sacolas de plástico.

— Calor! — gritou Kelly, passando por Alexia.

Alexia olhou por cima do ombro de Raven para a calçada. Viu apenas o Nissan Sentra vermelho de Raven.

— A Sydney veio com você?

— A Sydney — disse Raven — não vem. Ela entrou e Alexia fechou a porta. Elas foram para a cozinha. Raven colocou as sacolas sobre o balcão da cozinha, empurrando a vasilha de frutas para o lado. — Liguei para a Syd, e ela disse que não vinha.

— Ela ainda não falou com o Drew — explicou Kelly, puxando um dos bancos do balcão. — E ele está na minha casa há um tempo. — Ela tirou o casaco e o colocou no banco ao lado dela. — Acho que a Syd está esperando que ele vá ligar, e que eles vão voltar e tudo vai ficar bem.

Alexia suspirou.

— Bem, espero que eles voltem *mesmo*, mas nunca tinham terminado antes. Me parece sério.

— Tentei dizer isso a ela — retrucou Raven. — Mas ela não quis saber.

— Vocês ainda querem realizar o ritual então? — Alexia não conseguia disfarçar uma ponta de decepção na voz.

— É claro. — Kelly tirou o rabo de cavalo do ombro. — Quero enterrar o Will o mais rápido possível.

— E eu fiz túmulos de papel de todos os nossos Ex — disse Raven. — Achei que podíamos queimá-los. — Ela tirou três túmulos de dentro de um envelope e os colocou na mesa. Um era de Drew, outro de Caleb e outro de Will. Foram feitos de cartolina preta e os nomes estavam escritos com uma fonte gótica e com purpurina prateada.

— Que bonitinhos! — Kelly pegou o túmulo de Will e passou a mão no nome dele. Um pouco da purpurina caiu, espalhando-se pelo balcão verde-musgo.

— Não é para ser bonitinho! — reclamou Raven.

Kelly deu de ombros.

— Mas é.

— Deixe para Kelly — disse Alexia — a parte de achar bonitinha uma coisa que deveria ser ligeiramente mórbida.

— Ela acharia um demônio bonitinho se o cabelo dele fosse maneiro — acrescentou Raven.

— Hello... eu estou bem aqui. — Kelly acenou as mãos no ar.

Todas riram.

— Vamos, achei melhor fazermos no solário. — Alexia as levou para os fundos da casa. As paredes e o teto do solário eram feitos inteiramente de vidro. Então o céu estava visível, as estrelas brilhando na noite clara. Havia velas acesas espalhadas, as chamas refletiam nas paredes de vidro. Alexia tinha tirado os móveis de vime para abrir espaço no meio do lugar para uma caçarola. Tirou as almofadas grandes e floridas das poltronas de vime e as colocou em volta da caçarola.

— É para queimar as coisas — explicou Alexia, olhando para a caçarola.

— É claro — sorriu Kelly.

Raven sentou em uma das almofadas.

— Bem, vamos começar.

Ela pegou as duas sacolas e começou a tirar as coisas. Havia uma caixa de presente cheia de cartas, um prendedor de cabelo, uma camiseta, um envelope cheio de fotos e uma meia.

— O que são essas coisas todas? — perguntou Kelly, pegando o envelope de fotografias.

— Tudo que o Caleb me deu. Também joguei na sacola qualquer coisa que me fizesse lembrar dele.

Alexia cutucou a meia com o dedo.

— E isto fazia você se lembrar dele?

Kelly riu com deboche.

— Ele deixou na minha casa — explicou Raven.

Alexia levantou as sobrancelhas.

— Entendi.

— O que você trouxe? — perguntou Raven a Kelly.

Kelly pegou a bolsa e mexeu lá dentro. Pegou um folheto da última exibição de arte da escola e uma foto de Will falando na reunião da escola que ela obviamente tinha tirado.

— Eu sei — disse ela olhando para a sua pilha de coisas e depois olhando para a de Raven. — Eu tinha um relacionamento patético com Will.

Alexia balançou a cabeça.

— Acho que o namorado era mais patético que o relacionamento.

— Qualquer cara teria sorte de estar com você, Kel — disse Raven.

Kelly deu um riso meio forçado e fez que sim com a cabeça.

— Obrigada, gente.

Alexia tinha quase certeza de que Kelly sofria da síndrome "eu não sou boa o suficiente", ao que seus pais se referiam como autocrítica excessiva. Mas não importava quantas vezes Alexia, Raven ou Sydney falassem o quanto ela era bonita, Kelly sempre achava que podia ser mais magra ou ter uma pele melhor.

É claro, as amigas de Alexia também sempre diziam como ela era bonita, mas ela nunca era confiante o suficiente para falar com os caras. Talvez também sofresse de autocrítica excessiva.

Alexia sacudiu uma caixa de fósforos.

— Vou acender o fogo. O extintor de incêndio está por perto, caso alguma coisa dê errado.

— Estou tão pronta para fazer isso! — disse Raven.

— Jogue as cartas aí dentro — disse Alexia a Raven. — Elas vão fazer o fogo pegar.

Raven virou as cartas da caixa na caçarola. Alexia acendeu um fósforo; o cheiro de enxofre encheu seu nariz. Ela o jogou dentro da caçarola, e a chama fez um buraco em uma das cartas. Logo todas estavam queimando.

— Agora, joguem todo o resto — disse ela. — Os túmulos vão ficar por último.

Raven nem hesitou. E jogou as coisas lá dentro sem olhar e acabou com tudo em um minuto. Kelly jogou o folheto primeiro, mas ficou segurando a foto de Will.

— Vamos, Kel — disse Raven.

Kelly deu uma última olhada na foto de Will e a jogou dentro da caçarola.

♥

Sydney encarava a tela do computador. Atualizou a janela para ver se tinha recebido algum e-mail.

Você tem 0 e-mails novos.

Ela deu um suspiro profundo. Por que Drew não tinha ligado nem mandado um e-mail nem feito nada? Será que ele a evitava de propósito? Ela pegou o celular para ver se havia alguma mensagem. Nada ainda. Ligou para o celular dele e a ligação caiu direto na caixa postal.

"Você ligou para Drew. Deixe um recado após o sinal." *Bip.*

— Drew, me liga!

Ela fechou o celular e foi para a cozinha. Sua mãe estava à mesa, clicando ferozmente no laptop. O laptop e o Black-Berry eram ferramentas constantes agora que ela era uma executiva da SunBerry Vitamins. Tinha se esforçado muito durante dez anos e conseguiu chegar ao topo. Sydney sentia orgulho por ela ter alcançado seu objetivo, mas não achava mais que tinha uma mãe. Ou qualquer um dos pais, aliás. Sydney se perguntava se a nova posição de sua mãe não estava causando problemas no relacionamento de seus pais.

Observou o pai tirar uma travessa com um bolo de carne de dentro do forno, usando luvas térmicas floridas. Tinha assumido o papel de Sr. Mãe nos últimos dois anos. Ele estava ficando cada vez melhor, mas às vezes se esquecia de comprar papel higiênico ou perdia a conta da TV a cabo, o que resultava em uma hora de busca pela casa. Isso até Sydney entrar na internet e imprimir uma segunda via da conta.

A comida estava ficando melhor também, mas Sydney odiava bolo de carne. No entanto, como era o prato preferido de sua mãe, ela não recriminava o pai por tê-lo feito.

Sydney ficou ao lado do pai. Seus óculos prateados tinham escorregado para a ponta do nariz. Reparou que havia mais cabelo branco do que preto na cabeça dele. Um ano antes, teria feito uma piada sobre isso, mas agora ele não riria mais nem levaria na brincadeira. Ele daria de ombros e provavelmente diria: "Não vou ficar jovem para sempre." Ele quase nunca estava de bom humor.

— Precisa de ajuda? — perguntou. Não estava a fim de ajudar, mas era algo que a faria não pensar na falta de consideração de Drew.

— Não — disse ele ao colocar o pirex em cima do forno e mexer na carne com uma faca. Sydney jurava que a tinha visto respirar. — Obrigado por perguntar. — Ele virou para a esposa. — Querida, o jantar está pronto.

— Está bem. — Ela clicou em mais algumas coisas no laptop. — Estou quase acabando. Só mais cinco minutos.

O Sr. Howard fez que sim com a cabeça e pôs a mesa. Depois, começou a cortar o bolo de carne. Sydney resmungou ao ver a carne úmida no seu prato. Não queria estar ali naquele momento — com certeza, não queria comer aquilo. Sua casa tinha se tornado uma coisa silenciosa, semimorta. Poderia prever exatamente o que aconteceria no jantar.

Seu pai serviria a comida. Depois, as bebidas. Ele tentaria falar besteiras com a esposa até o celular dela tocar ou o e-mail apitar. Então ela se enfiaria de novo no trabalho, ignorando o Sr. Howard e Sydney.

— Pai, acho que não vou jantar hoje.

Ele empurrou os óculos para trás.

— Você precisa comer.

— Mas não bolo de carne.

E não à mesa também. Levaria a comida para o quarto. Pelo menos teria a TV para lhe fazer companhia em vez de dois corpos que se moviam e respiravam, mas que tinham se esquecido de como se comunicar.

— Bem — disse seu pai —, não fiz as compras ainda, então não tem quase nada.

Sydney abriu a geladeira. Tinha um resto de espaguete de três noites anteriores na prateleira de cima. Havia uvas e *creme de leite* na segunda prateleira. Ela pegou um pote de iogurte de blueberry e leu a data de validade na luz da geladeira. "10 de outubro". Já tinha que estar no lixo há *muito* tempo.

Depois de jogar o iogurte fora, foi até os armários e viu que estavam no mesmo estado lamentável.

Correção: sua casa tinha se tornado uma coisa silenciosa, semimorta e *vazia*.

Só de imaginar ter que passar o sábado à noite daquele jeito fez com que Sydney tivesse vontade de chorar durante duas horas. Ou então dormir durante um mês.

— Vou para a casa da Alexia — anunciou ela. Sempre havia comida na casa de Alexia. Ela mesma fazia as compras e tinha o mesmo gosto para comida que Sydney, ou seja, muita porcaria.

— Está bem, então — disse o Sr. Howard. — Dirija com cuidado. Amo você.

— Também amo você. — Ela olhou para a mãe. — Tchau, mãe.

Os dedos da Sra. Howard digitavam incessantemente no teclado do laptop. A testa franzida deixava sua aparência cheia de rugas. Ela não olhou para cima quando disse: "Tchau, querida."

Sydney revirou os olhos e foi embora.

♥

A primeira coisa que Sydney reparou quando entrou pela porta da frente da casa de Alexia foi o cheiro de alguma coisa queimando e um aroma de canela e maçã. Ela correu pela casa, olhando em todos os ambientes até chegar ao solário. Havia velas acesas por todo o lugar e uma fogueira queimava dentro de uma grande caçarola azul, rodeada por suas amigas.

Sydney ficou paralisada na porta absorvendo toda aquela informação.

— Vocês estão praticando bruxaria ou algo do tipo?

Todas olharam para ela e riram.

— Estamos tentando enfeitiçar o Drew — disse Raven.

— Não façam isso! — gritou Sydney, correndo para dentro do solário. Não que ela acreditasse em bruxaria ou em mágica ou em algo do tipo. Era uma pessoa ligada à ciência e aos fatos, mas com Raven tudo era possível.

Um menino do qual Raven gostava terminou com ela no ensino fundamental e, para se vingar, ela comprou um livro de magia num sebo e o enfeitiçou. No dia seguinte na escola, ele caiu numa poça de lama antes do almoço e depois torceu o tornozelo na aula de Educação Física. Sinceramente, Sydney achou isso tudo muito suspeito.

— Ela estava brincando — disse Alexia. — Raven.

— O quê?

Raven estava sempre implicando com Sydney. Se alguém era um pé no seu saco, esse alguém era Raven, mas Sydney adorava essa garota. Era como ter uma relação de amor e ódio com a irmã que nunca teve, mas sempre quis. Ser filha única era ruim. Às vezes.

Tirando o casaco, Sydney sentou numa das almofadas em frente à caçarola e olhou dentro dela. As fotos estavam todas amassadas com o fogo. Havia uma meia pegando fogo lentamente e uma camisa queimando em dois lugares.

O cheio de queimado saía da caçarola e o aroma de maçã e canela devia estar saindo das velas vermelhas espalhadas pelo solário.

— Então, o que exatamente vocês estão fazendo?

— Enterrando os nossos Ex. — Kelly lambeu o lábios com brilho. Sydney podia apostar que o brilho era de sabor chocolate. Era a maneira de Kelly satisfazer o seu lado formiguinha sem ingerir muitas calorias. — Você veio para enterrar o Drew?

Sydney sentiu aquela cosquinha na garganta como se fosse chorar. Engoliu com força e inspirou fundo pelo nariz. Por que ele não tinha ligado para ela? Nunca tinha ficado tanto tempo sem ligar de volta. Ela se sentia impotente e inquieta. Queria apenas poder consertar as coisas, tipo, *agora*.

Raven pegou o papel em forma de túmulo com o nome de Drew.

— Não deixaríamos você fora da diversão. Aqui está.

Sydney pegou o papel.

— Que coisa idiota... — Ela se levantou.

— Senta — disse Alexia. — Você não precisa fazer se não quiser.

— Não estamos tecnicamente terminados ainda, sabia?

Porém, quanto mais falava, mais duvidava das próprias palavras. Nunca tinham brigado assim. Nem tinham dito "acabamos". Não eram o tipo de casal que terminava e voltava toda hora.

E, quanto mais tempo de silêncio houvesse entre eles, mais ela acreditava que, de fato, tinham terminado. Mas parecia errado queimar um túmulo com o nome dele. Fazer isso poderia dar azar e nunca mais voltariam, mesmo que tivesse uma chance.

Seus olhos se encheram de água e algumas lágrimas escorreram. Droga, chorando de novo? E na frente das amigas?

— Por que você não fica com ele por enquanto? — disse Alexia. — Se vocês voltarem, pode jogar fora. Se... Bem, fique com ele.

Sydney fez que sim com a cabeça e guardou o papel na bolsa. Jogaria fora quando chegasse em casa, depois de finalmente conversar com Drew. Porque ele tinha que ligar, *não tinha*?

Oito

Regra 10: *Não pense sobre o seu passado com o Ex. Se você começar a pensar sobre isso, puxe um elástico no seu punho.*

Raven tirou a grade de horário amassada do bolso da calça jeans para ver qual seria a próxima aula. Era a primeira segunda-feira depois do término e o primeiro dia de aula do novo semestre. Será que as coisas podiam ficar piores?

Poderiam, sim, se tivesse alguma aula com Caleb. Com sorte, seu dia seria livre dele.

Ela observou o horário. A única coisa que estava igual a do semestre anterior era a banda. A próxima aula era de História Americana.

Nossa, que divertido! Até parece...

Apesar de tudo, precisava admitir que era sexy o fato de George Washington ter sido um coronel no exército americano e liderado trezentos homens quando tinha vinte e poucos anos. Ela se sentia atraída por homens que possuíam poder. Como o fato de Caleb ser o capitão do time de futebol americano.

— Ah, droga! — sussurrou, lembrando-se do término e do Código.

Acabei de quebrar uma regra, ela pensou.

Qual era a regra mesmo? Ela pegou o Código do Término de dentro do armário. Tinha comprado um caderno branco no dia anterior na loja de US$ 1 e decorado a capa com o material que sua mãe usava para os scrapbooks.

Tinha cortado um coração de cartolina ao meio e o colado na frente. Com um marca-texto roxo sem ácido, ela escreveu "O Código do Término" com uma fonte curvilínea. Era simples, mas estava maneiro.

Nas folhas do caderno, com o mesmo marca-texto roxo, ela copiou o código. Passando o dedo pelas regras agora, ela parou na décima. *Não pense sobre o seu passado com o Ex. Se você começar a pensar sobre isso, puxe um elástico no seu punho.*

Depois de olhar na mochila e no armário, não encontrou nada, o que não era nenhuma surpresa. Quase nunca prendia o cabelo. Estava solto, meio bagunçado, ou preso com um pregador de cabelo. Sempre achou que suas orelhas eram grandes demais para usar rabo de cavalo.

— Oi — disse Kelly, surgindo atrás de Raven, com pulseiras verdes de acrílico balançando no braço.

— Quebrei uma regra — disse Raven, fechando a porta do armário enquanto Sydney vinha na direção delas. — Preciso de um elástico para puxar quando penso em Caleb.

Sydney se encostou nos armários, abraçando a sua bolsa.

— Só tenho o que estou usando — disse ela colocando uma mecha de cabelo atrás da orelha. Ela fez bico, acentuando suas maçãs do rosto.

Não era do feitio de Sydney estar com uma aparência tão desleixada na escola. Não estava apenas com um rabo de cavalo frouxo, mas também usava uma calça de moletom e um casaco com capuz. Não havia nada de errado nisso, pois Raven sempre via Sydney com essa roupa, mas *longe* do colégio. Na escola, ela era rígida com sua aparência e sempre usava camisas polo e casacos bonitos. Como se recrutadores de faculdade estivessem escondidos em todos os cantos esperando para flagrá-la fora do estilo característico da Birch Falls High.

— Eu tenho um elástico — disse Kelly. — Comprei elásticos especiais para todas nós, na verdade. Foi para essa regra mesmo, já que me parece completamente impossível não pensar no Ex. — Ela pegou uma sacola da Walmart na bolsa. Pegou um prendedor de cabelo verde para Raven. — Tome.

Raven pegou o prendedor. Tinha uma estampa de trevos de quatro folhas.

— Para dar sorte — acrescentou Kelly.

— Certo. — Raven colocou o prendedor no punho, puxou e soltou. — Ai, meu Deus, isso dói muito! — Ela esfregou a pele que já estava vermelha.

— Eu sei — disse Kelly. — Já puxei umas 15 vezes desde sábado. Mas acho que está começando a funcionar.

Sydney resmungou e se desencostou dos armários, fazendo uma postura ereta.

— Você vai ficar toda marcada se continuar fazendo isso.

— Não se eu parar de pensar "naquele que não deve ser nomeado" — disse Kelly. — O objetivo não é esse?

— Acho que sim.

— Tome, comprei um para você também.

Sydney pegou o prendedor e enfiou no bolso.

— Você já falou com o Drew? — perguntou Raven, hesitante. Julgando pelo mau humor e pela aparência de Sydney, era provável que não.

— Vou falar com ele hoje — disse Sydney com certo descaso. — Ele só precisava de um tempo para se acalmar.

— É. — Raven esperava que Sydney apenas abrisse os olhos e enxergasse a verdade. Tinham terminado e, pelo que parecia, Drew não estava a fim de nenhuma reconciliação.

— É melhor eu ir antes que o sinal toque. — Sydney ajeitou a bolsa no ombro. — Vejo vocês mais tarde. — Ela seguiu para o lado oposto e sumiu ao virar num canto.

— Preciso ir também. Vejo você no almoço? — disse Kelly, já tomando outra direção.

— Isso. Até mais.

Raven foi até o corredor C, onde ficavam as salas de aula de história, e quase esbarrou numa pessoa quando virou.

— Ah! — exclamou a garota. — Ray-Ray! Procurei você por toda parte.

— Oi, Lori — disse Raven.

— Fiquei sabendo do que aconteceu na festa do Craig naquele dia. — Lori fez uma cara esquisita ao mexer na trança do seu longo cabelo castanho. — Às vezes meu irmão é um babaca.

Raven deu de ombros. Concordava plenamente, mas não estava a fim de falar sobre Caleb naquele momento nem sobre a falta de respeito que ele tinha. Principalmente não com sua irmã mais nova. Lori era uma boa amiga, mas tinha dificuldades em esconder as coisas de Caleb. Eram praticamente melhores amigos, o que era meio esquisito na opinião de Raven.

— Enfim — disse Lori quando Raven começou a se afastar. — Eu queria saber se você podia dar uma passada rápida na festa do bar mitzvah do Simon no próximo fim de semana. Ele quer muito que você vá. Sabe como ele é. Ele é apaixonado por você.

— Não sei... — Raven cambaleou um pouco. O sinal ia tocar a qualquer segundo. — Não sei se é uma boa ideia.

Lori fez um gesto com a mão, indicando que aquilo seria tranquilo.

— Está brincando? Não tem problema. O Caleb vai para casa por volta das seis para soltar os cachorros. Você pode chegar a essa hora, dar um "oi" para o Simon e ir embora. — Ela chegou mais perto e diminuiu o tom de voz. — Faça isso pelo Simon, por favor?

Raven estava começando a se sentir coagida, mas não tinha certeza de como sair daquela situação. Simon realmente a admirava por algum motivo louco. Caleb sempre disse que Simon era apaixonadinho por ela. Odiava ter que decepcioná-lo.

— Está bem. Dou uma passada rápida, mas não quero ver o Caleb.

Lori fez que sim com a cabeça de modo enfático.

— Com certeza. Vou garantir que ele não esteja lá.

O sinal tocou. Raven resmungou do barulho irritante e do atraso que provavelmente seria marcado em sua caderneta.

— É melhor eu ir! — Lori saiu correndo, dando um tchauzinho. — Falo com você depois.

— Está bem — sussurrou Raven e foi correndo para a aula de história.

O professor, o Sr. Banner, empurrou os óculos que estavam na ponta do nariz e olhou para ela com irritação.

— Você está atrasada.

— Desculpa. É o primeiro dia, sabe? — Ela deu de ombros e deu um sorriso que custou muito caro ao seu pai.

O Sr. Banner fez um movimento com a cabeça, apontando para a sala de aula.

— Sente-se.

Ela respirou em alívio. Odiaria começar o novo semestre já com um atraso no seu registro. Dois atrasos eram uma detenção, e Raven odiava detenções. Ela teve várias detenções no semestre anterior porque Caleb sempre a fazia chegar atrasada. Mas o lado bom disso é que ele também ficava em detenção, e eles trocavam bilhetinhos.

Raven olhou em volta, procurando um lugar vazio, e o encontrou no fundo da sala. Ela foi em direção a ele, mas ficou paralisada quando viu quem era a pessoa que estava na mesa ao lado.

Horace.

Seu coração passou de um ritmo calmo e tranquilo para uma batida frenética em dois segundos. De repente, ela se sentiu tonta e começou a suar frio. Esse tipo de coisa *nunca* acontecia com ela. Geralmente era confiante e casual perto dos meninos. O que era isso com Horace?

Ela estava hesitante na frente da sala, procurando outro lugar vazio apesar de saber que não havia. Por que esta sala tinha tão poucas carteiras? Na última aula que teve, de Inglês, havia cinco cadeiras vazias, o que dava às pessoas opção de escolha.

— Se puder se sentar — disse o Sr. Banner —, nós podemos começar.

Raven pediu desculpa de novo e seguiu rapidamente pela fileira de carteiras para se sentar na vazia. A cadeira fez um barulho. Cruzou uma perna em cima da outra e tentou se recuperar.

— Os lugares onde estão agora — disse o Sr. Banner, sua voz alta e imponente — serão os seus lugares até segunda ordem.

Várias meninas perto das janelas sorriram e olharam para as amigas ao lado. Raven olhou discretamente para a esquerda, para Horace. Ele deu aquele sorriso tímido característico e passou a mão no cabelo louro avermelhado.

Sua boca ainda estava inchada e machucada do soco de Caleb, mas parecia estar cicatrizando. Sentiu uma pontada de culpa no estômago e logo desviou o olhar.

Ela estava acostumada a ser o centro das atenções, principalmente quando o assunto era meninos. Mas nunca tinha visto ninguém levar um soco por ela. Gostava de flertar com os caras só para ver o que fariam, mas Horace... De algum jeito, isso tinha dado errado.

Ela havia perdido o controle da situação em algum momento, provavelmente quando se beijaram no ônibus. Ainda não conseguia entender o que tinha acontecido com ela. Agora precisava resolver a situação antes que tudo explodisse na sua cara.

♥

Alexia adorava livros, o que significava que ela adorava a biblioteca. Era o seu lugar preferido. A biblioteca da escola, a biblioteca pública... Não fazia diferença qual. Todas eram ótimas.

Então, quando viu o horário naquela manhã e percebeu que finalmente tinha conseguido o trabalho de assistente da biblioteca como eletiva, ficou em êxtase. Uma hora inteira na biblioteca? Vendo livros, alugando-os, lendo sinopses? Será que a escola podia ficar melhor?

Não, não podia.

Porém, quando abriu a porta da biblioteca e foi para o balcão avisar que tinha chegado, esbarrou em Ben Daniels.

À primeira vista, ela achou que fosse Will. Eles eram gêmeos idênticos, ambos com o cabelo castanho, os olhos verde-escuros, a mandíbula quadrada... Mas era só olhar de novo para ver todas as outras diferenças.

Will sempre penteava o cabelo, deixando-o bem arrumado. Ele usava camisas sociais e camisas polo com calça jeans ou cáqui. Ben, por outro lado, quase sempre usava calça cargo. Até agora, no meio do inverno. Seu cabelo não tinha corte nem era bem cuidado, fazendo cachos perto das orelhas e na nuca.

Ben era Will num dia ruim.

— Oi — disse ele, com uma voz relativamente rouca. — Alexia, né?

O sinal tocou e Alexia deixou a bolsa na cadeira.

— Isso.

Ele apoiou o braço no balcão e cruzou as pernas no tornozelo.

— As pessoas chamam você de Al?

— Não.

— Lexy?

— Não.

— Alex?

Suspirando, ela se sentou.

— Pode me chamar de Alexia, obrigada.

Onde estava a bibliotecária? E por que Ben estava ali? Ele não era assistente também, era?

Apesar de ela não ter nenhuma opinião sobre Ben — já que nunca tinham trocado uma ideia antes — conversar com ele parecia ser uma traição. O irmão gêmeo dele havia terminado com sua melhor amiga quatro dias antes. Ben não tinha culpa por associação?

— Alexia, então — disse ele ao se sentar do lado dela. Ele chegou para a frente, suas pernas compridas se abrindo um pouco. — Sou Benjamin, mas as pessoas me chamam de Jamin.

Ela bufou e olhou para ele.

— Não chamam nada.

Ele resmungou.

— Está bem, não chamam mesmo. Mas seria maneiro se chamassem.

Um sorriso passou pelo seu rosto, mas ela logo o segurou.

— Vou chamar você de Ben, *se* precisar chamar.

— Acho que você vai me chamar muito quando ficar perdidamente apaixonada por mim. Aham. — Ele chegou mais para a frente e colocou o braço na parte de trás da cadeira. — As garotas gostam muito de mim, pelo que ouvi dizer. Não posso culpá-las, já que sou espirituoso e atraente.

Se qualquer outro cara houvesse dito isso, Alexia teria reclamado e o ignorado, mas a expressão facial de Ben e seu tom de voz sarcástico indicaram que ele só queria fazê-la rir. Deu certo.

Ele se ajeitou na cadeira.

— Eu sabia que tinha um sorriso escondido aí. Mas ainda assim é injusto você estar rindo *de* mim. Não me acha bonito? Nem espirituoso?

Ela sorriu de novo. Não conseguia se controlar.

— Bem, você é...

— Pode dizer — brincou ele. — Eu sou, tipo, o Brad Pitt. Eu sei, eu sei. — Ele levantou a mão como se quisesse impedi-la de fazer um elogio. — Sempre me dizem isso.

Alexia fez uma cara esquisita.

— Não? — perguntou Ben. — Não é o Brad?

— Está mais para... Humm... Jensen Ackles.

— Ah, é? Jensen? — Ele olhou para o seu reflexo na janela do escritório da bibliotecária. — Eu nunca tinha pensado nisso.

A porta da biblioteca se abriu e a bibliotecária, a Sra. Halloway, entrou rapidamente com uma xícara de café em uma das mãos e uma pilha de livros na outra.

— Desculpem o atraso — disse ela passando rapidamente por Alexia e entrando no escritório. Ela deixou as coisas na mesa, pegou uma pasta e saiu de novo. — Ben — disse ela, olhando por cima dos óculos —, você não tem que ir a algum lugar?

— É verdade. Eu tinha esquecido.

— Sei... — Ela se virou para Alexia e disse: — Me dê mais dois minutos, querida, você já vai começar. Preciso fazer uma ligação. — Ela entrou no escritório.

— Acho que e a minha deixa para ir embora — disse Ben.

Alexia ficou em pé.

— Achei que você fosse assistente de biblioteca também — disse tentando disfarçar a decepção na voz. — Você não vai ter problemas por chegar atrasado?

— Não, sou assistente do laboratório de informática agora; é o meu segundo semestre com essa função, e a Sra. Fairweather está caidinha por mim, é sério.

Alexia riu, pois a professora do laboratório de informática era mais velha que a sua mãe e tinha cheiro de naftalina.

— E — continuou Ben — ela é cega como uma toupeira. Deve estar conversando com a porta do armário achando que sou eu.

Franzindo a testa, Alexia disse:

— Toupeira?

— É, elas têm uma visão ruim. Se você andar mais comigo, vai acabar aprendendo fatos sobre coisas importantes.

— Como a visão dos animais?

Ele sorriu.

— Isso mesmo. Agora, se você estiver fugindo de uma toupeira, vai saber que é melhor se esconder do que correr. Ele não vai ver você.

Alexia o acompanhou por trás do balcão até a porta do laboratório de informática.

— Odeio imaginar como o meu fim teria sido trágico se eu não tivesse falado com você agora.

— Já consigo ver as manchetes: "Morte causada por toupeira". É trágico mesmo.

— Benjamin — disse a Sra. Halloway —, é melhor ir para a sala antes que receba uma falta da Sra. Fairweather.

— Estou indo. — Ele virou a cabeça para Alexia. — Até mais.

— Tchau.

Ele abriu a porta do laboratório de informática e entrou. Alexia foi até a janela pequena e retangular da porta e observou Ben chegar até a Sra. Fairweather. Ela mexeu nos óculos enquanto olhava para ele, depois sorriu e fez que sim com a cabeça. Parece que ele não ia receber um atraso. Ele saiu de perto da mesa da professora e da vista de Alexia. Ela já ia se virar quando ele voltou para a janela e colocou um bilhete no vidro.

A SRA. FAIRWEATHER ACABOU DE ME PEDIR EM CASAMENTO. O QUE EU DIGO?

Ele estava com uma expressão de pânico.

Alexia riu e dublou: "Diga que você é comprometido."

Ele arregalou os olhos em falso desespero.

— Obrigado.

— De nada — respondeu Alexia, com uma expressão alegre como se tivesse de fato sido essencial no falso dilema dele.

Quando ele desapareceu de novo da janela, Alexia foi para trás do balcão da biblioteca para pegar instruções com a Sra. Halloway. A bibliotecária baixinha de cabelo enrolado mexia no computador e no sistema de arquivo. Alexia fazia que sim com a cabeça quando deveria e dizia: "Tudo bem", "Claro". Só que de poucos em poucos minutos, ela olhava para a porta do laboratório de informática, esperando ver Ben na janela de novo.

Nove

Regra 3: *Você não pode escrever cartas nem torpedos para o Ex dizendo que sente saudade dele.*

Sydney digitou uma mensagem para Drew no celular:

Onde vc estava no fim de semana? Por que não me ligou?
Precisamos conversar. Estou com saudade.
Syd.
Beijo.

Ela apertou o botão "enviar" e fechou o celular, guardando-o no bolso da frente da bolsa.

Pronto, ele não podia ignorar isso, né?

Embaixo da mesa, a perna de Sydney não parava quieta. Ela colocou o dedo na boca e tentou roer a ponta de unha que já não existia mais.

Achou que estava perdendo tempo naquela aula de escrita criativa, ouvindo o velho e surdo Sr. Simon falando no seu tom monótono sobre o próximo trabalho. Achou que o primeiro dia de aulas novas seria tranquilo, e os professores explicariam algumas regras e distribuiriam livros.

É claro, isso era chato também. Principalmente quando tinha outro lugar para ir, ou melhor, alguém com quem precisava conversar. Drew ainda estava desaparecido, mas, ou se ela acreditasse nas testemunhas, teoricamente estaria entre as paredes da Birch Falls High. O problema é que ele estava em todos os lugares em que ela não estava.

Até agora, não haviam assistido a nenhuma aula juntos, o que era decepcionante, considerando que tinham feito o horário juntos. A Sra. Hunt, a orientadora, prometeu que faria o que pudesse para garantir que ficassem nas aulas que escolheram.

Mas a primeira aula era de Trigonometria e não deu em nada, assim como a segunda aula, que era de estudos. Primeiro achou que Drew havia faltado, mas depois perguntou aos amigos dele se o tinham visto ou falado com ele. Todos disseram que sim, apesar de não quererem conversar muito, como se soubessem de algo que ela não sabia.

O resto da aula demorou a passar. Ela não queria que o resto do semestre fosse assim. Na verdade, ela gostava de escrever, mas o Sr. Simon estava acabando com tudo. Era provável que ele conseguisse fazer pular de paraquedas soar tão interessante quanto observar uma tinta secar.

Quando o sinal tocou, Sydney pegou suas coisas e saiu da sala em ritmo acelerado, a caminho do corredor B, onde ficava o armário de Drew. Esperou que ele aparecesse, mas, dez minutos depois, os corredores ficaram vazios enquanto os alunos iam para as aulas seguintes. Ainda nenhum sinal de Drew.

Até que ela viu Craig Thierot entrando em outro corredor mais à frente.

— Craig — gritou, correndo ao seu encontro. — Ei, você viu o Drew?

— Vi, acabei de falar com ele na sala de estudos.

Ele ia para a sala de estudos no 4º período? Como assim? Ele mudou de propósito no último minuto?

— Então, bem...

Bem o quê? O que ela deveria dizer? Como conseguir informação sem parecer uma namorada chata? Infelizmente, o dom de conseguir informação era um mistério para ela. Kelly era melhor nesse quesito. Provavelmente porque era toda fofa e alegre. Para ela, era fácil parecer casual enquanto pedia informação.

— Ei, Syd, preciso ir antes que o sinal toque — disse Craig.

— Já recebi um atraso hoje. — Ele começou a correr e se virou no meio do caminho. — Sinto muito por, você sabe, por você e o Drew. É uma pena. Você é uma garota maneira. — Ele piscou. — Valeu.

Ela ficou paralisada no meio do corredor, em choque.

O que ele quis dizer com isso? O que era uma pena? Será que Drew disse alguma coisa? Ou, mais importante, fez alguma coisa que ela não sabia?

Só de pensar nisso ficou enjoada.

Quando o sinal tocou, ela correu até o banheiro e bateu a porta com força. Entrou numa das cabines e a trancou. De joelhos no chão, com a cabeça no vaso, respirou fundo, tentando melhorar o enjoo.

Quando ficou melhor, saiu da cabine e se sentou no banco de metal encostado na parede. Será que Craig estava falando sério? Ou só brincando? Era típico dele querer causar uma confusão entre ela e Drew. Ele era um babaca.

Porém, quanto mais pensava, mais fazia sentido. O fato de Drew a estar evitando e o comentário de Craig significavam uma coisa: eles tinham terminado.

T-E-R-M-I-N-A-D-O.

Mas não poderiam ter terminado! Os últimos quatro dias de silêncio de Drew quase a mataram. Não ia conseguir aguentar mais um dia. Como estava, sentia como se fosse explodir de ansiedade a qualquer minuto.

Assim que as lágrimas começaram a escorrer no seu rosto, o celular vibrou na bolsa. Ela procurou por ele. Era uma mensagem de Drew.

Vamos conversar no almoço.
Nos encontramos na minha caminhonete depois dessa aula.
Drew.

— Só isso? — sussurrou ela. Não havia nada de "Eu amo você" nem de "Eu também estou com saudade. Está tudo errado, mal posso esperar para ver você".

Ele tinha sido tão frio e impessoal na mensagem que ela mal conseguia sair do banheiro, muito menos poderia conversar com ele no almoço. Talvez pudesse fingir que está doente e ir para casa. Drew sempre cuidava dela quando estava doente. E ela realmente se sentia mal.

Mas e se ele não fosse para a casa dela? E se passasse mais quatro dias evitando falar com ela? Quatro dias são praticamente um ano. Ela não ia conseguir aguentar mais quatro dias! E, se ela não fosse à escola, Nicole Robinson aproveitaria a oportunidade para ir atrás de Drew entre as aulas e no almoço...

Sydney ficou com raiva só de pensar. Não deixaria isso acontecer de jeito nenhum. Drew era seu. Sempre foi seu.

Se ele quer conversar, ela topa, mas não vai deixar essa conversa chegar ao fim com os dois terminando de verdade.

♥

Sydney vestiu um casaco preto e o abotoou todo para esconder o moletom que burramente tinha vestido hoje. Olhou para a calça de moletom da Old Navy e o tênis Nike preto desgastado. No que estava pensando quando se vestiu de manhã? Ela deveria ter usado aquela calça jeans que a mãe havia comprado no outono. A calça que definitivamente a deixava com bunda. Estava tão cansada e deprimida de manhã que não se preocupou em se arrumar.

Lá fora o céu nublado dava um ar cinzento ao dia. Estava insípido e triste, como o humor dela. Enfiou as mãos nos bolsos da frente do casaco. Sua respiração fazia uma fumaça branca na sua frente.

Na primeira fileira de carros, parou para ver se achava o de Drew. Um casal passou por ela em direção a um carro vermelho. A garota estava rindo de alguma coisa que o cara tinha dito. Ele sorria para ela por cima do carro enquanto abria a porta.

O que Sydney não daria para ser feliz assim de novo... Ela ainda podia voltar. Se não conversasse com Drew, será que ainda estariam terminados? Se ela o evitasse, de repente não iria acontecer.

Mas então sentiu uma mão no seu ombro e se virou, os olhos azuis eletrizantes se encontraram com os dela.

— Drew.

— Está pronta? — disse ele, balançado a chave do carro. Ele tinha passado gel no cabelo e a parte da frente estava em pé. Odiava quando ele passava gel no cabelo. Talvez tenha feito isso de propósito, como se para dizer que não se importava mais com a opinião dela.

— Eu estava só... procurando pela caminhonete.

— Está na terceira fileira — disse ele e saiu andando, a neve fazendo barulho sob suas botas Doc Martens. Ela hesitou, o pavor fazia o estômago embrulhar. Ela respirou fundo e andou confiante até alcançar Drew.

Ele abriu a porta do carona e foi até o lado do motorista. Colocou os óculos antes de se sentar ao lado dela e enfiar a chave na ignição. Eles foram até o Rocco's, uma lanchonete com drive-thru, que provavelmente se mantinha com o lucro que tinham na hora do almoço da Birch Falls High.

Pelas janelas da frente, Sydney viu que várias mesas estavam cheias. Havia uma fila na frente do balcão.

Drew deu a volta pelo prédio de tijolo bege e parou do lado do alto-falante. Dois carros pararam atrás dele, com o motor ligado.

Uma voz de mulher soou pelo alto-falante.

— Bem-vindo ao Rocco's. Como posso ajudar?

— Quero um sanduíche de peru e uma Coca diet — disse Drew. Ele virou para Sydney. — O que você vai querer?

Ela deu de ombros. Não estava com muita fome, mas, se não comesse, Drew poderia achar que ela estava fazendo drama.

— O de sempre.

Ele se virou para o alto-falante.

— E um sanduíche de atum com uma Coca diet.

Depois de pagar, Drew foi até o parque aonde geralmente iam no almoço. O parquinho em frente ao estacionamento estava vazio e coberto de gelo. O laguinho dos patos também estava congelado e coberto de neve. Só era possível ver que existia por causa da leve depressão na paisagem.

Drew parou a caminhonete e deixou o motor ligado, o ar quente do aquecedor soprava pelas saídas de ar.

— Então — disse ele enfiando o canudo no copo —, sobre o que você queria conversar?

— Você que me chamou para vir — disse ela, arrancando um pedacinho do sanduíche. Ela o amassou entre os dedos e enfiou na boca.

Drew soltou o ar antes de dizer:

— Você me mandou uma mensagem dizendo que precisávamos conversar. — Ele deu uma mordida grande no sanduíche e se sujou de cream cheese. — Pode me passar o guardanapo?

Ela olhou dentro da sacola da lanchonete. Como não achou nada, abriu o porta-luvas e procurou ali dentro. Sempre deixava guardanapos no porta-luvas para emergências como esta. Assim que achou, entregou-o a Drew.

— Valeu — disse ele com a boca cheia. Depois de limpar a boca, ele apoiou o sanduíche e deu um gole no refrigerante.

Sydney podia sentir o olhar nela enquanto mexia no sanduíche. Muita coisa estava se passando pela sua cabeça, mas ela não conseguia dizer nada. Não era o tipo de pessoa que se abria, nem o de fazer perguntas das quais não queria saber as respostas. Ao mesmo tempo, seu lado racional dizia que ela precisava acabar com isso. Caso contrário, sempre teria um peso muito grande nos ombros, pois odiava deixar as coisas inacabadas.

— Nós terminamos mesmo? — finalmente perguntou, tirando o olhar da janela embaçada do carona e olhando para Drew. Ele a olhou fixamente. Ela pensou rapidamente que, depois de terminar, os olhares dele logo seriam de outra. Ele não ficaria solteiro por muito tempo. É claro, Nicole estava por perto para fisgá-lo. Ela e mais umas vinte garotas na escola.

Sydney não podia deixá-lo escapar.

— Desculpa, Syd — disse ele, desviando o olhar para a frente e para o que estava por lá. Ela acompanhou e observou o esquilo que estava pulando pela neve. Agora, toda vez que visse um esquilo preto se lembraria deste momento: a dor e a compreensão.

Esquilo idiota.

— Você tem algum motivo específico? — ousou perguntar.

Depois de uma pausa, ele disse:

— Não é mais divertido namorar.

— Você quer dizer que não é mais divertido namorar *comigo*.

Ele inclinou a cabeça para o lado.

— Não foi isso que eu disse.

— Mas era o que você estava pensando.

— Você lê mentes agora?

— Não seja babaca.

Ele bateu no próprio colo.

— Pronto, motivo número dois.

— O quê?

— Isto. As discussões. É idiota. Toda vez que estamos juntos, discutimos.

— Não é verdade.

Suspirando, ele balançou a cabeça e passou a marcha a ré da caminhonete. Deu ré no estacionamento e foi até a rua.

— Aonde você está indo?

— Estou voltando para a escola.

— Ainda temos 15 minutos — reclamou ela, apontando para o relógio digital no som do carro.

Ele não disse nada enquanto chegava a uma interseção.

— Agora você não vai nem falar comigo?

— Não.

— Por quê?

— Conversar gera mais discussões. Se eu não falar... — Ele olhou para ela — Nós não discutimos.

— Não, Drew. Pare com isso. Precisamos dar um jeito.

— Não há nada para darmos um jeito.

— Estamos juntos há dois anos! Você chama isso de nada?

— Chamo isso de um bom relacionamento que finalmente chegou ao fim.

Ela encostou no banco e cruzou os braços.

— É por causa da Nicole? Você gosta dela? Vocês ficaram?

Ele parou de repente em frente a um sinal.

— Não! É sobre a gente, Sydney. Eu e você e mais ninguém, entendeu? — murmurou Drew, ajeitando-se no banco. Pisou no acelerador, passando pela interseção deserta. As rodas da caminhonete espirravam a neve derretida.

Um calor queimou as bochechas de Sydney. Seu queixo tremia de vontade de chorar, mas ela engoliu o choro.

— Se é só sobre a gente, por que não podemos dar um jeito? — Sua voz desafinou e ela quase tinha certeza de que ele sabia que ela estava prestes a chorar, mas ignorou.

— Porque simplesmente não dá.

— Você jura que não gosta de outra pessoa?

— Juro.

Isso aliviou a vontade de chorar, pelo menos um pouco. Talvez ele precisasse de um tempo. Ela conseguiria lidar com isso, não é mesmo?

O resto do caminho para a escola foi percorrido em silêncio, a não ser pelo barulhinho do aquecedor soprando um ar quente e seco. Quando Drew estacionou a caminhonete, Sydney saiu sem dizer uma palavra. Em vez de ir para a escola, ela seguiu para a esquerda.

— Aonde você vai? — perguntou Drew.

Naquele momento, ela não estava nem aí para a escola, para o trabalho ou para o fato de sua bolsa ainda estar no armário. Não se importava se o pai descobrisse que ia matar aula e a botasse de castigo. Não tinha com quem sair mesmo.

Quando chegou ao seu carro, pegou a chave do bolso do casaco e destrancou a porta do motorista, e Drew apareceu em seguida.

— Syd, aonde você vai?

— Para casa — disse ela, entrando no carro e fechando a porta na cara dele. Drew ficou confuso, passando a mão no cabelo e desarrumando tudo. Seu cabelo ficou todo espalhado, com vários pontos para cima como agulhas numa almofadinha.

— Sinto muito — disse ele novamente enquanto ela ligava o carro. Ela deu ré da vaga onde estava, passou a primeira e não olhou para trás.

Dez

Regra 19: *Se você vir o Ex de uma amiga, não comente nada com ela.*

Kelly costumava adorar as quartas-feiras. Ela e Will trabalhavam como voluntários no abrigo de animais de Birch Falls. Além de Kelly adorar animais, adorava o lugar. O abrigo ficava nas margens da cidade, numa rua de terra tranquila. Era um lugar muito calmo, mesmo que houvesse dez cachorros latindo ao fundo.

E, mais ainda, se divertia trabalhando com Will durante algumas horas toda semana. Ele era ótimo com os animais. Tinha sido ótimo com ela também.

Pelo menos ela achava que eles eram ótimos, mas não podiam ter sido tão ótimos *assim*, já que ele não conseguia fazer o relacionamento ser oficial e exclusivo.

Naquela quarta-feira, porém, com a separação recente na sua cabeça e o silêncio entre ela e Will, Kelly temia o fim do dia na escola e o início do seu turno no abrigo. Será que Will deixaria de ir?

Por mais que desejasse isso enquanto enfiava os livros no armário e pegava sua bolsa, sabia que Will não faltaria ao trabalho voluntário, mesmo que sua mãe estivesse no hospital. Ele era muito concentrado e determinado. O trabalho no abrigo causaria uma boa impressão na inscrição para a faculdade, e ele não sacrificaria isso por nada.

Talvez devesse deixar de ir. A faculdade era apenas um sonho confuso, em algum lugar bem longe no futuro. Além disso, não precisava de um diploma em Harvard para ser jornalista da *Seventeen* ou de qualquer outra revista para adolescentes. Só precisava de criatividade e energia, duas coisas que tinha muito. A educação poderia vir de qualquer programa de jornalismo. Se os professores fossem bons, que diferença fariam o nome da escola e o preço das mensalidades?

Alexia se aproximou do armário de Kelly. Seu cabelo ruivo estava solto, na altura dos ombros, com ondas naturais. Kelly queria ter o cabelo igual ao de Alexia. O cabelo liso de Kelly não fazia cachos nem com uma lata inteira de laquê. E tinha a cor de uma abóbora clareada.

— Pode andar comigo até o estacionamento? — perguntou Alexia.

— Claro.

Alexia fechou o casaco enquanto andavam pelo corredor.

— Então, eu vi o Will hoje na biblioteca.

— Alexia! — gritou Kelly, encarando-a.

Alexia tomou um susto.

— O que foi?

— Regra 19? Se você vir o Ex da sua amiga, não conte para ela?

Alexia fez uma careta.

— Ah, é verdade. Desculpe.

Poxa! E foi logo ela que inventou o Código!

Elas abriram a porta da saída juntas e foram atingidas pelo frio da rua. No mesmo momento, Kelly tremeu de frio e vestiu o capuz do casaco.

— Então, o que ele estava fazendo na biblioteca? — Tinha o direito de perguntar, não tinha? Além do mais, foi Alexia quem tocou no assunto.

— Ele foi ver o irmão no laboratório de informática.

— Ah. — Bem, pelo menos ele não estava com uma garota. Espere, será que estava? — A Brittany estava com ele?

Alexia balançou a cabeça.

— Ele estava sozinho.

Menos mal. Pelo menos ele não estava trocando Kelly por outra garota logo de cara. Mesmo que tivesse ficado com outras garotas durante o semirrelacionamento, não haveria dúvidas de que ele passava a maior parte do tempo com ela. Ficavam juntos toda sexta à noite e na maioria dos sábados. E também nas noites de quarta no abrigo.

Será que ele estava triste por não estarem, tipo, juntos agora? Já sentia falta dela? Nossa, ela sentia muita falta dele. Não queria admitir isso em voz alta, mas sentia. Quase foi procurá-lo no almoço. Costumavam sentar juntos. E, naquele momento, ela se coçava de vontade de ligar para o celular dele para saber o que estava fazendo. Ou se estava a caminho do abrigo.

Quando chegou ao carro, Kelly pegou a chave e se despediu de Alexia. Ela ficou sentada ao volante durante um tempo analisando as opções. Podia deixar de ir ao abrigo. Ou então podia ir e lidar com essa situação como adulta. O abrigo precisava de ajuda. Teriam de trabalhar mais para compensar a sua falta, e isso não era justo.

Com um suspiro, saiu do estacionamento da escola e seguiu para o abrigo.

♥

Quando Kelly chegou ao estacionamento do abrigo, o primeiro carro em que reparou foi a BMW preta de duas portas de Will.

Kelly olhou para o relógio. Tinha cinco minutos até seu turno começar. Ainda podia ir embora se quisesse, fugindo rapidamente antes que a tensão acabasse com o seu dia.

Mas não. Tinha uma responsabilidade com os animais e com o abrigo; não podia fugir por causa de um garoto.

Trancando o carro, entrou e sentiu imediatamente o cheiro dos animais. A ração dos cachorros, os pelos de gato e os pelos sujos dos cachorros. Morris, o oficial de controle de animais principal, sorriu quando ela entrou, fazendo com que suas bochechas gorduchas aumentassem.

— Boa tarde, Kelly — disse ele, segurando a aba do seu boné preto como um gesto de educação.

Morris era um homem com seus 40 anos que adorava cachorros e répteis. Era o cara dos répteis de Birch Falls, não que houvesse uma grande população de répteis, algo que sempre fez Kelly se perguntar por que ele tinha estudado os répteis, para começar.

Ela gostava mais de cachorro. Principalmente dos pequenos. Estava tentando convencer a mãe a comprar um Boston terrier, mas até agora ainda não tinha conseguido.

— Oi, Morris — disse ao dar a volta no balcão, seguindo pelo corredor até o banheiro.

Ela vestiu a roupa de trabalho: uma calça para ioga da Gap e uma camisa cinza de manga comprida que estava perdendo a cor e ficando branca. Era roupa de trabalho, mas era uma roupa de trabalho *bonitinha*.

Depois de deixar a bolsa no armário do corredor, abriu a porta que ficava entre o saguão e o canil dos cachorros. Will estava lá, inclinado para baixo, limpando as calhas com uma mangueira. Os cachorros latiam para eles mesmos ou talvez para Kelly.

Will não levantou os olhos para cumprimentá-la.

Quanto mais ficava parada observando Will, mais rápido batia o seu coração. De repente, sua língua parecia pesar uns cinco quilos. Por falar em quilos... Ela não tinha corrido na esteira naquela manhã. Deu uma olhada rápida para verificar se havia algum sinal de uma pancinha. Puxou sua camisa para baixo desconfortavelmente, tirando-a do quadril.

Lembrete para ela mesma: correr na esteira!!!

Kelly engoliu em seco e respirou fundo.

— Oi — disse finalmente. Pronto, parecia casual.

Will parou de limpar e olhou por cima do ombro.

— Oi. — Ele ficou de pé. — Por que não sei mais de você?

Kelly mexeu no relógio. Ele não tinha nenhuma noção? Talvez devesse ser sincera com ele. Se ele ouvisse suas preocupações talvez percebesse como o assunto de um relacionamento exclusivo era sério para ela, então ele perceberia que gostava mesmo dela e largaria Brittany.

Por dentro, Kelly resmungou. *Até parece.*

— Will. — Ela deu início à conversa, mas um cachorro adulto começou a chorar lá fora.

Will correu pela porta de saída e foi até os canis lá de fora. Kelly foi logo atrás dele. O pastor alemão que tinha chegado no dia anterior havia prendido a pata na grade. Will soltou o cachorro com cuidado e disse:

— Acho melhor levá-lo para dar uma volta. Não deve sair há algum tempo. — Sua respiração fazia uma fumaça branca. Suas bochechas pálidas já estavam ficando cor-de-rosa com o frio.

Voltaram para dentro e Will vestiu o casaco.

— Você termina de limpar as calhas? — perguntou ao pegar a guia azul em um dos ganchos.

Kelly envolveu seu corpo com os braços.

— Claro.

— Ah, e limpa os canis também?

Era a semana dele de limpar os canis, mas ela concordou mesmo assim. Will lhe agradeceu e foi embora. Quando a porta fechou, ela se encostou na parede e passou a mão na testa. Deve ter quebrado um monte de regras naquele momento. Não havia uma regra que impedia a pessoa de falar com o Ex?

Provavelmente.

Ela foi até a entrada.

— Ei, Morris.

Ele largou o livro.

— Algum problema com os cachorros?

— Não, estão bem. Eu só queria conversar com você.

Morris virou a cadeira para ficar de frente para ela e cruzou a perna em cima do joelho. O chaveiro enorme balançava na sua cintura.

— O que houve?

— Preciso trabalhar em outro horário, tipo, imediatamente.

— Algo de errado?

Ela fez que sim com a cabeça de maneira enfática. Na verdade, *alguém* errado.

— É pessoal.

— Tudo bem. Que tal aos domingos? Falta gente na hora da visita.

— Está ótimo, obrigada.

Ela se sentiu melhor agora que estava tudo acertado. Não conviver com Will significava não se estressar. Ou pelo menos era o que ela esperava.

♥

Depois de vestir as luvas de lã, Kelly ligou o carro no estacionamento do abrigo. Ligou o aquecedor no máximo, tremendo no início com o ar frio que saiu, mas era daquelas pessoas que acreditava que ligar o aquecedor no máximo fazia o carro esquentar mais rápido.

Geralmente, o tempo no abrigo voava, mas hoje ele tinha arrastado. Havia muitas coisas a fazer — cães para passear, canis para limpar, gatos para alimentar —, mas, com Will por perto, Kelly não conseguia se concentrar. Também não ajudava nada ele ficar conversando com ela.

— Quando vamos sair de novo?

— O que vai fazer hoje?

— Você tem aula de Inglês com o Jacobs?

Respostas. Nunca. Nada. Não.

Mas, por algum motivo, ela não conseguia dizer nada disso. Era como se o seu cérebro não funcionasse bem perto de Will. Provavelmente porque ele aspirava todo o ar quente do ambiente.

Ela queria dizer: "Ei, Will, você é uma porcaria de amigo, e eu não quero mais desperdiçar nenhum tempo com você." Mas, para ser sincera, não era exatamente assim que se sentia. Ele era uma porcaria de amigo, mas ela queria *muito* sair com ele, e esse era realmente o problema desde o início. Ele não queria um relacionamento, e ela queria. Mas ela não ia mais ter um relacionamento de graça. Nunca se contentaria com isso, não importava o quanto gostasse dele.

Antes de dar a ré da vaga, Kelly ligou para Alexia para ver o que todo mundo estava fazendo.

Alexia logo atendeu.

— Você está ocupada? — perguntou Kelly. — Já acabei aqui no abrigo e não quero ir para casa. Minha mãe vai fazer bife com batatas para o meu irmão hoje, e eu odeio bife.

Pelo telefone, Kelly conseguiu ouvir Alexia mastigando alguma coisa antes de responder.

— Vai passar uma maratona de *Falcon Beach* hoje. Quer vir para cá assistir comigo?

— Mas é óbvio! Chego aí em dez minutos.

A mãe de Alexia atendeu a porta quando Kelly bateu. Era uma mulher mais velha, com quase 50 anos, e passara seu cabelo ruivo para Alexia. A Dra. Bass tinha o cabelo curto e em camadas, na altura do queixo, e o de Alexia era comprido e ondulado. Tanto a mãe quanto a filha tinham o mesmo nariz pequeno e perfeitamente reto, e algumas sardas espalhadas.

— Oi, Kelly! — disse a Dra. Bass. — Não vejo você há um tempo.

O rosto de Kelly ficou quente. A Dra. Bass tinha razão, afinal, Kelly havia estado muito ocupada com Will para dedicar a Alexia o tempo que ela merecia. Por que, quando uma garota arruma um namorado, o resto do mundo desaparece? O amor era realmente cego. E burro.

— Pois é, eu estava... terminando uns projetos — mentiu ela.

Um liquidificador foi ligado na cozinha e a Dra. Bass revirou os olhos.

— Meu marido está tentando fazer um suco de broto de trigo — disse ela. — Acho melhor ir lá dar uma olhada antes que o suco vá parar no meu teto. Alexia está na sala.

— Obrigada.

Kelly achou Alexia no sofá com um saco de biscoitinhos Goldfish no colo, mas, naquele momento, parecia mais envolvida com o cara gato na TV que com o biscoito na mão.

— Oi — disse Kelly, sentando no sofá. O cheiro de Bom Ar saía das almofadas. Ela enfiou a mão no saco de biscoitinhos e pegou um monte. — Nossa — acrescentou, finalmente olhando para o cara na TV. Ele era louro e tinha um corpo lindo. Era muito mais bonito que o de Will, que não tinha um corpão. Fazia dieta e exercícios, mas não pegava peso. Agora, Ben... Nossa, ele sim era muito sarado. Kelly já o vira sem camisa várias vezes quando ia para a casa de Will.

Ben era com certeza um gato.

— Aquele é o Jason — disse Alexia, apontando a TV com a cabeça. — Ele é o gatinho de *Falcon Beach*.

Kelly mordeu o lábio inferior.

— Sem dúvida.

Quando o comercial começou, Alexia finalmente se virou para Kelly e enfiou um biscoito na boca.

— Então, como foi no abrigo?

Kelly suspirou e cerrou os lábios. Ela ia dizer que não estava a fim de conversar sobre aquilo porque era deprimente demais, mas tudo acabou saindo.

— Acho que quebrei um trilhão de regras ao falar com ele. Eu só queria poder esquecê-lo logo.

— Bem, se você parar de quebrar as regras, vai conseguir — sugeriu Alexia. — É para isso que existe o Código, afinal.

Kelly lambeu o sal do biscoito que estava nos dedos.

— É fácil para você dizer. — Depois, sentindo-se uma chata reclamona, mudou de assunto. Além do mais, se falasse mais de Will, iria acabar chorando de novo ou ficando deprimida o suficiente para entrar num coma induzido por chocolate. — E como foi o seu dia? Tem algum gatinho na sua sala? — Ela mexeu as sobrancelhas.

Alexia deu de ombros e pegou o saco de biscoitos de volta.

— Acho que não.

Exceto que... Kelly tinha quase certeza de que Alexia estava mentindo. Seu rosto parecia bem vermelho, e ela sempre ficava com o rosto vermelho quando estava mentindo ou evitando alguma coisa e suas sardas ficavam com uma cor verde-musgo. Esquisito, né? Mas, por mais que Kelly adorasse fofocar sobre os caras, sabia que Alexia não era aberta para esse tipo de coisa. E obrigá-la a falar sobre isso seria muito cruel.

Onze

Regra 13: *Você não pode dormir com o Ex.*

Regra 17: *Não mantenha contato com os pais do Ex, nem com a irmã, o irmão, os primos ou qualquer pessoa que seja da família dele.*

— Ah, queria perguntar uma coisa — começou a mãe de Raven enquanto colocava seu molho de lasanha especial num pirex. — Você conseguiu entrar naquela aula de pré-cálculo de que falamos?

Já havia se passado uma semana desde que Raven tinha começado as aulas. Estava surpresa por sua mãe não ter dado uma olhada no seu novo horário assim que chegou da escola na segunda. Devia ser porque a Sra. Valenti estava sempre trabalhando, agora que era dona da Scrappe. A loja foi um presente de Deus para Raven, pois fazer álbuns de recortes mantinha sua mãe ocupada, o que significava que passava menos tempo enchendo seu saco.

— Querida? — disse a Sra. Valenti.

Raven sacudiu bem o escorredor cheio de massa de lasanha na pia. A água escorria pela parte de baixo, transformando-se em poucas gotas. Talvez, se fingisse estar ocupada, a mãe pararia de bombardeá-la com tantas perguntas.

— Raven, você me ouviu?

Bem, valeu a tentativa.

Raven colocou o escorredor de volta à panela onde a massa tinha sido cozida e virou para a mãe.

— Não, não consegui. Não tinha mais vaga — mentiu. Nem tinha pedido para entrar em pré-cálculo. Quem em sã consciência ia querer fazer essa porcaria de aula? Já tinha problemas com a geometria obrigatória. Com certeza, não dificultaria as coisas escolhendo fazer pré-cálculo. Em vez disso, havia escolhido contabilidade como a última eletiva de matemática. Mas não ia dizer isso à sua mãe.

A Sra. Valenti tinha saído da faculdade no primeiro ano, quando seus pais se recusaram a pagar a mensalidade. Re-cusaram-se a pagar a mensalidade porque ela estava grávida de Raven e porque o pai de Raven era afro-americano. Os Valenti, uma família inteiramente italiana, queriam que sua única filha casasse com um "bom menino italiano", como diziam. E quando descobriram que estava grávida e que planejava casar com o pai de Raven, surtaram.

A mãe de Raven sonhava em se tornar pediatra. E agora, 17 anos depois, parecia que a Sra. Valenti estava castigando Raven por ter sido um dos motivos para ela ter saído da faculdade (como se Raven a tivesse engravidado!) ou estava vivendo indiretamente através da filha.

Não era nenhum segredo que a mãe queria que ela pe-gasse todas as aulas mais difíceis para ser aceita por uma faculdade da Ivy League. Raven teria todas as coisas que a mãe nunca teve. Era quase como se quisesse que Raven compensasse seus erros.

Raven desconfiava do que sua mãe diria se admitisse que não queria ir para uma faculdade de altíssimo nível. Como se ela fosse conseguir entrar. Na verdade, não tinha certeza do que queria fazer depois de se formar na escola, mas voltar a estudar com certeza não era sua prioridade. Kelly sempre dizia para Raven tentar ser modelo, mas ela não era uma fashionista como Kelly. Raven não ficava animada com roupas.

Sempre achou que fazer uma viagem de carro pelos Estados Unidos seria divertido. Talvez com suas amigas ou com quem estivesse namorando na época. Queria ir para Califórnia, Nova Orleans e Las Vegas, baby! Só queria um ano para viver e respirar longe da mãe. A Sra. Valenti era como um falcão, estava sempre pairando sobre Raven, fazendo perguntas, dando ordens.

Agora sua mãe a olhava do outro lado da cozinha com aquele olhar de decepção.

Raven suspirou e cruzou os braços.

— O que foi?

A Sra. Valenti deu de ombros.

— Talvez se tivesse ido falar com a orientadora mais cedo, como eu havia pedido, você teria conseguido pegar a aula de pré-cálculo. — Ela olhou para o escorredor de macarrão. — Pode me passar a massa?

Raven pegou a panela e a levou até o balcão em forma de L onde a mãe estava preparando a lasanha. Deixou a panela e disse: "Vou tomar um banho." *Não* estava a fim de discutir com a mãe sobre as aulas naquele momento. Tinha muita coisa na cabeça, como a festa do bar mitzvah de Simon e a possibilidade de encontrar Caleb. Estava muito confusa em relação a ele, ou melhor, em relação ao que sentia por ele.

Numa hora, sentia tanta falta de Caleb que seu peito doía. Na outra, era tomada de vergonha por ter namorado com ele, em primeiro lugar. Todo mundo dizia que ele não servia para ela, que era um babaca. Mas nem todo mundo sabia como Caleb era quando estava só com Raven. Era muito fofo.

— Você não vai me ajudar com o jantar? — A Sra. Valenti esticou uma camada de massa de lasanha no pirex.

— Vou para a festa do bar mitzvah do Simon, lembra?

— Então não vai jantar comigo e com sua irmã? Sabe que gosto de todas à mesa. É nesse momento que as famílias se comunicam.

A Sra. Valenti adorava ler livros e revistas de autoajuda para os pais, que foi de onde acabou de tirar essa última pérola de sabedoria. Se um médico ou um psicólogo recomendasse alguma coisa, ela faria. Não importava se a ideia era ridícula ou não. Tinha lido que a superexposição da mídia fazia com que os filhos perdessem as ligações com os pais e, desde então, determinou a quantidade de cultura pop que era permitida na casa.

Impôs o limite de uma hora de TV por dia. Supostamente, os tabloides e as revistas de moda eram o motivo de tantas meninas adolescentes terem problemas com a aparência, então as filhas não podiam ler nada disso.

A palavra de um especialista era o Evangelho naquela casa. E os pais de Alexia eram praticamente deuses.

— Acho que não estarei em casa para o jantar. Desculpa.

— Bem, acho que posso abrir uma exceção. — A Sra. Valenti pegou mais uma camada de massa e a colocou no pirex. — Só não chegue muito tarde, por favor.

— Mãe, é uma festa de bar mitzvah. Acho que não vão ficar comemorando até depois da meia-noite. — Não que Raven soubesse o que se comemorava num bar mitzvah, mas algo dizia que não era uma festa animada.

— Raven. — A Sra. Valenti olhou para cima e suspirou fundo. — Apenas... esteja em casa até meia-noite, está bem?

Raven fez que sim com a cabeça. Não seria muito difícil, visto que não tinha mais um namorado. Sua vida era oficialmente sem graça.

♥

Raven estacionou seu Nissan Sentra nos fundos do Loon Cast Banquet Hall. O sol estava se pondo, deixando o céu cor-de-rosa e alaranjado no horizonte. A neve tinha parado de cair de manhã, mas, como o vento a soprava de um lado para o outro, parecia ainda que estava nevando.

A música "Pain", da banda Three Days Grace, preenchia o interior do pequeno carro de duas portas de Raven. O refrão da música dizia: "Prefiro sentir dor a não sentir nada." Alexia tinha dito quase exatamente a mesma coisa no último fim de semana, depois dos términos. Mas era fácil para ela, já que nunca tinha tido seu coração partido.

Raven imaginava como seria não sentir absolutamente nada. Por um lado, nunca ficaria triste, com raiva nem frustrada com os caras. Mas também nunca sentiria excitação nem o friozinho na barriga que sentia naquele momento, ao olhar para aquele prédio grande na sua frente, imaginando que talvez Caleb estivesse lá dentro. Lori tinha prometido que ele não estaria, mas Raven esperava um pouco que ele estivesse.

Ela queria vê-lo porque ficava bonita com seu vestido preto de seda e sapatos pretos. Além do mais, seu cabelo tinha cooperado bem depois do banho e agora estava na altura dos ombros, com ondas negras. Ou melhor, ficaria bom quando ela entrasse e tirasse a jaqueta de couro cinza. Ela quis ir sem jaqueta, pois era difícil ficar sexy com roupa de inverno, mas estava muito frio.

Mais que tudo, simplesmente sentia saudade de Caleb. Isso era péssimo, porque ele a tinha tratado muito mal na festa de Craig, no fim de semana anterior, mas mesmo assim... simplesmente não conseguia esquecê-lo.

Mal o tinha visto na escola durante a semana. Não tinham nenhuma aula juntos e os armários de cada um ficavam em lugares diferentes da escola.

Alguém bateu na janela do carona do carro de Raven. Ela pulou de susto e colocou a mão no peito.

— O que está fazendo? — gritou Lori. — Vai ficar no carro a noite toda?

Raven virou a chave e desligou o carro. Colocou um Big Red na boca (odiava balas de menta, só curtia chiclete) e deu uma olhada nos dentes pelo retrovisor.

Você está bem, ela pensou. Se Caleb estivesse lá dentro, iria babar totalmente por ela.

Abriu a porta do lado do motorista e encontrou Lori na frente do carro. Lori estava enrolada com um casaco framboesa da Columbia, seus braços cruzados com força. Estava com um vestido vermelho por baixo do casaco.

— Vamos entrar no quentinho! — Lori correu da melhor maneira que conseguiu com seus saltos sobre o estacionamento coberto de neve enquanto segurava o vestido para baixo com as mãos.

Raven estava feliz por não estar de salto. Era provável que quebrasse o pescoço usando um; por isso, sempre o evitava. A mãe havia comprado um par de sapatos de salto alto no ano anterior para ela usar nas bodas de ouro dos avós. Foi a primeira e última vez que usou salto.

Lori segurou a porta aberta para Raven. O vento as seguiu até Lori fechar a porta e bloqueá-lo. Lori tirou o casaco e pendurou em um dos milhares de ganchos dourados na parede. Passou a mão no cabelo penteado para cima para ver se estava tudo no lugar. Algumas mechas de cabelo cacheado estavam soltas em volta do seu rosto em forma de coração.

Raven tirou o casaco e o pendurou ao lado do de Lori. Ela balançou os cabelos e apertou os lábios cobertos por gloss.

— Nossa — disse Lori, olhando Raven de cima para baixo. — Você está muito gata!

— Obrigada. Tudo bem estar gata para uma festa de bar mitzvah?

— Com certeza. Tranquilo. Vamos. — Lori pegou a mão de Raven e a puxou pela porta que estava fechada no saguão.

Dentro do salão principal, Raven se deparou com uma música alta cantada em outro idioma. Violinos acompanhavam flautas e outros instrumentos de corda. Por mais que não fosse o tipo de música de que gostasse, tinha um ritmo dançante convidativo.

Luzes iluminavam o palco onde o DJ estava. O resto do salão estava escuro, a não ser pelas chamas das velas nas mesas redondas. A pista de dança estava cheia de crianças com seus pais.

Uma menina de no máximo 13 anos passou por Raven com um algodão doce gigantesco na mão. Raven viu a máquina do doce do lado direito, perto de uma mesa comprida cheia de comida judaica.

— Minha mãe caprichou na festa — gritou Lori. — Deve ser porque Simon é o caçula, sabe? Mais tarde vamos ter karaokê.

— Nossa — respondeu Raven, absorvendo tudo enquanto procurava por Caleb sorrateiramente.

— Simon está ali — disse Lori. — Vamos falar com ele.

Lori passou por várias mesas e parou em frente a uma na parede.

— Ei, Simon! Olha quem está aqui!

Simon viu Raven e deu um sorriso enorme. Ele se levantou da cadeira e deu a volta na mesa.

— Obrigado por vir, Raven!

Ela não conseguia deixar de sorrir também. O menino era tão bonitinho e fofo, e estava especialmente bonitinho e fofo naquela noite, usando uma calça social preta e uma camisa social branca. A gravata vermelha de seda parecia ser muito nova. O cabelo escuro estava rente à cabeça por causa do gel. Raven se perguntou se Caleb havia ajudado a arrumar o cabelo do irmão. Sempre cuidava muito dos irmãos mais novos. Por mais que fosse uma porcaria de namorado, era um ótimo irmão mais velho.

— Eu tinha que vir ver você. — Raven apertou o ombro de Simon e ele corou de vergonha.

— Então por que não passou lá em casa a semana toda? Raven ficou constrangida. Como responderia?

— Mais tarde, Simon, está bem? — disse Lori. — Fique feliz por ela estar aqui agora.

— Mas...

— Simon!

— Está bem, está bem.

A Sra. Plaskoff, a mãe de Caleb, apareceu.

— Querido — disse ela a Simon —, venha cumprimentar os seus primos de Illinois. — Ela reparou que Raven estava lá. — Oi, Raven, querida! — Então abraçou Raven e a apertou forte. A Sra. Plaskoff sempre tinha cheiro de rosas.

— Fiquei sabendo. Eu sinto muito. Meu filho mais velho, juro, às vezes não pensa mesmo. Sabe como é? — Ela balançou a cabeça, mas seu cabelo pintado de vermelho, congelado em cachos com muito laquê, mal se moveu.

Raven sorriu. Ela gostava da mãe de Caleb. Era extravagante, mas muito legal.

A Sra. Plaskoff se inclinou para sussurrar algo no ouvido de Raven.

— Ele está perto da vasilha de ponche, se quiser falar com ele. — Ela retomou a postura e colocou a mão no ombro de

Simon. — Vamos, Simon. Foi bom ver você, Raven. — Mãe e filho desapareceram na multidão.

Raven se virou para a mesa de comida onde tinha visto a vasilha de ponche. Caleb estava lá com um copo de plástico na mão. Seus olhos estavam fixados nela, mas havia outra garota ao lado dele.

Ele também estava todo arrumado, com uma gravata igual a de Simon. Estava de barba feita.

Raven não reconheceu a garota. Devia ter uns 17 anos, mas estava tentando parecer mais velha usando muita maquiagem e um delineador preto. Seus lábios finos estavam contornados por um batom vermelho e seus peitos pareciam emperrados para cima pelo sutiã, o vestido curto preto muito decotado.

— Quem é aquela garota com Caleb? — perguntou Raven a Lori.

Lori olhou para o irmão e resmungou.

— É uma amiga da nossa prima de Tel Aviv. Está andando com Caleb desde que chegaram aqui.

Raven tentou botar o ciúme para fora com uma respiração, mas estava enterrado em seu peito. Apesar de estarem terminados, não conseguia deixar de sentir uma espécie de posse sobre Caleb. Com certeza mais do que teria qualquer garota israelense de Tel Aviv.

Ela alinhou os ombros, alongou o pescoço e caminhou sobre o chão de carvalho, os sapatos batendo como se estivessem torcendo por ela. Parou em frente a Caleb e discretamente analisou aquela vagabunda, agora que estava mais perto. A pele dela era manchada e havia uma espinha gigante no canto do nariz. Suas sobrancelhas foram feitas de maneira torta e a base que usou era dois tons acima do de sua pele. Raven percebeu por causa da marca que havia na linha do cabelo.

Raven deu um sorriso.

— Oi — respondeu ela, esperando que a troca de olhares com Caleb tivesse sido um sinal de que ele ainda gostava dela e de que não lhe daria um fora na frente do inimigo.

— Oi — disse ele. Colocou o copo na mesa atrás dele e enfiou as mãos nos bolsos da calça. — E aí?

A música no som mudou para um rock clássico. Vários adultos deram um gritinho e começaram a dançar mais rápido na pista, em sincronia com o tempo da batida.

Raven colocou as mãos para trás.

— Achei que seria bom vir aqui parabenizar Simon.

A menina olhou para Raven como se se sentisse ameaçada.

— Legal. — Caleb fez que sim com a cabeça.

Raven percebeu que seu vestido preto combinava com a roupa de Caleb. Formariam um casal lindo nas fotos.

— Posso falar com você rapidinho? — disse ele e depois olhou para a garota como se a expulsasse dali.

A garota fez uma careta, mas foi embora.

— Claro — disse Raven, satisfeita com o resultado daquela situação.

Caleb pegou seu braço gentilmente e a levou até uma porta atrás da mesa de comida. Entraram numa cozinha onde havia várias pessoas trabalhando, guardando os restos de comida e lavando os pratos. O ar tinha cheiro de peixe salgado e sopa de frango.

Ele foi até outra porta, que os levou a um corredor e depois a um quarto vazio, que parecia ser um camarim. Sentou no sofá encostado na parede e bateu levemente na almofada a seu lado.

— Você pode sentar rapidinho?

Raven hesitou. Ele estava sendo tão gentil, mas, ao mesmo tempo, ela sabia que estava quebrando uma regra apenas por ter ido ali. Ainda assim, não podia deixar que as coisas continuassem daquele jeito.

Ela sentou, mas manteve uma distância entre eles.

— Então, bem... — disse Caleb. — Eu estava completamente bêbado naquela noite e furioso também. Você não pode me culpar, entende? Você beijou outro cara.

Raven olhou para ele.

— Não foi uma coisa planejada. Também não quis magoar você. — A viagem de ônibus de volta da competição da banda surgiu na sua cabeça. Viu Horace e ela no fundo do ônibus, as mãos de Horace no seu cabelo. Raven virou o rosto, com medo de Caleb ler os pensamentos pelos seus olhos.

— Sei que você não quis me magoar. — Caleb se mexeu para poder olhar nos olhos dela. — Mas me magoou.

Ele parecia sincero, mas Raven apostaria no fato de que não tinha sentimentos de verdade, apenas orgulho. E era isso que ela havia ferido mais do que tudo.

— Bem, que bom que conversamos — disse ela, pronta para se levantar. Ela estava começando a ficar desconfortável, como se o seu subconsciente estivesse tentando avisá-la de como era errado ela estar ali.

— Também acho. — Ele parou e chegou mais perto dela, pegando na mão de Raven. — Não quero que a gente se odeie.

— Não odeio você.

Talvez ela tivesse ido longe demais com o vestido preto e com o que fez para espantar a outra garota. Será que o havia enganado?

Onde eles estavam, longe do salão e do som, o silêncio era quase absoluto. Ela se perguntou se a sua respiração parecia muito acelerada e se Caleb estava tendo ou não uma impressão errada. Estava claustrofóbica e nada animada.

Tentou ir embora de novo, mas Caleb apertou sua mão um pouco mais forte.

— Espere. — Ele a puxou para abraçá-la. — Senti sua falta.

— Caleb.

Ele levantou o queixo dela com o dedo e a beijou. No começo, ela não parou, basicamente porque estava paralisada ali. Ela o beijara tantas vezes antes que simplesmente era uma coisa natural, como vestir um casaco de moletom confortável, mas cheio de buracos, que ela deveria ter jogado fora há muito tempo. Ele passou o braço na cintura dela e a levou de volta para o sofá, para que os dois ficassem deitados.

O calor surgiu em suas bochechas, enquanto sua mente gritava "pare!" quando tentava ser racional.

Ela saiu de debaixo de Caleb e praticamente pulou do sofá.

— O que houve? — perguntou ele.

— Não estamos juntos.

— Mas podemos ficar juntos. — Ele se levantou, chegando perto dela. — Eu *quero* voltar com você.

O único motivo por que estava dizendo isso era porque queria transar com ela. Esse devia ser o plano desde o início. Foi por isso que ele a tinha levado lá para os fundos da casa de festas.

Mas não ia transar com ele. Além de ser uma infração à regra, era simplesmente errado. Suas amigas nunca a deixariam em paz. Não que precisasse lhes contar, mas saberia que teria quebrado uma das regras mais sérias de propósito.

— Vou embora — disse ela, ajeitando o cabelo com os dedos. Ela abriu a porta do camarim e saiu andando rápido pelo corredor.

Caleb foi atrás dela.

— Espere, Ray.

— Não me chame de Ray. — Ele fazia o apelido parecer errado.

— Sempre chamei você de Ray. Quer parar, por favor?

— Não tenho mais nada a dizer!

— Se não quiser voltar, porque espantou Yael como se estivesse com ciúme ou algo assim?

Raven diminuiu o ritmo.

— Quem é Yael?

— A garota que estava falando comigo quando você apareceu.

Ela balançou a cabeça. Não tinha uma boa resposta. Era um grande erro.

— A conversa acabou.

— Raven, que droga! Pare de agir como uma vaca. — Sua voz tinha ficado mais ríspida, do mesmo jeito que ficou na sexta à noite quando terminou com ela. Se Alexia estivesse ali naquele momento, diria que Raven não merecia ser tratada daquele jeito.

Raven não fazia ideia de como deveria ser tratada. Não era uma princesa que precisava ser servida, mas com certeza também não merecia ser chamada de vaca.

Ela parou à porta, com a mão na maçaneta, pronta para sair dali rápido. Virou-se para Caleb, o rosto dele estava vermelho de raiva.

— Se você não fosse tão babaca — disse ela —, eu não precisaria ser uma vaca.

Ela abriu a porta e saiu correndo.

Doze

Regra 15: *Encontre um hobby ou alguma coisa que você goste muito de fazer.*

Sydney estava passando o seu segundo sábado como solteira no sótão. Deveria estar fazendo compras. Ou talvez estudando. Ou cortando o cabelo. Mas não estava a fim de sair de casa, e isso queria dizer alguma coisa. Tinha passado os últimos dois anos evitando a sua casa porque havia se tornado uma concha vazia em relação ao que era, já que sua mãe não estava presente noventa por cento do tempo e seu pai tentava ser o Sr. Mãe.

Para não pensar em Drew, Sydney estava procurando um baú de plástico da Rubbermaid que havia enfiado no sótão uns seis meses antes. Dentro do baú, havia vários álbuns de foto, um cobertor encardido, um diário vazio e uma câmera digital que fora considerada top de linha, mas que agora devia estar extremamente ultrapassada.

A ideia era encontrar a câmera e adotar um novo hobby para realizar o conceito da Regra 15.

Sydney deu a volta em um baú de couro, batendo em uma pilha de caixas de papelão. Segurou as caixas com as mãos antes de caírem e seguiu adiante no sótão, que era do comprimento e da largura da casa.

Havia ali, basicamente, caixas de papelão e baús de plástico da Rubbermaid. O pai de Sydney encheu as caixas de coisas, mas a mãe sempre dizia que os baús de plástico eram mais práticos porque protegiam contra umidade e insetos.

O baú que Sydney procurava era transparente com uma tampa da cor dos flamingos. Deveria ser fácil encontrá-lo entre as caixas marrons e os baús verde-escuros que sua mãe sempre comprava, mas, por algum motivo, Sydney estava tendo dificuldades de encontrá-lo.

E deveria estar perto da porta, onde ela o tinha deixado. Será que sua mãe pegou? Talvez para usar a câmera?

A Sra. Howard era fotógrafa amadora. Levava Sydney ao Birch Falls Park nos fins de semana para tirar fotos dos cisnes, cervos e do lago dos patos perto da saída do parque, onde as pessoas patinavam no gelo no inverno.

Sydney adorava esses passeios. Já estavam tão inseridos na rotina que eram quase tão familiares quanto o cobertor encardido que também estava no baú de plástico cor de flamingo. Sydney dormia toda noite com o cobertor até seis meses atrás, quando resolveu que já estava velha demais para ele. Tinha sido um presente da sua falecida avó.

Parte dela estava procurando pelo baú não somente para encontrar a câmera, mas para encontrar o cobertor também. Tinha perdido a coisa mais familiar de sua vida: Drew. Queria encontrar qualquer coisa que fosse familiar e talvez preencher aquele vazio que sentia no peito.

A poeira fazia redemoinhos na luz fraca da lua que entrava pela janela quadrada nos fundos do sótão. Sydney imaginava que horas seriam e se encontraria ou não aquela porcaria de baú. Já devia ter passado das 21 horas, pois a lua estava no céu.

Pensou em Drew e imaginou onde estaria e o que estaria fazendo. Tinha esperança de que ele não estivesse com Nicole Robinson.

— Haha — disse ela no silêncio ao encontrar a tampa cor-de-rosa do baú embaixo de um lençol. Puxou o lençol, fazendo a poeira se espalhar no ar, e se afastou. Quando a poeira sumiu, sentou no chão com o baú na sua frente e abriu a tampa.

Em cima do cobertor amarelo-canário estava a câmera, exatamente onde ela a havia deixado seis meses antes. Será que sua mãe sentira falta desses passeios para o parque nos fins de semana? Sydney mal falava com a mãe há semanas. E quando isso acontecia, não conversavam sobre o quanto se divertiam juntas. O assunto era mais a escola, e mesmo assim as conversas não duravam muito. Geralmente, era assim:

— Como vai a escola? — perguntava a mãe.

Sydney respondia:

— Vai bem, tirei A em...

O BlackBerry ou o laptop de sua mãe começava a tocar, avisando que tinha uma mensagem.

— Preciso ver o que é — dizia a mãe e depois se enfiava no trabalho por mais uma hora ou duas.

Geralmente, Sydney desistia nesse momento.

Agora pegou a câmera com as mãos e apertou o botão de ligar. A câmera fez três barulhinhos e uma luz verde acendeu. A bateria ainda estava boa. A tela acendeu, mostrando a última foto que tinha sido tirada.

Sydney ficou de queixo caído quando a viu.

Era uma foto de Sydney e Drew no quintal, sentados no balanço grande. Estavam de costas para a câmera, mas olhando um para o outro, então o rosto deles estava de perfil, iluminado por um brilho alaranjado bruxuleante de uma fogueira num buraco revestido de ferro fundido.

Isso fora dois verões atrás, quando o namoro havia acabado de começar e a mãe de Sydney ainda não tinha sido promovida. Sydney não fazia ideia de que sua mãe tirara essa foto. Nem que estava na casa observando os dois.

A foto era muito bonita. Sydney se lembrou de como a sua vida era boa naquele verão.

Queria poder fazer alguma coisa para recuperar isso, pensou ela. Essa perfeição.

Mas, a não ser que Drew voltasse com ela e sua mãe pedisse demissão da SunBerry Vitamins, Sydney sabia que sua vida nunca mais seria perfeita daquele jeito.

Treze

Regra 5: *Você não pode sair com ninguém até conseguir ficar duas semanas sem pensar no Ex. (Use esse tempo para se encontrar e se concentrar na sua estabilidade emocional. Faça atividades em grupo com amigos — tanto meninos quanto meninas.)*

Era quarta-feira, ou seja, o professor da banda, Sr. Thomas, estava na escola Lincoln Elementary dando aula para as crianças pequenas. A assistente do professor, Srta. D, daria a aula hoje. Ela era uma musicista realmente *muito* boa, mas Raven suspeitava de que a Srta. D a detestasse, o que talvez tivesse a ver com o fato de Raven ter namorado e depois terminado com o irmão mais novo da Srta. D, Greg, no ano anterior.

Se coubesse a ela escolher, Raven estaria agora no porão da casa do pai dela, abrindo uma maleta de violão em vez de uma maleta de flauta. Ela puxou o corpo da flauta para fora da maleta, depois o bocal e, por último, a parte inferior. Ela montou as partes, de forma que se encaixassem perfeitamente.

Seu pai havia prometido ensiná-la a tocar violão, até que sua mãe descobriu e pôs um fim à história. A Sra. Valenti não queria que Raven se envolvesse com o rock nem com nada "daquele meio", ela disse. Fazer parte da banda da escola era importante para o currículo. Ninguém dava a menor importância se você tocasse violão, e fazer parte de uma banda de rock não levava ninguém a lugar algum.

— Não precisa ir muito longe se você quer um bom exemplo. Pense no seu pai — dizia a Sra. Valenti. — Tentou toda essa coisa de cantor até que ficamos completamente sem dinheiro. Isso não é bom, Raven. Essa história não é boa.

É claro que, se os recrutadores da faculdade ouvissem Raven tocar flauta, provavelmente não contaria a seu favor. Aliás, é provável que fosse um ponto contra. No ano anterior, o diretor da banda assistiu às aulas de cada categoria e testou cada aluno. O objetivo era dar nota aos alunos e classificá-los em "cadeiras". A cadeira número um era o melhor assento; significava que você era o melhor músico na sua categoria.

De cinco flautistas, Raven ficou na cadeira número cinco. Não se empenhava em ser uma boa flautista. Era um instrumento idiota. Mas o violão... Com certa dedicação e a paixão que ela achava que tinha... compensaria. E era algo que havia realmente aprendido com sua mãe.

A Sra. Valenti se apaixonou por álbuns de recortes e havia decidido que abriria uma loja especializada nessa arte. Então, abriu a Scrappe, uma loja de artigos de papelaria e um café. Foi votada como o negócio mais bem-sucedido na pesquisa do ano anterior, e várias pessoas da escola iam para lá nos fins de semana durante os meses mais frios.

Havia um ambiente separado para fazer os álbuns. Portanto, se você não era muito fã dessas coisas, podia ficar no café sem ter que ouvir conversas sobre cola e marca-textos não químicos.

Raven passava o tempo todo lá, até que ela e Horace ficaram no ônibus. E, como ele trabalhava na Scrappe, ela não aparecia havia semanas.

Como se os pensamentos dela o tivessem invocado, Horace entrou pela porta dupla da sala de ensaio da banda. A primeira coisa que fez foi olhar para ela e sorrir, antes de subir para a terceira fileira do fundo, onde a percussão estava montada.

Ela retribuiu o sorriso por hábito.

As pessoas estavam começando a se alinhar nas portas antes de o sinal tocar. Raven fingiu interesse em sua partitura, fixando os olhos nas notas enquanto pressionava os lugares correspondentes na flauta.

— Ray — disse Horace, deslizando para a cadeira cor de laranja ao lado dela.

— Ah, é... oi — respondeu ela. Atrapalhada? Normalmente ela era muito confiante e equilibrada com garotos, mas com Horace... nem tanto.

Horace era um nerd na escola. Todos achavam isso; até ela própria. Era esquelético e baixinho. Havia usado aparelho por muito tempo e havia rumores de que a mãe lhe comprava roupas na Legião da Boa Vontade. No ensino fundamental, quando tudo o que importava era ser legal e usar roupas de marca, comprar na Legião da Boa Vontade era suicídio social.

No primeiro ano do ensino médio, Horace começou a mudar. Agora, nos últimos anos — sem aparelho —, ainda era um pouco nerd, mas um nerd legal. Havia crescido alguns centímetros, criado um pouco de músculo, mas provavelmente ainda comprava roupas na Legião da Boa Vontade. Exceto que a individualidade contava agora — pelo menos para ela —, e Horace era autêntico.

Ele estava se mexendo na cadeira então, o tecido marrom da camisa estilo faroeste marcava seu bíceps. Por dentro, vestia uma camiseta preta que tinha escrito A SERVIÇO DAS PESSOAS no meio do peito. Seu joelho aparecia por um buraco na calça jeans, e fios se penduravam na bainha ao redor das botas marrons.

Horace era o oposto de Caleb. Era o oposto de *todos* os garotos com quem Raven já havia saído.

— E aí, está fazendo o quê? — perguntou ele. Sua voz rouca deslizou pelo barulho das conversas e dos instrumentos e a atingiu no âmago. O nervosismo tomou conta de seu estômago.

— Nada — respondeu ela, colocando a flauta no colo. — Estou só ensaiando.

— Você vai fazer alguma coisa no fim de semana?

O último sinal tocou e algumas pessoas entraram apressadas. A atenção de Raven foi de Horace para a porta, depois para a janela da sala do diretor da banda e de volta para Horace. Os olhos dele ainda a fitavam.

Ela sorriu. Fique tranquila, pensou.

— Sim, tenho umas coisas programadas com minhas amigas. O que você vai fazer?

— Alguns amigos meus vão para o Striker's depois que eu sair do trabalho. Pensei que se você não estivesse fazendo nada poderia encontrar com a gente lá. — Ele parou. As narinas se abriram. E continuou. — Não — corrigiu-se —, na verdade queria que você fosse encontrar comigo. — Ele permaneceu com aquele sorriso indeciso.

Raven não podia aceitar o convite, embora tivesse achado que seria legal. Primeiro porque havia prometido a ela mesma e às amigas que esperaria algumas semanas (talvez até alguns meses) antes de sair com alguém. Segundo porque não podia suportar a ideia de magoar Horace. E se começassem a sair e ela se desse conta de que ele também não era O Cara Certo? Estragaria a relação subconscientemente ou, pior ainda, dispensaria Horace mais rápido do que viraria uma página do calendário.

Ela já o havia magoado uma vez.

— Não posso. — Ela virou a página da partitura, fingindo indiferença. — Quem sabe outro dia?

Amelia, a flautista da cadeira quatro, chegou perto e olhou para Horace.

— Você está na minha cadeira. — Amelia levava a sério ser a cadeira número quatro, e qualquer um sentado em seu lugar era provavelmente uma violação direta de seu código de flautista ou algo do gênero.

— Desculpe — Horace se levantou. — Ray — continuou ele, olhando para ela —, se você mudar de ideia, sabe onde me achar.

— Com certeza.

Ele colocou a mão no bolso e correu para a área da percussão. Raven olhou discretamente para trás, observando-o pegar as baquetas e batucar no ar para aquecer os punhos. Bem, talvez não tão discretamente, pois ele a pegou olhando.

Com o rosto vermelho, ela olhou de volta para a partitura e pegou a flauta do colo. Com o instrumento encostado nos lábios, soprou-o e fez soar uma nota de aquecimento como todas as outras pessoas.

Ela estava seguindo o Código. Estava fazendo a coisa certa.

♥

O cheiro de livro velho e de couro antigo impregnava o nariz de Alexia. A sala de história na biblioteca era um de seus lugares preferidos na escola. Era como se estivesse voltando no tempo. Após descobrir o que era 900 na Classificação Decimal de Dewey, Alexia colocou de volta na prateleira um livro sobre história americana. Voltou os olhos para o carrinho de metal e viu Ben folheando os outros livros que eram para ser recolocados no lugar.

— O que você está fazendo? — perguntou ela.

Ela não o via desde àquela hora do dia anterior e, quando entrou na biblioteca vinte minutos antes e não conseguiu encontrá-lo em nenhum lugar, a decepção foi quase palpável. Então, foi direto trabalhar, checar os livros devolvidos e prepará-los para voltarem à prateleira, mas a única coisa em que conseguia pensar enquanto empurrava seu carrinho de metal era em Ben.

Ela não se apaixonava assim desde Owen Wilson em *Zoolander*. Não que ela chamasse isso... o que quer que fosse...de se apaixonar. Queria vê-lo, só isso. Uma paixonite era uma definição melhor.

Ben puxou um livro sobre Roma do carrinho e lhe entregou.

— Você sabia — ele levantou a sobrancelha — que, na Roma antiga, apontar o dedão para baixo significava que a multidão torcia pelo gladiador na arena?

— Não, não posso dizer que sabia disso.

Ele colocou o livro em um espaço na estante e se posicionou na frente dela.

— Se eu fosse um imperador romano, algo que eu provavelmente não seria, porque sou muito legal para isso, e você fosse um gladiador, eu te daria... — ele apontou o dedão na direção do chão — um dedão para baixo.

— Então você torceria por mim?

Ele cruzou os braços no peito.

— Com certeza.

Se ela tivesse um espelho agora, seria provável que visse suas sardas enrubescerem como luzinhas de natal. Ela desviou o olhar. A bajulação — era isso o que era? — a tinha deixado nervosa.

— Não era para você estar no laboratório de informática? Ajudando?

— Na verdade, não. — Ele sorriu. — Era para eu estar na sala da Sra. Halloway ligando para minha mãe.

Alexia se virou, enrugando a testa.

— Jura?

— Juro.

— A sala da Sra. Halloway é logo ali. — Ela apontou com a cabeça para o corredor atrás de Ben. — E depois à direita.

Ele apontou o dedo para ela.

— Então a sala é lá! Estava imaginando onde seria. Bem, vou ligar para ela antes que o jantar seja preparado. — Ele deixou a sala de história e foi em direção à sala da bibliotecária. A Sra. Halloway sorriu para ele e pegou o telefone. Após entregar-lhe o aparelho, saiu da sala.

Ele discou e falou com alguém do outro lado da linha. Alexia sabia disso tudo porque estava espiando pela janela da sala de história. Ele era simplesmente muito fofo. Somente observá-lo já fazia Alexia sorrir. E conversar com ele normalmente a fazia rir mais do que tinha rido nos últimos meses. Se tivesse que escolher entre seu tempo sagrado sozinha ou passar uma hora com Ben, ela o escolheria.

Quando ele desligou, olhou para a janela e Alexia se escondeu. Ela foi para trás de uma estante, perdendo-se no meio dos livros antes que Ben voltasse.

Tinha colocado mais dois livros de volta na prateleira quando ele apareceu atrás dela, fazendo-a dar um pulo de susto e derrubar a pilha de livros que carregava nas mãos. Os livros caíram no chão fazendo muito barulho.

— Não queria te assustar — afirmou ele, franzindo a testa como se estivesse analisando o que tinha dito. — Bem, tudo bem. Vou falar a verdade. Queria assustá-la, mas não tanto. — Ele agachou e recolheu os livros. — Aqui.

Ela pegou os livros.

— Obrigada. Por pegar os livros. Não por me assustar. — Seu coração ainda pulava no peito e suas mãos estavam suadas, mas precisava admitir que tinha sido realmente engraçado. Mas seria mais engraçado se tivesse sido com outra pessoa.

— Então, o que você vai fazer no sábado? — Ele apoiou o cotovelo numa prateleira, passando as mãos no cabelo desarrumado.

Ela fazia alguma coisa aos sábados que não fosse lavar roupa e ver TV? Não que fosse lhe dizer isso. É claro, agora que tinha as amigas de volta... Talvez elas quisessem sair.

— Por quê? — perguntou ela.

Ele deu de ombros.

— Eu e alguns amigos vamos para o Eagle Park aos sábados de manhã para jogar futebol americano. Acho que você ia se divertir.

— Eu? Futebol americano? — Ela levantou a sobrancelha, incrédula. — Acho que não.

— Por quê? Ninguém vai bater em você. É só para se divertir, e algumas garotas vão. — Ele fez uma pausa. — Às vezes.

— Não sei.

— Tudo bem, tudo bem. Tenho outra ideia, mas você tem que escolher entre ela e o futebol americano.

— *Tenho* que escolher?

— Tem, a regra é essa.

— Que regra?

— A regra Alexia-tem-que-escolher-entre-duas-coisas. Meu Deus, por onde você andou?

Ela riu.

— Tudo bem. Qual é a outra opção?

— Ou jogamos futebol americano, ou... vamos para o Stixs-N-Yarn fazer um casaco para o cachorro do meu irmão.

— Fazer tricô?

— Isso — concordou ele com a cabeça, repetidas vezes. — Sou um excelente tecelão. Estou no nível três.

— Não existem níveis no tricô.

Ele fez uma cara de desgosto.

— Sério? Bem, deveria ter então. Qual é o sentido se não tem níveis?

A Sra. Halloway colocou a cabeça na porta da sala.

— Sr. Daniels — disse ela com seu tom mais autoritário —, o que está fazendo?

— Estou tentando chamar a Alexia para sair, mas ela está recusando minhas propostas.

— Garota esperta — disse a Sra. Halloway, piscando para Alexia. — Então, apresse-se.

Sorrindo, Alexia respondeu:

— Tudo bem, futebol americano, acho. Que horas?

— Nove. De manhã. No Eagle Park.

— Combinado. Vejo você lá.

— Aí você pode ir embora rápido se o encontro for esquisito. Ótimo. — Ele seguiu para a porta. — Tchau, Alexia — disse ele olhando por cima do ombro.

Abraçando um livro no peito, ela murmurou "tchau", e observou-o ir embora. Durante toda a hora que se seguiu, Alexia não conseguiu pensar direito. A única coisa em que pensava era "e se caísse de bunda na frente dele enquanto tentava jogar futebol americano?".

Seria muito constrangedor.

Quatorze

Regra 4: *Você deve esquecer o aniversário do Ex. Esqueça que ele nasceu.*

Sydney entrou na sala da aula de negócios e marketing durante a hora do almoço com os outros membros do conselho estudantil a acompanhando. Sentou-se em seu lugar designado de presidente do segundo ano.

Drew e eu estamos terminados há três semanas, e ainda parece tão surreal, ela pensou. Será que já me dei conta disso?

Era como se fossem os fogos do feriado de 4 de Julho no Eagle Park. Primeiro você via uma explosão de cores e bem depois sentia e ouvia o barulho.

O choque pós-término ainda não a havia atingido. Devia estar a caminho. De repente, iria surtar, provavelmente no meio da escola, se a sorte ainda estivesse contra ela. Seu pai a mandaria para um manicômio, e quando voltasse para a escola todo mundo iria cochichar enquanto andava pelos corredores. Entrar em Harvard estaria fora de cogitação. Na verdade, entrar em qualquer universidade seria impossível.

Iria se formar no ensino médio — seus pais a obrigariam —, mas, depois disso, adotaria dez gatos e se mudaria para o meio do mato, para uma casinha cafona à beira de um rio em algum lugar. Plantaria tomates, alface e batatas no jardim. Caçaria coelhos com arco e flecha.

Após o primeiro ano, falaria somente a língua dos gatos, e talvez a dos cachorros, uma vez que um dispositivo teria sido implantado nela e...

— Sydney?

Sydney olhou para cima e viu Will Daniels do outro lado da mesa. Era o presidente do terceiro ano. Era ele quem sempre abria as reuniões.

— Oi — respondeu ela.

— Você ouviu alguma coisa do que eu acabei de dizer? — A irritação tomou conta de seu rosto. Ele se achava muito melhor que o resto dos membros do conselho estudantil. Na verdade, que o resto da escola inteira, aquele cretino arrogante.

— Will — disse ela, com a expressão apática —, tento fingir que você não está falando nada em alguns momentos. Você tem uma voz terrível, um pouco anasalada. — Ela amassou o nariz para demonstrar. — Sabe, às vezes dói meu ouvido.

Isso o ensinaria a falar direito com ela.

E terminar com sua melhor amiga!

Sinceramente, o que a Kelly via naquele cara?

Will suspirou, como se esperasse esse tipo de imaturidade de pessoas abaixo dele.

— Eu estava dizendo que o Sr. Thomas chamou a nossa atenção para a extrema necessidade de novos uniformes para a banda da escola. Estávamos pensando em começar uma campanha de arrecadação. Você teria alguma sugestão?

Ela odiava o jeito formal e correto com que ele falava, como se estivessem num filme do século XVII. Ou como se ele fosse um vampiro. Se parar para pensar, ele realmente sugava a vida das pessoas.

Batucando a caneta no caderno, ela pensou em algumas coisas. Tinha aquelas típicas campanhas de arrecadação: lava-carro, venda de bolinhos, bailes. O lava-carro estava fora de cogitação; estava muito frio. A venda de bolinhos era uma boa ideia, mas essas coisas nunca geravam muito dinheiro. Os bailes nunca ficavam lotados.

— O que você acha de uma noite de calouros? — perguntou ela. — Com cobrança de entrada? É algo diferente. E pode ser uma boa exposição para artistas amadores.

Alguns ruídos de conversa soaram na sala, e algumas pessoas concordaram com a ideia.

— Junto à venda de bolinhos e biscoitos — acrescentou ela. — Tudo num só lugar.

— Eu gostei dessa ideia — disse Lisa, a tesoureira. — A cobrança de entrada vai gerar a maior parte do dinheiro, e as pessoas podem vir para se divertirem. A venda dos bolinhos e biscoitos será um dinheiro extra.

— Quem vai cozinhar? — perguntou Will, com a voz cheia de dúvida.

— Todos nós. — Sydney apontou para as pessoas na sala. — Se cada um de nós fizer duas dúzias de alguma coisa, teremos quantidade suficiente. E tenho certeza de que minhas amigas também farão algo se eu pedir.

— Onde faríamos isso? — questionou Will. — Alugar um espaço vai nos custar mais dinheiro do que vamos conseguir arrecadar.

Sydney não havia pensado nisso. Suspirou secretamente quando viu o risinho condescendente nos lábios de Will. Ele sempre parecia sentir um prazer perverso em irritá-la.

— Talvez alguém na cidade possa ceder um lugar — interveio Lisa. — É para o patrimônio da escola, no fim das contas.

Um sorriso de satisfação tomou conta do rosto de Sydney. O primeiro em muitos dias.

— Isso. Aposto que a mãe da Raven nos cederia a Scrappe. É o lugar perfeito.

Mais ruídos em tom de concordância se espalharam pela sala.

Will até parecia levemente convencido.

— Vamos votar. Todos que forem a favor de uma noite de calouros/venda de bolinhos na Scrappe levantem as mãos e digam "sim".

Todas as mãos se levantaram ao redor das mesas enquanto as pessoas diziam sim.

— Está decidido então — afirmou Will, anotando tudo em seu caderno. — Sydney, você fica, portanto, com a função de sondar a Scrappe para o evento. Você pode me avisar em uma semana qual é a resposta?

— É claro!

— Por que não tenta para o dia 31 de março?

O aniversário de Drew era dia 18.

Em meio a todo o caos das ultimas três semanas, tinha esquecido que o aniversário dele estava chegando. Havia comprado o presente dele semanas antes. Um anel de ouro branco que dizia "Até eu morrer" por dentro. Não era para ser um anel de casamento nem nada disso, era algo maior que isso. A vendedora da joalheria disse que significava amor e compromisso, coisas das quais jamais duvidou que existissem na época em que comprou.

Agora era uma conta de trezentos dólares esperando em cima da mesa, inútil. Não podia devolver, porque tinha sido escrito especificamente para ela, e a ideia de dar aquilo para outra pessoa a deixava enjoada. Não queria outro cara. Além disso, tinha sido feito para Drew e ela sempre saberia disso, mesmo que estivesse no dedo de outra pessoa.

— Sydney — chamou Will, claramente mais irritado que da primeira vez que ela o havia deixado falando sozinho. Era provável que pensar esse tempo todo em Drew não fosse muito bom para seu cérebro. E ela não queria sequer pensar em como estaria baixa a sua pontuação no Código do Término. Existia mesmo uma pontuação?

— Eu ouvi — resmungou ela. — Dia 31. Já entendi.

— Você não vai escrever?

— Não vou esquecer. — Seria o primeiro fim de semana depois do aniversario de Drew, e mais de dois meses desde o término. Pensar em todo aquele tempo com o coração partido e sem Drew fez algo doer em seu peito. Seus olhos estremeceram, mas ela respirou fundo e conseguiu se acalmar.

Não pense em Drew, ela pensou. Como se isso fosse possível.

♥

Naquela quinta-feira depois da aula, Sydney checou os recados em seu celular e ouviu um do Drew.

— Oi — dizia ele, hesitando entre o cumprimento e o fim da mensagem —, tem algumas coisas suas na minha casa. Venha aqui hoje depois da escola para pegá-las.

Ela apagou a mensagem e pensou em esquecer aquelas coisas para sempre. Ficaria tempo demais na casa dele, tinha certeza de que seriam pelo menos duas caixas cheias de coisas. A maioria seria de livros e roupas. Sempre guardava livros pelo quarto, para que pudesse ler caso ele estivesse ocupado com alguma coisa.

Mas será que essas coisas eram importantes o suficiente para que ela fosse até lá? Seria muito doloroso entrar na casa dele sabendo que seria, provavelmente, a última vez que entraria lá. Era como se fosse a segunda casa dela, depois de dois anos. Como iria se despedir?

A mensagem de Drew soava como se ele quisesse que ela tirasse as coisas de lá mais do que ela precisava delas de volta. Ele a estava tirando da vida dele. Sua blusa cor-de-rosa pendurada no armário provavelmente não o estava ajudando no processo.

Saindo do estacionamento da escola, virou à esquerda no cruzamento, em vez de virar à direita para ir para casa. Drew nem deveria estar em casa, para começo de conversa. O treino de basquete começaria em trinta minutos, mas ele provavelmente ficaria na escola esperando para tornar tudo mais fácil para ela quando fosse buscar suas coisas.

Enquanto ela esperava num sinal, ligou o rádio e sintonizou na estação local. Uma nova música pop explodiu da caixa de som.

— Eca — resmungou ela e mudou a estação para a de música clássica.

Pegou no painel central o gloss de baunilha que Kelly lhe tinha dado e passou a substância pegajosa e brilhante pela boca. Espalhou o gloss com os lábios e se olhou no espelho retrovisor. Parecia uma boba, como se estivesse se vestindo de palhaça para o Dia das Bruxas.

Passar gloss na boca era uma coisa de Kelly, não de Sydney.

Procurou um lenço de papel, e o encontrou no porta-luvas.

Alguém buzinou atrás dela. O sinal já tinha ficado verde e ela estava prendendo o trânsito. Afundou o pé no acelerador, passou por mais dois sinais verdes e virou na rua Beech.

Viu o carro de Drew parado na calçada em frente à casa dele.

Será que eu devia ir para casa?, ela pensou.

Com o coração batendo acelerado, estacionou atrás do carro de Drew. Por mais que quisesse evitar uma situação estranha ou algo pior — uma discussão —, ainda assim queria vê-lo. Agora que tinham terminado, mal falava com ele.

A Sra. Gooding abriu a porta quando Sydney bateu. Pela expressão amorosa que demonstrava ao olhar Sydney ali em pé, a Sra. Gooding obviamente sabia que haviam terminado.

— Ah, Syd — sussurrou, puxando-a para dentro da casa e a abraçando. — Sinto muito. — Ela passou a mão no cabelo de Sydney.

— Está tudo bem — disse Sydney. Ela inalou o perfume da Sra. Gooding, um cheiro leve de frutas. — A culpa não é sua.

— Eu sei, mas... — Ela sorriu — Acho que me sinto mal porque ele é meu filho.

— Não precisa se sentir. — Sydney se afastou. — Estou bem — mentiu. Estava muito longe de estar bem, mas não ia descontar tudo na mãe de Drew. Seria indelicado.

A Sra. Gooding concordou com a cabeça.

— Que bom saber disso. Drew — chamou —, a Syd está aqui.

— Estou no meu quarto — berrou ele num tom alegre e casual, como nas outras vezes em que ela chegava. Mas não era como as outras vezes. As coisas tinham mudado entre eles. Por que ele estava agindo normalmente? Esse término não o havia atingido de nenhuma maneira? Nem mesmo se importava?

Sydney andou alguns passos no corredor acarpetado, fingindo por um instante que as coisas estavam iguais, até entrar no quarto dele e a caixa no chão a lembrar de que ele a estava expulsando além de estar terminando com ela.

Eles haviam pintado e redecorado todo o quarto dele juntos. Ela escolhera a cor cinza claro das paredes. Ele havia escolhido o edredom azul-marinho da cama. Ela reclamou até que ele comprasse a estante e a pendurasse na parede. Ela enchera as prateleiras com CDs e com uma foto deles em uma festa de aniversário.

Sydney olhou para a estante agora. A foto ainda estava lá. Era só do rosto deles, com a festa de aniversário ao fundo um pouco fora de foco. Os dois estavam sorrindo. O que ele faria com a foto agora?

Drew se sentou na cama e deixou de lado o livro que estava lendo. Os óculos escureciam o azul de seus olhos. Ele sorriu, apreensivo.

— Achei que você estaria no treino agora — disse ela, explicando-se.

— Eu queria estar aqui quando você viesse.

— Por quê?

— Não sei. — Ele deu de ombros e se levantou da cama. — Achei que você merecia pelo menos isso, em vez de eu simplesmente mandar você embora com uma caixa.

Drew sempre foi educado. Sydney se deu conta de que provavelmente o mandaria embora com uma caixa. Ele sempre foi um ser humano melhor que ela.

— Obrigada — sussurrou ela, agachando-se para abrir a caixa. Ela deu uma olhada, viu algumas blusas e alguns livros, do jeito que tinha imaginado. Puxou uma blusa de manga comprida furada e velha e a enrolou nas mãos. — Eu tinha me esquecido disso. — Era a blusa preferida dela na primavera anterior, o que explicava os furos e a gola gasta.

— Eu ia jogá-la fora, mas sabia que você ficaria brava — disse ele, num tom alegre.

— Você sempre tentava jogá-la fora.

— Eu sei, mas é a sua preferida.

— Obrigada por tê-la guardado.

— Sem problemas. — Ele hesitou por um segundo antes de pegar a bolsa de ginástica. — Eu preciso ir. Vou andando com você.

Ela pegou a caixa do chão. Drew abriu a porta para ela.

O sol começou a aparecer entre as nuvens, alguns raios brilhavam nos poucos centímetros de neve. Sydney apertou os olhos, pois a luz quase a cegava. Drew pegou a caixa das mãos dela e a encaixou no banco de trás da SUV velha de sua mãe. Era provavelmente do que ela mais sentiria falta, de sua necessidade de cuidar dela, mesmo agora que não estavam mais juntos.

— Então, nos vemos por aí — disse ela, hesitante. O vazio entre eles estava aumentando, e Sydney queria preenchê-lo com alguma coisa. Ela subiu na calçada e enroscou os braços no pescoço dele. Um abraço era seguro, amigável.

Drew a abraçou de volta e, por um segundo, achou que talvez ainda existisse uma chance de reatarem. Era difícil até acreditar que tinham terminado, como se estivesse fazendo uma brincadeira, e a qualquer momento fosse rir e dizer "Te peguei!". Esse Drew não estava a fim de brincadeiras.

Quando ela se afastou, segurou as hastes dos óculos e os retirou do rosto dele, prendendo-os sobre a gola da camisa. Não queria nada entre eles naquele momento.

Queria dizer uma coisa, não, ela *precisava* dizer uma coisa, porque, quanto mais pensava nisso, mais ela achava que esse término tinha a ver com ela, não com ele. Era como uma morte, o relacionamento todo passando como um filme diante dos olhos dela e, quase sempre, parecia que as partes ruins tinham algo a ver com seu temperamento, com sua teimosia.

Tinha sido uma pentelha.

— Me desculpe — começou ela, segurando a mão dele. — Acho que não tratei você bem nem o valorizei como deveria.

— Syd, não é só isso. — Ele olhou para a rua, como se estivesse coletando os pensamentos. — Preciso de espaço e preciso me divertir. Não tenho me divertido ultimamente. E nem você. Precisa admitir.

Na verdade, ele tinha razão. Ela não saía nem fazia nada divertido desde, bem, o verão anterior.

— Eu sei — admitiu ela.

As sobrancelhas dele se elevaram, em surpresa.

Quando ela concordava com ele? Tipo, nunca.

Soltando a mão dele, ela chutou um montinho de neve.

— Acho que é isso. — Ela olhou para cima e encontrou os olhos dele. Dizem que são necessários somente 21 dias para se adquirir um hábito. Ela esteve com Drew, beijando-o todos os dias, por, mais ou menos, 730 dias. Já não era mais um hábito, era provavelmente um vício.

Sem nem pensar, Sydney foi ao encontro dos lábios de Drew para beijá-lo. Mas, um segundo antes de ela alcançá-los, ele virou o rosto.

— Desculpe — sussurrou ela, constrangida e brava, com as bochechas fervendo. Apressou-se em direção à porta da SUV e entrou no carro. Foi embora, evitando olhar para Drew, que ainda estava em pé na calçada.

O choque pós-término finalmente a havia atingido, como o barulho dos fogos de artifício no Eagle Park.

— Droga — reclamou. Talvez esse fosse o primeiro passo para se tornar uma eremita criadora de gatos. Meu Deus, ela esperava que não.

Se Drew conseguia ser feliz sem ela, então conseguiria ser feliz sem ele. Como ele dissera, precisava de espaço. Ele queria se divertir.

Então por onde ela deveria começar? O que Raven faria agora?

Ela queimaria a lápide de Drew. Sydney pisou no acelerador e foi para casa.

Quinze

Regra 7: *Você deve ficar acordada até tarde numa quinta à noite comendo pipoca enquanto você e suas amigas riem de uma lista de cinquenta páginas com os defeitos do Ex.*

Odeio o Dia dos Namorados, pensou Kelly enquanto estacionava na porta da casa de Sydney. A luz com sensor de movimento da garagem se acendeu, iluminando a entrada. O Cavalier prata de Alexia estava ali, assim como o Sentra de Raven. Parecia que Kelly tinha sido a última a chegar. Antes tarde do que nunca, certo?

Ela pegou a lista dos defeitos do Ex, de cinquenta páginas, no banco do passageiro e saiu do carro. Fechou o casaco branco até o pescoço. Não parecia tão frio, considerando como estava gélido no meio de janeiro, mas, mesmo assim, frio era frio para ela. E qualquer tipo de frio era *ruim*.

Todas resolveram que o Dia dos Namorados era uma data perfeita para passar em casa, conversando umas com as outras enquanto liam em voz alta a lista dos defeitos dos Ex. Kelly também não tinha nenhum outro lugar para ir.

Uma dor de tristeza apertou seu peito. Deveria estar perdendo a virgindade agora. Deveria ser a namorada de Will, e deveriam estar juntos agora, jantando no Bershetti's.

Mas, em vez disso, mal tinha falado com ele na última semana, apesar de parecer ter ficado cada segundo em que esteve acordada pensando nele. Imaginando onde estava e o que fazia. Com quem estaria saindo? Se queria ou não Brittany como namorada, porque ela era muito mais bonita e magra que Kelly.

Will não havia sequer ligado para ela, nem uma vez no mês desde que terminaram.

Sydney abriu a porta antes de Kelly tocar a campainha. O cabelo de Syd estava preso e desgrenhado, como se ela tivesse abaixado a cabeça, bagunçado o cabelo e o prendido com um elástico. Kelly respirou fundo e seus ombros relaxaram. Ela odiava pensar na dor que Syd estava sentindo, mas Kelly não podia ajudar de outra maneira, senão ficando, de certa forma, feliz por não estar passando por um término sozinha. Era sempre melhor compartilhar a dor do que suportá-la sozinha.

Apesar de já ter passado um mês que Sydney e Drew tinham terminado oficialmente, Sydney não mostrava nenhum sinal de estar superando aquilo tudo. Não era somente a falta de cuidado dela com o cabelo ou com as roupas. Era a sua atitude e sua falta de concentração, como se não se importasse. Talvez não se importasse mesmo, mas elas conheciam Sydney muito bem. Era da natureza dela se importar com *tudo*.

Agora ela estava com um sorriso enorme no rosto.

— Kelly! — Ela puxou Kelly para dentro de casa. — Finalmente. Nós não aguentávamos mais esperar.

— Desculpa — murmurou Kelly, colocando a bolsa sobre a mesa perto da porta. — A Monica não me deixava ir embora. E depois meu irmão escondeu a chave do meu carro — resmungou, ainda irritada. O irmão mais velho, Todd, às vezes era mais pé no saco que sua irmã mais nova.

Kelly desabotoou o casaco e o pendurou no gancho ao lado da porta. Ela se encaminhou para a sala com Sydney e parou embaixo do portal para olhar ao redor. Tiras de papel crepom preto estavam penduradas pela sala. Corações pretos de papel cortados pela metade tinham sido colados nas paredes. Confete em formato de aranha havia sido espalhado na mesa de centro. Kelly agachou e pegou um que estava no chão.

— Foi tudo o que consegui encontrar. — Raven deu de ombros, enquanto apalpava uma grande argola prateada em sua orelha. — Deviam fazer confetes de coração partido para o Dia dos Namorados. Aposto que venderia mais que chocolates idiotas.

— Chocolate. — Kelly respirou. — Você comprou chocolate, né?

Raven fez que sim com a cabeça.

— Mas é para mais tarde. Depois da pipoca.

Alexia se virou de lado no sofá, ajeitando sua blusa verde da J. Crew, e perguntou:

— Você trouxe sua lista?

Kelly mostrou sua página patética e concordou, sentindo remorso.

— Tentei ao máximo. — O que era totalmente verdade. Havia passado a última hora tentando pensar em algo negativo sobre Will, mas ele era simplesmente perfeito demais. Talvez esse fosse um de seus defeitos.

— Tudo bem — disse Sydney, chegando por trás dela. — Também não consegui fazer cinquenta páginas.

— Eu consegui! — comemorou Raven, balançando sua lista no ar.

— Mas ela roubou. — Alexia fuzilou Raven com os olhos. Raven mostrou a língua para ela. — Ela só colocou uma coisa em cada página.

— Ninguém nunca disse que havia regra para as regras — retrucou Raven, colocando uma pipoca na boca.

— Onde estão sua mãe e seu pai? — perguntou Kelly a Sydney, ignorando a discussão que começava na sala.

Pela primeira vez em alguns dias, Kelly viu uma expressão de dor passar pelo rosto de Sydney, mas ela rapidamente recobrou a expressão insensível:

— Meu pai está lá em cima lendo. E minha mãe vai passar a noite em Hartford.

Kelly não deixou de perceber o ar de decepção na voz de Sydney quando ela falava do fato de sua mãe estar longe. Pelo que pôde observar nos últimos meses, a mãe de Syd ficava cada vez mais em Hartford. Tinha até seu próprio apartamento lá e ficava bastante tempo durante a semana.

Sentiu pena de sua amiga. Não sabia o que faria se sua mãe começasse a passar muito tempo fora de casa. A Sra. Walters era a melhor amiga de Kelly. Ela podia contar praticamente tudo à mãe.

— Podemos começar? — perguntou Sydney depressa.

Kelly se sentou perto de Alexia. Sydney deitou de bruços no chão.

— Me deixa começar — disse Raven, colocando a lista na sua frente. — Os Defeitos do Caleb. Número 50: não escova a língua quando escova os dentes.

Todas as meninas torceram o nariz de nojo.

— E você o beijava? — perguntou Sydney. Ela dobrou as pernas nos joelhos e ficou com os pés balançando de um lado para o outro. Na TV atrás dela passava um comercial de joias de diamantes. "Compre para o seu amor uma coisa especial esse ano", uma voz feminina delicada falava por trás da imagem de brincos reluzentes de diamantes.

Kelly pegou sua lista.

— Só consegui achar 38 defeitos. Então, este é o trigésimo oitavo. Will não come doce.

Alexia resmungou.

— Ele é muito esquisito.

— Como alguém pode *não* comer doce? — perguntou Sydney, balançando a cabeça, incrédula.

— Agora você, Syd — disse Raven.

Sydney mexia em alguma coisa no chão.

— Bem...

— Não me diga que você não fez uma lista! — exclamou Alexia.

— Tenho uma lista na cabeça. — Sydney se sentou e cruzou as pernas. — Drew sempre precisa ter um plano. — Ela visivelmente engoliu, depois concordou com a cabeça, como se estivesse satisfeita com esse defeito.

Raven colocou mais algumas pipocas na boca. Kelly pegou uma mão cheia do pote de plástico cor-de-rosa e começou a catar as pipocas com manteiga. Quando Raven ia surgir com aquele chocolate?!

— Tudo bem, justo — disse Raven. — o número 49 do Caleb é que ele nunca põe as coisas de volta aos seus lugares.

— O Drew faz a mesma coisa! — riu Sydney. — Eu estava sempre procurando minhas coisas.

— Então esse é o próximo defeito do Drew — concluiu Alexia.

— É — concordou Sydney, ponderadamente. — Acho que é.

Elas continuaram fazendo isso durante uma hora. Raven, sem dúvida, tinha o maior número de defeitos para compartilhar, uma vez que sua lista era a maior. Kelly ficou sem opções na metade do caminho, e Sydney teve muita dificuldade para listar os defeitos de Drew 15 minutos depois que começaram a brincadeira.

Depois de ouvirem sobre o suor nojento de Caleb e de sua tendência a se mexer como um louco quando estava quase dormindo, Kelly ficou pensando como Raven conseguiu namorar com ele. E, quando Kelly perguntou para ela, Raven pensou por um instante e respondeu:

— Quer saber de uma coisa? Eu não sei por quê.

Listar os defeitos de Will e rir dos mesmos com as amigas fez Kelly ficar dez vezes mais ciente de como Will tentava ser perfeito. Realmente não gostava de doce? Ou não comia na frente das pessoas para que pensassem que era saudável? Sinceramente gostava de passar noventa por cento do tempo fazendo coisas que seriam bem-vistas pelas universidades?

Kelly não conseguia se imaginar passando o resto da vida com alguém que almejava padrões tão altos de perfeição. Além disso, a mania de Will de ficar colecionando aqueles lencinhos umedecidos que se ganha em restaurantes a enlouquecia.

Quando Kelly contou esse defeito, as amigas gargalharam.

— Ele é um retardado — falou Sydney.

E Raven continuou:

— Ele carrega os lencinhos no bolso? E fica todo "germo-fóbico" quando tem que tocar nos pegadores de carrinhos de compras e maçanetas de portas?

Quando Kelly pensou nisso, deu-se conta de que, sim, ele carregava os lencinhos no bolso e às vezes limpava as barras dos carrinhos do supermercado, enquanto reclamava de óleo e coisas grudentas.

Como tinha se apaixonado por ele? Era um mistério.

Quando as listas chegaram ao fim, foram para a cozinha, onde Raven finalmente abriu o chocolate. Era dos caros também. Daqueles que você tinha que seguir um mapinha ilustrado embaixo da tampa da caixa para poder saber que chocolate estava prestes a comer. Era como um jogo de caça ao tesouro, com exceção de que a recompensa era chocolate!

Raven sentou na superfície de metal da mesa da cozinha, com as pernas balançando para baixo. Sydney jogou mais um saco de pipoca dentro do micro-ondas e apertou alguns botões.

— Saia da mesa — disse ela, empurrando Raven. Ela revirou os olhos, mas desceu. As duas estavam sempre implicando uma com a outra. Isso deixava Kelly louca. Mas, sinceramente, às vezes Sydney era uma chata.

— Obrigada — agradeceu Sydney, continuando — Ah, tem uma coisa que eu queria falar para vocês. Nós falamos sobre o uniforme da banda na última reunião do conselho estudantil.

— Ah, é? — Raven se debruçou sobre a bancada e ficou cutucando uma unha quebrada pintada de roxo gótico.

Kelly se apoiou contra a bancada ao lado dela e alcançou a tampa da caixa de chocolate. Chocolate amargo.

Chocolate com recheio de caramelo. Chocolate com coco. Por onde começar?

Alexia pegou qualquer um da caixa e foi em direção à geladeira, onde ela começou a organizar em ordem alfabética os ímãs dos restaurantes.

— Estávamos tentando escolher uma maneira de arrecadar fundos, e eu tive a ideia de fazermos uma noite de calouros — contou Sydney. O micro-ondas fazia barulho com o som da pipoca estourando, ecoando lá dentro. O cheiro de manteiga derretida impregnou o ambiente.

— Parece divertido — disse Kelly, antes de comer um pedaço de chocolate com recheio de creme de framboesa. Será que Will iria a uma noite de calouros ou julgaria ser muito idiota? Provavelmente, se ainda estivessem mais ou menos juntos, ele a convenceria a desistir, e ela realmente gostaria de ir.

— Só tem uma coisa. — Sorriu Sydney com timidez. — Precisamos de um lugar e tem de ser de graça. Você acha que sua mãe nos deixaria fazer no Scrappe?

Raven parou de cutucar a unha e prestou atenção. Seus cílios longos e pretos quase alcançavam a sobrancelha.

— Talvez. Parece uma dessas coisas que ela diz que ficariam boas no meu currículo para mandar para as faculdades.

— Bem, e ficaria mesmo. Diga isso a ela. — Sydney pegou o saco de pipocas e sacudiu. — Me diga o que ela acha. Estamos pensando no dia 31 de março.

— Pode deixar. — Raven pegou uma segunda caixa de chocolates. Sydney abraçou o pote de pipoca fresquinha e todas voltaram para a sala.

Raven pegou um dos DVD de *Gilmore Girls* da sua irmã Jordan. Era a temporada em que Jess (o ator Milo Ventimiglia) era um dos personagens principais da série.

Tinha algo de delicioso em um cara levemente baixo e bad boy. Será que Kelly devia conseguir seu próprio bad boy? Seria o extremo oposto de Will se ela encontrasse um. Provavelmente era disso que precisava, mas não agora. O Código estava começando a surtir efeito, ela pensou, e namorar outro garoto definitivamente não fazia parte das regras.

Por volta de meia-noite, o celular de Kelly tocou em sua bolsa. Era seu irmão.

— O que é? — disse como forma de cumprimento.

— Cara, onde você está? — perguntou Todd.

— Estou na casa da Sydney. Avisei à mamãe quando saí. Por quê?

— Ah — respondeu ele. — Você não ia aí há milênios.

— Então, o que você quer?

— Will acabou de ligar te procurando.

O coração de Kelly de repente bateu nos seus ouvidos. Will tinha ligado para ela? Estava com saudade? Finalmente a queria como namorada?

— Ele *acabou* de ligar? — Will normalmente já estava dormindo às 22h. Ele só ficava acordado até tarde se estivesse trabalhando em algum projeto grande.

— Tudo bem, tudo bem — resmungou Todd. — Ele ligou há umas duas horas, mas só me lembrei agora.

— Muito obrigada, Todd!

— Ei, não sou sua secretária.

A raiva tomou conta de seu rosto, então se deu conta de que suas amigas estavam olhando fixamente para ela.

— Will ligou ou algo do gênero? — perguntou Sydney.

Kelly abriu a boca para inventar uma desculpa, mas não queria mentir para suas amigas. E não queria começar a defender Will quando tinham acabado de iniciar a experiência de ler os Defeitos do Ex.

— Ligou — respondeu ela. Tomou coragem e continuou. — Mas não vou ligar de volta.

— Isso mesmo! — Alexia apertou o ombro de Kelly. — Está vendo? O Código está funcionando.

— Ei! Oi! — exclamou Todd.

Kelly voltou sua atenção para seu irmão.

— Desculpa. De qualquer jeito, vou desligar, Todd.

— Espera. Tem mais uma coisa. A mamãe quer que você venha para casa.

— Está ficando tarde, Kelly — berrou do fundo a Sra. Waters.

— Você ouviu? — perguntou Todd.

Kelly revirou os olhos.

— Sim, ouvi.

— Até daqui a pouco!

A ligação caiu. Ela fechou o telefone.

— Preciso ir — disse ela.

Sydney pausou o DVD.

— Vejo vocês amanhã.

— Você não vai ligar de volta para o Will, né? — perguntou Raven, levantando suas sobrancelhas perfeitamente arqueadas.

— Não. E ele também ligou há horas. É provável que já esteja dormindo.

— Se você achar que precisa ligar para ele — disse Alexia —, liga para mim, tá?

Kelly sorriu.

— Pode deixar.

— Tchau — disseram Sydney e Raven em uníssono.

— Tchau. — Kelly saiu e fechou a porta.

♥

— Sabe de uma coisa? — disse Kelly, enquanto guardava o casaco em casa. — Eu realmente não gosto de você agora.

Talvez houvesse algum propósito para Todd esquecer que Will tinha ligado. E, por ser tão tarde, Kelly não podia de jeito nenhum ligar de volta, mesmo que estivesse com vontade.

Todd sorriu.

— Tudo bem, contanto que você goste de mim amanhã.

— Amanhã é negociável. Depende do que mais você fizer para acabar com a minha vida. — Ela foi batendo os pés no corredor a caminho do quarto, agradecida por pelo menos seus pais terem tido a sensibilidade de comprar uma casa grande o bastante para abrigar seus três filhos. Kelly tinha inveja da casa calma de Sydney. Seria tãããão legal se fosse filha única...

Apesar de ela ter fechado a porta quando entrou, seu irmão ignorou o aviso de privacidade e entrou no quarto.

— Você se esqueceu de como bater na porta? — perguntou ela, enquanto tirava as botas.

Jogando-se na cama dela e bagunçando o edredom, ele perguntou:

— Por que você está tão mal-humorada?

— Quantas outras ligações você se esqueceu de me avisar?

— Nenhuma! Meu Deus! Bem... — Ele olhou para o teto como se estivesse tentando se lembrar. — Acho que esqueci algumas ligações do imbeciloide.

Imbeciloide era o apelido que Todd tinha dado para Will.

— Ele tem nome, você sabe. — Kelly pegou um short e um top da gaveta.

— Sei, sim. Imbeciloide.

Todd sabia que tinham terminado? Ele enchia o saco dela para que desse um pé em Will desde que ela começou a sair com ele, e chegou até a ameaçar Will pelas costas dela. É claro, Will simplesmente revirou os olhos e disse "seu irmão é um imbecil", quando Kelly lhe perguntou sobre isso. E ele era, mas, mesmo assim, Todd era seu irmão. Se Will ofendia o seu irmão, estaria ofendendo Kelly também?

— Não estou mais ficando com Will — murmurou Kelly, tirando diversas pulseiras de prata do braço.

Todd sentou na cama.

— Sério?

Ela respirou fundo e finalmente se virou para ele e respondeu:

— É..

— Você... está bem? — Ele franziu a testa, claramente desconfortável com a conversa sentimental.

Será que ela *estava* bem? Já fazia um mês que eles tinham meio que terminado. Alguns dias, a resposta era sim outros, nem tanto.

— Acho que sim — respondeu ela, tirando o elástico do cabelo (tinha ouvido que elásticos estragam o cabelo se você dormir com eles, e Kelly havia decidido que precisava de toda a ajuda com cabelo que estivesse ao seu alcance). Ela colocou uma faixa preta na cabeça para que o cabelo não caísse no rosto e não deixasse sua pele oleosa, deixando-a com espinhas.

Todd levantou.

— Você quer que eu acabe com ele? — Apertou as mãos em punhos e deu uns socos no ar. — Porque seria um prazer para mim quebrar o nariz dele.

Ela resmungou:

— Não, não quero que você bata nele, Todd. Meu Deus!

Ele deixou as mãos caírem.

— Por que não?

— Ai, eu não sei, talvez porque brigar seja coisa de idiota, e Will não teve a intenção de me magoar.

— Mas ele te magoou?

Ela ignorou a pergunta, e empurrou Todd em direção ao corredor para que pudesse se trocar e ir deitar.

— Quem terminou com quem?

— Todd — reclamou ela —, saia daqui.

— Então foi ele que terminou com você?

Com ele no corredor agora, ela se posicionou no vão da porta e cruzou os braços.

— Tecnicamente, não estávamos sequer juntos. Éramos somente amigos saindo... ou algo do tipo. Agora, boa noite.

Ela foi fechar a porta, mas Todd a impediu.

— Sério, mana, você está bem mesmo?

— Estou bem — mentiu, olhando para dentro dos olhos dele. Kelly sabia mentir para o irmão. Era um garoto, acima de tudo, e não era muito sensível a emoções. Ele era bom na quadra de basquete e em implicar com ela e com a Monica, mas era só nisso.

— Porque se você precisar que eu enfie a porrada nele — continuou ele — é só falar.

— Você não vai bater em ninguém, Todd — avisou a mãe deles enquanto andava pelo corredor. — E o que eu disse sobre falar essas coisas na minha casa?

— Desculpa — disse ele automaticamente, nem um pouco preocupado com a repressão. Sua mãe nunca o deixava de castigo. Todd conseguia se safar de qualquer coisa, algo que Kelly ainda estava tentando descobrir como fazer. Talvez fosse sua capacidade de fingir sinceridade e remorso. Tudo bem, então talvez ele fosse bom em três coisas.

— Boa noite — disse a Sra. Waters, e beijou Kelly e Todd na testa. Ela foi para o quarto, o ronco do pai ecoando pelo corredor até que a mãe fechou a porta depois de entrar.

— É só falar! — sussurrou Todd antes de entrar em seu quarto.

Kelly revirou os olhos e foi deitar.

Dezesseis

Regra 12: *Você não pode namorar um amigo do Ex.*

Raven sentia como se estivesse com crise de abstinência. Como alguém consegue sobreviver sem namorado? Não era nem a ausência de um namorado, mas sim a falta de alguém com quem ficar. Nem precisava ter beijo ou nada do tipo. Raven apenas gostava de ter alguém para lhe abrir as portas. E alguém para dizer o quanto ela era bonita. E alguém para segurar sua mão.

Tecnicamente, estaria violando as regras se "saísse" com outro garoto e paquerasse? Um garoto que lhe abrisse as portas e lhe dissesse como estava bonita? Não que fosse realmente ficar com ele. Ou agradá-lo, como a Regra 8 especificamente dizia para evitar.

Além disso, se as noites de sexta-feira não eram para sair, então serviam para quê? Certamente não para jogar Palavras Cruzadas ou fazer dever de casa. Ou pior ainda, sair com a sua mãe.

Havia outra opção, e, antes que Raven tivesse uma recaída e ligasse para um garoto, decidiu experimentá-la. Atravessou o corredor e bateu na porta de Jordan.

— Pode entrar — disse Jordan, do outro lado da porta.

Quando Raven entrou, Jordan disse "oi" pelo espelho da penteadeira, enquanto arrumava o cabelo com uma presilha de pedraria. Tinha uma camada fina de blush nas bochechas. Um pouco de rímel nos cílios. Parecia que estava de saída, com sua calça cargo cáqui e moletom marrom largo.

— E aí? — cumprimentou.

Raven deu de ombros e se sentou na beira da cama perfeitamente arrumada de Jordan. Era para ser um dos afazeres diários, mas Raven nunca adquiriu este hábito. Do outro lado do corredor, seu edredom roxo estava parcialmente caído no chão.

— Estou entediada — disse, com a esperança de que a irmã caçula fosse morder a isca, que era: "Me divirta!"

Jordan passou um pente fino em seu cabelo, tirando os nós. Sua pele morena ficava perfeita mesmo sem base. Jordan tinha puxado mais à mãe que ao pai. Parecia quase cem por cento italiana. Raven tinha mais ou menos oitenta por cento do pai, o que a tornava extremamente exótica. Sem conhecer seus pais, as pessoas não conseguiam identificar sua ascendência.

— E as suas amigas? — perguntou Jordan.

Suspirando, Raven pegou um fio solto no edredom cor-de-rosa da cama.

— Sydney está estudando e vai dormir cedo porque amanhã ela tem um teste de aptidão. Alexia está jantando com os pais, e Kelly está de babá da irmã mais nova.

— Que pena — disse Jordan, mais interessada no próprio cabelo do que nos problemas da irmã. Quando o cabelo ficou perfeito, totalmente sem nós, com alguns fios soltos em volta do rosto oval, ela se sentou ao lado de Raven.

— Eu faria algo com você, mas eu e a Cindy vamos encontrar uma galera no cinema.

Raven pegou a almofada cor-de-rosa com bolinhas roxas e verdes da cabeceira de Jordan. Passou a mão sobre o material aveludado, observando o tecido mudar.

— Qual é o filme?

— *Underground — Mentiras de Guerra.*

— Ah, eu quero ver esse. Posso ir junto?

Jordan levantou uma sobrancelha feita.

— De jeito nenhum. Você iria paquerar todos os meus amigos.

Raven deu um empurrão de brincadeira na irmã.

— Claro que não. Além disso, seus amigos têm 14 anos. Jovens demais para mim.

— Você não vai. Desculpa.

Raven contorceu o rosto em desespero.

— Por favor!

Se ficasse à mercê de si mesma essa noite, não teria certeza do que poderia acontecer. Já tinha esquecido Caleb, mas o desejo de sair com alguém do sexo oposto pode ser mais intenso que a força de vontade.

Pegando sua bolsa, Jordan balançou a cabeça.

— A gente faz alguma coisa amanhã.

— Você costumava adorar sair comigo.

— É, isso foi antes de eu ter o que fazer.

— Fala sério, Jordan, eu sou legal!

— Não o bastante para ter o que fazer!

Raven resmungou e voltou para o seu quarto. Logo depois, um carro buzinou na rua, e Jordan gritou "Estou indo" pela casa.

Mas desde quando Jordan tinha mais o que fazer que Raven?

Obviamente, desde agora, mas Raven não iria deixar a irmã caçula se divertir mais que ela. Pegou o celular e analisou a agenda de telefones. Alguns nomes nem lembrava que estavam lá. Quando chegou em Zac, parou e tentou se lembrar da última vez em que falara com ele. Era um amigo de Caleb. Provavelmente deve ter falado com ele em algumas festas.

Ligou para o número e aguardou.

— Alô?

— Oi, Zac! É a Raven.

— Raven? E aí?

Panelas e travessas faziam barulho ao fundo. Uma voz grossa masculina gritou: "Desliga o bacon!"

— Está ocupado hoje à noite? — perguntou.

— Estou trabalhando agora, mas saio às 21h. Por quê? Tem alguma festa ou algo assim?

— Não. — Raven se sentou na cadeira do computador e apoiou um pé no assento estofado. — Estou só entediada e procurando alguém com quem sair.

— Beleza. Me encontra aqui às 21h? Vou ligar para o Kenny e fazemos algo juntos.

— Não — respondeu rápido demais. — O Kenny não. Só eu e você. Podemos ir ao cinema ou algo do tipo.

— Sério?

Ela quase podia vê-lo erguendo as sobrancelhas.

— É, sério. Gosto de ficar com você.

— Ah. — Ele parecia surpreso.

— Então, o que me diz? Topa? — perguntou ela.

— Claro. Você me encontra aqui?

— É. Encontro você às 21h.

Ao desligar o telefone, ela deu outro sorriso de prazer. Zac era um cara legal. Ela sempre o considerou o amigo mais gatinho de Caleb. Talvez se divertissem essa noite. Fazia tanto tempo que ela não saía com um garoto que estava realmente animada.

Certo, tudo bem, fazia só um mês que Caleb tinha terminado com ela, mas isso eram nove meses em anos caninos. Ou seriam dez? Ela nunca foi muito boa com números.

♥

Com a luz do closet acesa, Raven vasculhou todas as roupas. Tinha umas produções especiais para noites como essa, ou seja, Noites com Garotos. Havia o par de jeans coladinho que delineava perfeitamente o bumbum e ficava incrível com a camiseta preta justa de Soweto.

Decidida, tirou os dois itens do closet e se vestiu. O tempo tinha estado ameno naquele dia, mas as temperaturas giravam em torno dos cinco graus. Que jaqueta ficaria boa com aquela produção?

De volta ao closet, procurou a jaqueta em estilo militar que havia comprado na Two-One, uma loja estilo vintage do centro. A jaqueta tinha rebites cor de ouro fosco e o colarinho alto. O verde-exército desbotado ficaria perfeito com a camisa preta de manga comprida.

Esticou a jaqueta na cama e atravessou o corredor até o banheiro que dividia com Jordan. Diante do espelho, tentava decidir o que fazer no cabelo. Para usá-lo solto, mas desgrenhado, ela apertou o tubo de um produto caro que tinha comprado pelo site da Sephora e espalhou um pouco pelo cabelo. Inclinou-se e amassou as mechas, depois jogou a cabeça para trás. Agora estava com o visual desgrenhado e ondulado.

Perfeito.

Com uma passada de rímel e um pouquinho de delineador marrom-escuro, ficou pronta. De volta ao quarto, vestiu a jaqueta e guardou o celular no bolso.

— Mãe, vou sair! — gritou do corredor.

— Vai aonde? — gritou a Sra. Valenti do escritório. Devia estar criando outra página intrincada de recortes para uma aula na Scrappe.

— Ao cinema.

— Ver qual filme?

Raven enfiou a cabeça no escritório. A mãe estava debruçada sobre uma comprida mesa branca, com papéis, pistolas de cola e canetinhas espalhadas.

Que resposta era segura? Qualquer filme com censura de 18 anos estava fora. Filmes românticos ou de família geralmente estavam na lista da mãe.

— Hum... *Summercamp!.* — O filme era liberado para todas as idades. Em vez disso, ela e Zac provavelmente dispensariam o filme ou assistiram a *Underground — Mentiras de Guerra*, que Jordan ia ver.

— Tudo bem — disse a Sra. Valenti, maltratando uma canetinha preta. Ela se virou na cadeira. — Esteja em casa à meia-noite, certo?

— Vou estar. — Raven se despediu e saiu.

♥

— Oi, Ray — disse Zac, passando a mão pelo cabelo louro e rebelde. Zac era um cara bonito. Tinha rosto de modelo: mandíbula forte, nariz saliente e olhos verde-escuros. Raven sempre se sentira atraída por ele.

Gorsh, o pequeno restaurante onde ele trabalhava, estava lotado. As conversas enchiam o ar, com o som límpido do jazz dos anos 1950 que saía da jukebox.

Zac passou os braços por cima dos ombros de Raven e a abraçou. Ele cheirava a batata frita e colônia. De repente, o estômago dela roncou.

— O que quer fazer? — perguntou ele.

Dando de ombros, ela repassou as opções na cabeça.

— Bem, estou com fome.

— Quer se sentar? Podemos comer alguma coisa.

— Sério? Achei que você iria querer sair o mais rápido possível, já que trabalha aqui.

Ele fez um gesto de negativa.

— Adoro este lugar. Além disso, a comida sairia de graça. — Ele a conduziu a uma mesa. — Sente-se. Quer beber alguma coisa?

— Uma Coca.

— Já vou trazer.

Ela tirou a jaqueta e descansou as mãos no colo. A temperatura do restaurante era agradável, mas suas mãos ainda estavam frias. Ela esfregou uma na outra, e o calor se espalhou pelos dedos.

Zac voltou com duas Cocas e um cardápio.

— Aqui está.

— E você?

— Não preciso de cardápio. Sei tudo de cabeça. — Ele sorriu, rasgando a embalagem do canudinho.

Folheando o cardápio, ela examinou os pratos. Hambúrgueres, batata frita, espaguete. Nunca tinha comido no Gorsh.

— O que você recomenda?

— O wrap de frango. Queijo derretido, alface, bacon. É incrível.

— Vou querer isso com batata frita.

— Escolheu bem. Vou fazer o pedido na cozinha.

Enquanto ele se desviava das mesas e ia até a porta vaivém, Raven o observava. O jeans — em modelagem larga da Abercrombie — mal se assentava no bumbum dele. E os ombros pareciam largos em uma camiseta vintage tipo esporte.

Ela começou a pensar nele como namorado. Será que abriria portas? Será que compraria presentes? Será que ele a respeitaria? Será que a forçaria a transar? Não parecia ser esse tipo de homem, e todos seus namoros antigos — apenas dois, se Raven se lembrava bem — tinham sido sérios e duradouros.

Era gostoso sair com um cara, mesmo que fosse só um jantar amigável. Havia um lance satisfatório em sair com um cara. As amigas não causavam arrepios com uma simples conversa ou um sorriso. E os arrepios, para Raven, eram como a adrenalina para alguém destemido. Ela nunca enjoava dessa sensação.

Zac saiu da cozinha, e ela sorriu para ele novamente. Ele abriu um sorriso também, que sumiu abruptamente quando olhou para a entrada. Raven seguiu seu olhar.

Caleb.

Droga.

Caleb andou até Zac e deram aquele aperto de mão de homem. Caleb falou de uma festa, e Zac balançou a cabeça.

Raven ouviu Caleb perguntar:

— Por quê? Tem algo melhor para fazer?

E Zac respondeu:

— Tenho.

Constrangido, mostrou com a cabeça a mesa de Raven, encostada na parede.

Raven desejou desaparecer na mesa. De repente, sair com Zac não parecia algo tão inocente. Caleb não mandava na vida dela e ela não ia fazer nada com Zac, mas uma das regras idiotas de Alexia passou pela cabeça dela.

Você não pode namorar um amigo do Ex.

Raven estava ferrada.

Caleb olhou para ela, e raiva, depois talvez ciúme, transpareceu no rosto dele. Caleb trincou a mandíbula.

— Está falando sério, cara?

Raven ouviu com clareza porque Caleb subiu uma oitava na voz, e algumas pessoas se viraram para olhá-lo.

A lembrança da separação apareceu na mente dela. *Déjà vu*. Ele estava surtando em um local público por causa do próprio temperamento e, principalmente, por causa dela.

Droga de novo.

Raven agarrou a jaqueta e deslizou pelo banco, com o vinil vermelho fazendo aquele barulho horrível. Caminhou até Caleb.

— Só estávamos jantando — explicou.

Não que devesse isso a ele. Não lhe devia satisfações.

— Mas com o meu amigo? — desafiou.

— Shhh — reclamou ela. — Não precisa contar para o restaurante inteiro.

— Você é uma namoradeira em série?

Zac se pronunciou.

— Só estávamos jantando, como ela disse. Podemos ser amigos, não podemos?

Caleb balançou a cabeça, apertando mais a mandíbula.

— Tanto faz.

Ele girou nos calcanhares e saiu.

Um suspiro de alívio saiu pelos lábios secos de Raven. A noite não tinha saído como o planejado. O que aconteceu com a diversão? Os caras eram muito complicados.

— Vou embora. — Ela vestiu o casaco. — Obrigada por uma noite que deveria ter sido legal, Zac. Vamos sair outra noite.

— Ainda podemos curtir hoje — disse ele, parecendo magoado por ela ir embora tão cedo.

— Eu sei, mas não estou mais com vontade.

Ela deveria saber que seria um erro assim que pensou em sair com um garoto. É para isso que servia o Código do Término: siga as regras e evite os erros.

Na ponta dos pés, deu um beijo na bochecha quente de Zac.

— Me liga um dia desses — disse, e saiu.

No carro, aumentou o som a caminho de casa. Cedo. Ridículo.

Se algo tinha sido bom nessa noite, era que Caleb a vira com Zac, não com Horace. Isso teria sido umas dez vezes pior, e Raven não sabia ao certo se poderia aguentar Caleb perturbando Horace de novo. Se fizesse isso, talvez *ela* socasse a cara *dele*.

Dezessete

Regra 9: *Não deixe que o Ex fale mais de dois minutos com você durante os dois ou três primeiros meses de afastamento. Você não pode ser amiga dele.*

Geralmente, Kelly dormia até tarde nos fins de semana. Não havia nada como acordar, olhar para o relógio e ver "8:00" em vermelho no mostrador, enfiar-se debaixo do cobertor e cobrir cada centímetro de pele, com o travesseiro a acolhendo enquanto fechava os olhos.

Era como um sorvete de biscoito com gotas de chocolate sem calorias. Perfeito. Divino.

Até que alguém se jogou na cama, pulando e gritando.

— Acorda! Vai dormir o dia todo?

— Para! — murmurou. — Mãe!

— Está perdendo o dia — disse Todd.

Outra voz riu, e não era o irmão dela. Kelly se descobriu, e a coerência começou a surgir. Drew estava sentado na cadeira do computador, girando em um meio círculo.

Não era a primeira vez que ela acordava e encontrava Drew na casa, mas ele raramente ia para o quarto dela.

— O que vocês querem? — perguntou ela com a voz rouca de sono.

— Não queremos que desperdice a vida dormindo — respondeu Todd, beliscando a bochecha dela.

Kelly deu um tapa na mão dele, mas estava muito devagar e cansada.

— Prefiro dormir.

— Vamos preparar seu café da manhã — disse Todd.

Considerando a possibilidade, ela esfregou os olhos.

— O que vão fazer?

Todd olhou para Drew.

— O que você vai fazer?

— Eu? — Drew ergueu uma sobrancelha. — Como se eu soubesse cozinhar.

— Falando sério, se incomodam de me deixar dormir?

Drew parou de girar na cadeira do computador.

— Ele quer que você jogue futebol americano com a gente hoje.

Agora foi ela quem ergueu uma sobrancelha.

— Futebol americano?

— Está faltando um jogador — explicou Todd.

— Todd, eu nem sei jogar!

— Bem — disse Drew —, o Todd também não. Não faz mal.

Todd jogou algo para Drew, que agarrou. O rosto de Kelly ficou em chamas quando ela viu o que era. O sutiã da Victoria's Secret! Ela pulou da cama e o arrancou das mãos de Drew, que estava com o rosto impassível enquanto o observava. Ela o enfiou no cesto de roupa, fora de vista.

— Que bom que você levantou! — disse Todd. — Vamos fazer o café e correr para o campo! — Ele passou o braço por cima dos ombros dela e a empurrou para fora do quarto.

— Odeio você — murmurou ela em voz baixa.

Todd aplicou uma chave de braço e passou os nós dos dedos pelo cabelo dela.

— Bem, eu amo você!

— Mãe!

A mãe mostrou a cabeça no corredor.

— Todd, solte a sua irmã.

Todd riu, afrouxando a pegada.

— Está bem.

Foram para a cozinha. O pai estava terminando uma xícara de café. Pôs a xícara vazia na pia e se virou para eles.

— Todd, o que eu disse sobre perturbar suas irmãs?

Todd revirou os olhos.

— Tudo bem, entendi.

O Sr. Waters deu um beijo na testa da filha.

— Valeu, pai — sussurrou Kelly. Ele deu uma piscadinha e foi para a sala de estar.

Kelly se sentou à mesa, no canto da cozinha.

— E agora, o que vai fazer para mim?

Todd abriu vários armários, depois a geladeira.

— Se eu fizer seu café da manhã, você vai jogar?

Ela resmungou.

— Vou ter que fazer alguma coisa? — Ela precisava se exercitar. Na noite anterior, ao vestir a calça jeans, teve dificuldade para abotoar *e* fechar o zíper. Desde a separação, estava comendo mais do que deveria.

— Só faça cara de durona — respondeu ele.

— Certo — suspirou ela. — Omelete de queijo.

— Drew, pegue uma tigela e uma colher — instruiu Todd ao ir para a dispensa.

Drew foi ao armário e pegou uma tigela de plástico vermelho, depois abriu a gaveta de talheres. Ele se sentou diante de Kelly à mesa.

— Não sei o que ele está fazendo — disse em tom de desculpa e empurrou a tigela para ela.

Todd voltou com uma caixa de Cookie Crisps na mão. Pegou o leite a caminho da mesa. Encheu a tigela de cereal e despejou o leite. Fez um floreio com a mão.

— Sua omelete de queijo, milady.

— Isso aqui? Isso é a minha omelete de queijo?

— É o mais próximo que consigo chegar. — Ele deu um tapinha nas costas dela. — Coma. Temos exércitos para conquistar. Vou me vestir. — Ele saiu da cozinha.

Kelly pegou uma colherada de Cookie Crisps, imaginando que o cereal deveria ter menos calorias que a omelete. Então não tinha do que reclamar.

— Como você consegue passar um tempo com ele por vontade própria? — perguntou a Drew.

Ele deu de ombros.

— Ele é um idiota, então pareço esperto ao lado dele.

Kelly riu, esquecendo que a boca estava cheia de comida. Rapidamente a cobriu com a mão. Depois de engolir, disse:

— Essa foi boa.

Ele sorriu, claramente lisonjeado e talvez um pouco surpreso com a própria perspicácia.

— Valeu.

Por um instante, quase esqueceu que ele tinha partido o coração da Sydney. Era errado conversar com ele? Fazia dela uma traidora? É, mas como poderia *não* falar com ele? Estava sempre ali.

Mesmo assim, não podia deixar de sentir uma pontada de culpa por estar ali sentada com ele, enquanto Sydney provavelmente estava em casa, chorando. Por mais que ela fizesse cara de forte, todos sabiam que sofria mais do que expressava.

Drew estaria sofrendo também?

Kelly o observou discretamente. Os olhos azuis néon estavam olhando pela janela para o quintal. Ele apoiou o queixo na mão. Parecia cansado.

— Pronto? — Todd entrou, fechou o zíper do casaco e esfregou as mãos ansiosamente. — Ainda não acabou a omelete?

Ela debochou.

— Muito engraçado.

♥

Alexia não jogava futebol americano. Não fazia esportes e ponto final, mas ali estava, em um campo de futebol americano, às 9h de uma manhã de sábado. O que estava pensando quando concordou em vir?

Resposta: não estava pensando.

Não, Ben Daniels tinha a habilidade de interromper as sinapses dela, e era por isso que ela estava em pé em um campo, em um frio de congelar. Bem, faltavam cinco graus para congelar, em detalhes técnicos.

Assim que ela notou a BMW preta de Will Daniels entrar no parque, o cérebro dela fez de novo aquela coisa engraçada de desligar e iniciar, e o ar frio foi esquecido. Pelo para-brisa, via Ben sentado no banco do carona.

Estacionaram ao lado da caminhonete de Drew, enquanto Kelly, Drew e Todd se aproximavam.

Alexia correu para a cerca e esperou Ben vir andando, com a respiração criando vapor na sua frente. Estava de casaco, para variar, calças pretas de agasalho e moletom cinza. Havia furos no bolso e rasgos nos punhos. O cabelo formava ângulos estranhos, como se tivesse saído da cama e nem se importado em passar um pente.

— Oi — disse ele, abrindo o portão da cerca. — Você veio.

Ela sorriu.

— Parece surpreso.

— E estou. — Ele fez uma pausa, olhando para a direita. — Ei, me dá um segundo? Tenho que dizer ao Tanner que ele fica ridículo de azul.

Brett Tanner andava para o campo com outros garotos.

— Está bem, vou esperar aqui.

— Legal. Dois segundos. — Ele saiu andando.

Envergonhada por estar sozinha em um campo de futebol americano, Alexia passou pelo portão na esperança de alcançar Kelly. Ela iria jogar hoje? Alexia estava torcendo, visto que parecia que era a única garota ali.

Seguindo pela calçada, Alexia andou até o estacionamento e viu Kelly conversando com Will. Kelly franziu a testa e balançou a cabeça. Cruzou os braços. Mesmo de longe, Alexia via o lábio inferior de Kelly tremendo com o ar frio.

Felizmente, a neve tinha derretido no dia anterior, mas o chão ainda estava um pouco úmido. Provavelmente, iria voltar a nevar logo, mas, pelo menos, a pior parte do inverno parecia ter passado. Março estava chegando, e Alexia sempre pensava nele como um sinal de que a primavera já ia começar.

Antes de chegar aos carros, Alexia olhou para o relógio. Kelly devia estar conversando com Will há mais de dois minutos. Ela se aproximou.

— Will, não se importa se eu roubar a Kelly, não é?

Will balançou a cabeça.

— Eu ligo mais tarde — disse a Kelly. Ela não falou nada. Quando Will saiu de carro, Alexia se virou para a amiga.

— Você violou a regra nove.

Kelly parecia arrependida.

— É difícil sair de perto quando ele começa a falar.

— Bem, vai ter que se esforçar, senão o Código não vai funcionar. O que ele queria?

— Perguntar se eu tinha visto a caneta dele.

Alexia segurou a risada.

— Uma... caneta?

— É. — Kelly revirou os olhos. — Eu sei. É ridículo. Mas é a caneta preferida dele, acho que custou caro. Faz umas semanas que ele não a vê, então pensou que talvez tivesse deixado na minha casa, algo do tipo.

— Você violou uma regra para falar com o Ex sobre uma caneta?

— Bem, tecnicamente, já violei essa regra, já que falei com ele no abrigo, mas...

— Kelly!

Ela deu de ombros.

— O que foi?

Alexia suspirou.

— Você deveria perder um zilhão de pontos por isso.

— Eu não sabia que contávamos pontos!

— Bem, se estivéssemos, você estaria em último lugar.

As duas gargalharam.

— Nunca fui boa em competições — ponderou Kelly. — Nós duas vamos jogar futebol americano?

Alexia suspirou.

— É o que parece.

♥

— Não entendo de Geometria — disse Kelly.

Alexia concordava com a cabeça nos intervalos adequados. Estava tentando se concentrar no que Kelly dizia, mas era difícil escutá-la e observar Ben ao mesmo tempo. Ele era o palhaço da turma na escola, mas ali, no campo, ficava sério, e era atraente vê-lo comandando o jogo e debochando do outro time quando erravam.

Alguém jogou a bola para ele, que a buscou no ar sem fazer esforço e começou a correr na direção de Alexia. Ela deveria estar fazendo alguma coisa? Defendendo o gol? As regras ainda eram meio confusas. Levantou as mãos, já que parecia a coisa mais lógica.

E aí...

Bam!

Algo a atingiu, e ela caiu, com o pé preso em uma depressão do chão. A dor começou no tornozelo e subiu pela perna. Fez uma careta, virando-se, tentando morder o lábio para não gritar e chorar feito um bebê. Os primeiros cinco segundos foram os mais cruéis, porém, quanto mais ela mordia o lábio, mais a dor no tornozelo diminuía, até latejar de leve. As costas dela estavam empapadas e enlameadas da grama molhada. Ela se sentou.

— Alexia! — gritou Kelly.

Os pés bateram no chão enquanto todos corriam até ela.

— Estou bem — conseguiu pronunciar. Pelo menos, esperava que estivesse bem.

— Consegue levantar? — perguntou Ben.

Ela assentiu com a cabeça, sentindo as lágrimas ardendo nos olhos. Ele passou o braço pela cintura dela e a ergueu. Ela descansou o peso no pé machucado, e a pressão causou um fraco latejar no tornozelo, mas, tirando isso, ela estava bem.

— Tanner — disse Ben —, que diabos estava fazendo?

Brett Tanner estava de lado, com as mãos no quadril.

— Eu não a vi — respondeu. — Desculpa.

Deve ter sido ele que atropelou Alexia. Ela balançou a cabeça.

— Tudo bem.

— Vou levar você ao hospital — disse Ben. — Onde está sua chave?

— Não. — Alexia balançou a cabeça. — Estou bem. Veja, consigo mexer o pé. — Ela agitou o pé. — Não quebrei nada. Provavelmente é só pôr gelo que vou ficar melhor.

Ben franziu os lábios e parecia pensativo, aí disse:

— Tudo bem. Vou levar você para casa.

Ela puxou a chave do bolso e lhe entregou. Ele passou o braço pela cintura dela e deixou que ela se recostasse. Ele cheirava ao ar frio do inverno e a alguma colônia forte e doce.

— Precisa de mim para alguma coisa? — perguntou Kelly, seguindo-os enquanto Alexia cambaleava pelo campo com a ajuda de Ben.

— Não. Vou ficar bem.

— Me liga depois, quando estiver a fim.

Ben levou Alexia até o carro. Segurou a porta do carona e a ajudou a se sentar. Deu a volta até o lado do motorista e ligou o carro.

— Vou ficar por perto para me certificar de que você está bem. Parece que vai ter que me aturar por umas duas horas — disse com um sorriso.

Alexia sorriu, apesar da dor no tornozelo. Ter que aturá-lo não parecia tão ruim.

♥

— Melhorou? — perguntou Ben.

Alexia se recostou no travesseiro que ele havia afofado.

— Está ótimo. — O Advil que ele tinha lhe dado assim que chegaram em casa estava fazendo efeito. Ela se sentia bem, desde que não mexesse o tornozelo. Provavelmente iria ficar inchado uns dias, mas, graças a Deus, não estava quebrado.

Ben procurava os controles remotos pela sala. Pegou os do som surround, da TV, da TV a cabo e do som e os colocou na mesa de centro, ao alcance da mão.

— Quer beber alguma coisa? Ou comer?

— Água? — sugeriu ela, sentindo um pouco de culpa por ele estar lhe servindo.

— Água. Pode deixar.

Ele demorou uns dez minutos. Quando voltou, carregava uma tigela de frutas e um copo cheio de água e gelo. Os cubos tilintavam contra o vidro.

— Frutas fazem bem. Especialmente quando se precisa de cicatrização.

Ela riu.

— Não posso só tomar uma vitamina?

— Não é a mesma coisa. As vitaminas não possuem os antioxidantes naturais que as frutas frescas têm.

— Ah. — Ela bebeu água, de olho nas uvas. Não ligava muito para frutas, mas, se Ben dizia que faziam bem, deveriam fazer mesmo. Ele era uma enciclopédia ambulante. Ela pôs uma uva na boca. Estava fresca e gostosa.

— Valeu.

— Sem problema. Quando seus pais vão chegar em casa?

— Disseram que estariam de volta às 21h. — Iam passar o dia fora, visitando o irmão dela em Hartford.

— Vou ficar até que cheguem.

— Não. Não precisa fazer isso.

— Não tenho mais nenhum lugar para ir. — Ele se acomodou na poltrona que estava enviesada na ponta do sofá. — E se acabarem as suas frutas? Vai fazer aparecer mais usando suas ondas cerebrais?

Ela riu, sentindo a exaustão chegar. Só precisava dormir.

— Bem, obrigada por ficar.

— De nada.

Apoiando-se em um cotovelo, ela tomou um grande gole de água. A garganta estava seca em razão do jogo. Ao colocar o copo de volta, derramou água, que escorreu na frente dela.

— Droga.

Qual era seu problema hoje? Estava perdendo a capacidade motora?

— Pode deixar. — Ben se levantou em um pulo e correu para a cozinha. Voltou com várias toalhas de mão. Agachou-se ao lado do sofá e enxugou a água.

— Valeu. — Ela deitou a cabeça e percebeu que estava a poucos centímetros do rosto de Ben.

— Alexia? — chamou ele, com a voz suave, e o hálito de fruta tocou seu rosto. O cabelo castanho rebelde já tinha baixado desde de manhã, e várias mechas penduradas ficavam na linha de visão dele.

— Fala — respondeu ela.

— Posso beijar você?

Agora ela sentia muito calor. E sede.

— Está falando sério?

— Estou.

— Eu... Hum... — As palavras lhe escapavam. O hálito dele tinha cheiro de uva, mas e se o dela tivesse cheiro de pé? Ela sempre imaginava que o primeiro beijo com um garoto seria algo planejado, para que tivesse tempo de escovar os dentes ou chupar uma bala de menta. Ben estava arruinando o plano! Ela quase lhe pediu que esperasse uns cinco minutos para que cambaleasse até o banheiro para escovar os dentes (duas vezes, talvez até três).

E se ela errasse? O beijo. Não a escovação dos dentes. E se usasse a língua quando ele só queria um selinho? Como é que se pode adivinhar essas coisas?

— Vou contar até cinco — disse ele, sentando-se nos calcanhares. — Aí não vai ser estranho.

Este era o protocolo? Discutir o beijo antes que acontecesse? Ela não fazia ideia, pois nunca tinha sido beijada!

— Um...

Ela sentiu aquele nó no estômago.

— Dois...

Então ele a beijou. Ela soltou o ar com a surpresa. Ele a orientou delicadamente, como se sentisse o seu nervosismo. A mente de Alexia ficou vazia e ela passou os dedos pelo cabelo dele, puxando-o para mais perto.

Estou beijando um garoto, pensou, atordoada. E é perfeito.

Dezoito

Regra 2: *Você não pode ligar para a secretária eletrônica nem para a caixa postal do seu Ex só para ouvir a voz dele.*

— Por favor, cubra meu turno da noite, Raven — disse a Sra. Valenti. — Não consigo falar com mais ninguém e preciso trabalhar neste projeto esta noite. — Ela indicou com a cabeça a mesa com pilhas de papéis e velhas fotos da família.

— Mãe — começou Raven, repassando a lista de possíveis desculpas. Tinha dever de casa? Um longo artigo para escrever? Estava doente?

— Não tenho mais ninguém, querida, e é só uma noite. Você sabe que não pediria a não ser que realmente precisasse de ajuda.

Tinha razão. Nunca havia pedido que Raven trabalhasse na Scrappe, e, pela expressão no rosto da mãe — o rosto carregado de preocupação —, Raven teve dificuldade em dizer "não".

Suspirou.

— E se fizermos um trato?

— Um sensato?

Raven assentiu com a cabeça.

— Acho que é.

— Bem, vamos ver.

Raven explicou que o conselho estudantil faria uma noite de calouros com venda de bolos para arrecadar fundos para os uniformes da banda. E deixou escapar o fato de que precisavam de um local para o evento. De graça.

A testa da Sra. Valenti se fechou ainda mais e ela esfregou o nariz.

— Dá muito trabalho organizar uma festa.

— Eu sei, mas você não teria que fazer nada.

— Vou olhar meu cronograma. Que noite seria?

— Trinta e um de março.

A Sra. Valenti passou as páginas da agenda.

— Bem, não tenho nada marcado para essa noite, então eu concordo, se você cobrir o turno de hoje.

Sydney ficaria feliz de saber que o conselho estudantil teria um local para arrecadar fundos para aqueles uniformes idiotas, mas Raven não ficou muito feliz de ter que trabalhar essa noite. E se Horace estivesse nesse turno? Sentiu um frio no estômago só de pensar nisso, por motivos bons e ruins. Sempre ficava ansiosa para vê-lo, mas, quando via, surgia uma tensão incômoda, apesar de vir principalmente dela. Horace nunca parecia estar pouco à vontade em lugar nenhum, nem na escola. Era como um camaleão, circulando livremente entre as panelinhas. Todos gostavam dele. Bem, exceto Caleb.

— Acho melhor ir me arrumar — disse Raven. — A que horas tenho que chegar lá?

— Às 16h.

Ela olhou para o relógio na parede branca da mãe. Só faltava uma hora. Melhor correr.

♥

— Quer que eu vá até aí? — perguntou Sydney pelo telefone, sentando-se sobre as pernas cruzadas à mesa da cozinha.

— Não, tudo bem — respondeu Alexia. — Tenho muito Advil, acho que vou dormir logo mesmo.

— Está bem. — Sydney tentou parecer animada, mas a verdade era que estava morrendo de vontade de sair de casa. O silêncio era tanto que ouvia o tique-taque do relógio de peixe atrás dela, que o pai precisou comprar quando passaram as férias no Canadá, cinco anos antes. O que fazia o tique-taque era a cauda do peixe, balançando para a frente e para trás.

Aquela viagem parecia muito distante. Havia sido antes de a mãe mergulhar no trabalho a ponto de esquecer que tinha uma casa com uma família.

Sydney esperava ouvir a palavra com D a qualquer instante. Não tinha dúvida de que os pais se amavam, mas não passavam mais nenhum momento juntos.

A Sra. Valenti e o Sr. Andrews (sempre usaram sobrenomes diferentes porque ela era *louca* por independência) tinham se divorciado muitos anos antes, e Sydney nunca vira Raven tão deprimida quanto naquela época.

Sydney ficava assustada quando se imaginava enfrentando aquela dor. É verdade que o Sr. Andrews estava tendo um caso, e isso deve ter piorado o divórcio.

— É melhor eu desligar — disse Alexia, tirando Sydney de seus devaneios.

— Se precisar, ligue. — Meu Deus, faça com que ela precise de algo, como companhia! Sydney iria ficar louca se não saísse de casa.

Elas se despediram e Sydney desligou. Apoiou o cotovelo na mesa e descansou o queixo na mão. O dever de casa estava feito, a TV não tinha nada de bom, o pai lia no andar de cima.

Era noite de sábado e ela não tinha *nada* para fazer!

De olho no telefone, sentindo os dedos coçarem, apanhou o aparelho e examinou os números antigos no registro de chamadas. A ligação mais antiga era de cinco de fevereiro. O número de Drew nem aparecia. Devia fazer umas seis semanas que ele não ligava.

Sydney apertou o botão e discou seu número. Não tinha ideia do que estava fazendo. Se ele atendesse, ela inventaria uma desculpa na hora. Pelo menos, iria tentar.

Mais do que qualquer coisa, ela só queria ouvir a voz dele.

Depois de chamar três vezes, a caixa postal entrou, e Sydney fechou os olhos para ouvir.

"Aqui é o Drew. Deixe uma mensagem depois do sinal." *Bip.*

Ela terminou a ligação com a voz dele ecoando na cabeça.

Aqui é o Drew. Aqui é o Drew.

Agora, ele veria o número dela no registro de chamada e saberia que era uma ex-namorada patética. Por que não tinha pensado em fazer uma chamada restrita?

Ela escondeu o rosto nas mãos. Parecia que tudo estava dando errado. Só sentia vontade de se esconder no quarto com uma caixa de Cheez-Its e 24 horas de filmes do Lifetime. Ela e a mãe os assistiam aos domingos no meio do inverno.

"Eu queria que a minha mãe estivesse aqui", pensou.

Quando o relógio de peixe atrás dela soltou o efeito sonoro da água na hora exata, Sydney se ergueu da bancada e esfregou os olhos. Tinha tentado endurecer o coração, afastando as emoções, atirando-as como pedras no famoso lago dos namoros.

Talvez Drew tivesse razão. Talvez os dois precisassem de espaço. Tempo para serem eles mesmos, não a metade de um casal. Tempo para se divertirem. Ela se virou para trás e se esticou até a mesinha do telefone para pegar a agenda. Parou em T, encontrou o número que estava procurando e discou.

Quando alguém atendeu, Sydney respirou fundo, um fôlego novo para a nova Sydney.

— Oi, Craig — disse. — É a Sydney. Onde é a festa hoje?

♥

O primeiro cheiro que se destacava na Scrappe era o de café moído e, depois disso, chocolate, baunilha, chá e cola. A área para fazer álbuns de recortes ficava em uma sala separada da cafeteria e era grande o bastante para acomodar 12 mesas de trabalho. Havia uma parede inteira só de papéis e várias prateleiras de adesivos e acessórios.

As noites de sábado eram frequentadas basicamente por conhecedores de café. A turma dos álbuns de recortes preferia as manhãs, principalmente durante a semana, enquanto os filhos estavam na escola.

Raven se encaminhou para a sala dos fundos, lançando um olhar discreto para a direita, onde ficava o café. Bastaria ver o cabelo louro-avermelhado atrás da máquina de expresso para saber que Horace estava trabalhando naquela noite. Uma tensão embrulhou o estômago, e um sorriso nasceu em seus lábios enquanto fechava a porta da sala dos fundos.

O turno que estava cobrindo durava cinco horas. A ideia de passar tanto tempo com Horace... Não, ela não iria pirar por um garoto agora. Tinha jurado deixar Horace em paz. Era como uma bola de demolição para o sexo oposto.

Deixando a bolsa e o casaco no escritório da mãe, Raven foi à cafeteria e se encaminhou ao balcão. Quando entrou, Horace estava de costas, atendendo alguém.

Vestia uma calça jeans surrada, desbotada nas pernas. Era larga, porém perfeita demais, principalmente no tom azul-marinho de Henley. Suas botas de couro arrastavam no chão quando ele se movimentava entre a máquina de expresso e uma pequena geladeira.

— Oi — disse ela, passando para trás do balcão.

Ele se virou.

— Ray. — Abriu um sorriso torto. — O que está fazendo aqui?

Ele voltou à bebida que estava fazendo, despejando leite frio em um café gelado.

— Minha mãe me pediu para cobrir o turno dela. — Raven se encostou ao balcão. — A que horas você sai?

— Vou ficar até fechar. — Ele misturou a bebida, pôs uma tampa e o entregou à mulher que estava esperando. Agradeceu, e ela seguiu calmamente para uma mesa, bebericando.

— Parece que vamos trabalhar juntos então — continuou Raven.

— É. — Ele puxou o cordão de couro que tinha amarrado no punho e as mangas da camisa. — Está tudo bem?

Ela olhou para ele, que a observava atentamente.

— Claro. Por que não estaria?

Ele inclinou a cabeça para o lado, pondo as mãos no balcão que estava às suas costas.

— Por favor, Ray. Rola algo estranho com a gente e você sabe disso. — Era uma afirmação, não uma acusação, e ela se sentiu um lixo porque sabia que era responsável pela estranheza.

— Eu... Hum... — Ela sentia o rosto esquentando sob seu olhar. O que podia responder?

Ele andou até ela, chegando perto o bastante para que Raven sentisse seu cheiro. Era o cheiro do inverno, de vento frio e grama.

— Escute, não preciso de explicações. Só quero saber se podemos ser amigos.

O coração dela estava acelerado, os dedos estavam úmidos.

— Eu adoraria — conseguiu dizer. — Amigos.

— Ótimo. — Ele fez uma reverência com a cabeça.

— Com licença. — Uma mulher acenava do outro lado do balcão.

Raven reconheceu as nojentas mechas louras. Era uma cliente fixa: Mary ou Meredith, algo assim. Era secretária executiva dos Daniels, mas agia como se fosse a melhor advogada de Birch Falls. Esperava que todos se virassem para agradá-la. Se não lhe falhava a memória, sempre pedia um café com leite pequeno com meia dose de creme de menta, meia dose de expresso, leite desnatado e espuma de leite integral. Era um dos drinques mais complicados que Raven já tinha produzido. Falando sério, ela *precisava* da espuma de leite integral? Qual era a diferença?

— Quero fazer o pedido — disse Mary/Meredith enquanto examinava o celular.

— Pode deixar — disse Raven a Horace.

— Está bem. Vou estar lá atrás se precisar. Tenho que arrumar umas coisas para a sua mãe.

Ela concordou com a cabeça quando ele passou. E o observou atravessar a loja.

— Com licença — repetiu Mary/Meredith. — Estou com pressa.

É claro que estava. Devia ter alguns papéis para arquivar, algo assim. Raven resmungou por dentro.

— Sinto muito. — Desculpou-se, projetando alegria. — O que vai querer?

♥

A noite tinha sido boa, pensou Raven. A estranheza entre ela e Horace parecia ter passado depois que ele a confrontou. Ela se sentia dez vezes melhor ao lado dele.

Ligou a máquina de expresso para a água fervente passar e limpar os restos de café. Quando a água ficou limpa, ela pegou a escova e começou a esfregar.

Horace foi trancar a porta da frente, depois desligou o letreiro em néon que dizia "ABERTO" na janela.

— Vai limpar a máquina?

— Vou.

— Vou limpar as garrafas térmicas então. — Ele pegou duas no balcão e as levou para os fundos.

Do lado de fora, o sol tinha se posto há algumas horas e a noite estava escura sem a lua. Não eram nem dez horas ainda. Levariam uns vinte minutos para fechar tudo e depois... ela não tinha o que fazer pelo resto da noite. Gostaria de saber o que as amigas estariam fazendo.

Depois de limpar tudo atrás do balcão, Raven recolheu os pratos sujos em uma caixa plástica e os levou para os fundos, onde ficava a pia industrial. Horace estava terminando com as garrafas térmicas.

— Posso enxaguá-los, se quiser. Já terminei — disse ele, tirando as garrafas da frente.

— Está bem, valeu.

Raven encheu a pia de água quente com sabão e começou a lavar, enquanto Horace arregaçava as mangas.

— Acha que vai trabalhar aqui novamente em breve? — perguntou ele, abrindo a torneira para começar a enxaguar.

Ela deu de ombros.

— Se minha mãe precisar de ajuda, talvez.

— Gosto de trabalhar com você. — Ele virou um copo de medida debaixo da água corrente, e as sobras ressecadas desceram pelo ralo. — Muito. Gosto de ficar com você, Ray.

— Também gosto de ficar com você.

— Podemos fazer isso com mais frequência. Como amigos. Não precisa me evitar por causa de... tudo.

— Eu não estava evitando você...

— Você estava me evitando — insistiu, mas com um sorriso.

Ela não disse nada porque, primeiro, não sabia o que dizer e, segundo, ele tinha razão.

— Sabe — continuou ele —, eu fico pensando. Nunca devia ter beijado você no ônibus nem na festa. Ainda seríamos...

— Pare.

Ele a olhou.

— O quê?

— Não foi culpa sua. Nem pense nisso.

— Então o que é?

Ela largou a esponja na água com sabão e secou as mãos. Será que conseguiria descrever com palavras o problema? Se conseguisse, faria sentido para Horace? Esqueça o Código. A questão aqui não era seguir as regras, mas poupar Horace. Qualquer namoro com ela era uma bomba atômica prestes a explodir. Ele não percebia isso? Não era nenhum segredo na escola que ela *era* uma namoradeira em série, como Caleb a tinha acusado na noite anterior.

Talvez Horace tivesse uma queda pelo sofrimento.

Ela resolveu que ele merecia sinceridade, no mínimo.

— Não quero magoar você.

Ele resmungou.

— Talvez seja melhor eu me arriscar.

Ela balançou a cabeça.

— Você diz isso agora...

— Ray?

— O quê?

— Está sendo rígida demais com você.

— Tenho um problema com namoros, Horace. Você merece alguém melhor.

— Ninguém é melhor que você.

Ela sentiu um nó na garganta. Ninguém nunca tinha lhe dito algo assim. Nenhum dos meninos com quem ela já havia saído. E quantos foram? Vinte? Jordan fazia a contagem oficial.

Raven levantou os olhos para ele.

— Obrigada... por dizer isso. Significa muito para mim.

— Falei sério.

Ela sorriu.

— Eu sei. — Mas, mesmo que ele achasse que era verdade, não queria dizer que era.

Dezenove

Regra 24: *Você não pode pedir nem implorar para voltar com o seu Ex. Ele também não pode ver você chorando por causa do fim do namoro.*

Sydney pisava no freio da SUV, sabendo que a estrada de terra que procurava ficava por ali. A uns nove metros de distância, havia uma clareira quase imperceptível entre as árvores. Ela ligou a tração e praguejou em voz baixa quando alguns galhos bateram na janela.

Que diabos estava fazendo ali?

Uma hora antes, quando ligara para Craig Thierot, isso parecia uma boa ideia. Mas agora, com a escuridão encobrindo a estrada e a floresta, estava pensando seriamente em dar meia-volta e ir para casa.

Era a opção segura, mas Sydney estava cansada da segurança, se é que isso ainda existia. Ela pensava que o namoro com Drew era seguro. Nunca tinha se preocupado em perdê-lo, mas veja só.

Não, ela havia decidido que não existia segurança. Continuou entrando pela floresta e, finalmente, logo atrás das árvores, viu a luz. Tinha chegado ao destino: Turner Place. Ou o celeiro abandonado na fazenda do avô de Matt Turner. O avô dele nunca ia ali, e Matt vivia dando festas. Pelo menos, era o que ela ouvia dizer.

Ao encontrar uma vaga entre as duas dúzias de carro, estacionou e saiu com o coração ressoando contra as costelas.

Não me sinto ameaçada por essas pessoas, repetia sem parar na cabeça, como um mantra. Mas o instinto de fuga estava chegando, e seus dedos de repente ficaram úmidos, apesar do ar frio.

A pequena porta do celeiro se abriu quando se aproximava. Duas pessoas passaram por ela, carregando consigo o som da música pop e o cheiro de cerveja. Ela entrou, colada na parede enquanto observava.

O ar estava abafado com o calor humano e a fogueira acesa no círculo de tijolos no centro do celeiro. A fumaça de cigarro subia até as vigas e escapava pelas rachaduras do telhado.

Examinando os vários rostos no celeiro, torcia para ver algum amigo, não apenas conhecidos. Todos os rostos pareciam familiares, mas a maioria era de pessoas com quem nunca tinha se dado o trabalho de conversar.

No canto do outro lado, viu Craig Thierot falando com Lisa, a tesoureira do conselho estudantil. Agradeceu a Deus pelo rosto amigo. Sydney avançou pela multidão.

— Sydney! — gritou Craig quando ela chegou perto. Seu rosto angelical estava vermelho, provavelmente de tanto dançar. Vários cachos dourados pendiam de sua testa.

O garoto usava uma camiseta branca lisa, mas, por cima dela, uma gravata em forma de abacaxi. — Achei que não viria.

— Quase não vim — respondeu ela, olhando em volta, nervosa. — Não é o tipo de lugar que costumo frequentar.

— Mas deveria ser. Dá para se divertir muito. — Craig mexeu as sobrancelhas. — Vou pegar uma bebida para você.

Ele disse "bebida" tipo água ou tipo álcool? Decidiu não perguntar e concordou. Ele foi para outro cômodo.

— Então — disse Lisa —, legal você ter vindo. Eu estava morrendo de vontade de conversar com alguém que não fosse uma cabeça de vento. — Grandes argolas douradas pendiam de suas orelhas. Seu cabelo castanho-avermelhado e repicado estava preso num rabo de cavalo.

Sydney riu, observando as outras garotas da festa.

— Está falando da Melody? — Ela indicou com a cabeça a garota loura perto da fogueira, que usava blusa decotada e minissaia.

Lisa revirou os olhos.

— Claro. Você precisava ter ouvido o que ela disse meia hora atrás. Estava querendo me convencer de que a água que ela bebe a deixa bem mais inteligente.

— Como é? — Sydney franziu a testa.

— É. O nome é BrainLytes, e ela jura que tem algum tipo de erva que produz mais neurônios.

— Ai, meu Deus. Como ela chegou ao ensino médio?

Lisa balançou a cabeça.

— Boa pergunta.

Craig chegou, com duas bebidas nas mãos.

— Peguem. — Ele empurrou o copo para elas. — Squirms para as damas.

Lisa pegou a bebida e começou a chupar o canudo cor-de-rosa do copo.

— "Squirms"? — Sydney pegou o outro copo.

— Refrigerante Squirt e rum — explicou Lisa. — Uma das muitas misturas do Craig.

— A melhor — acrescentou Craig. — Prove.

Sydney cheirou primeiro, mas só sentiu o aroma cítrico do Squirt. Então tomou um gole, que aqueceu sua garganta ao descer.

— Tem álcool aqui?

Craig assentiu.

— Essa é a graça. Não dá pra sentir o gosto do álcool quando está misturado com Squirt. Você fica bêbada mais rápido.

— Estou de carro hoje — disse Sydney, ouvindo sua antiga personalidade buzinando no ouvido como uma mosca. Mentalmente, ela a enxotou.

— Sou o motorista da vez — respondeu Craig. — Não se preocupe. Vou te levar pra casa sã e salva. — Alguém o chamou. Ele se virou e acenou. — O dever me chama. Bebam, garotas. Aproveitem!

Sydney se virou para Lisa depois que Craig tinha se afastado.

— Você vai ficar bêbada?

— Pode apostar! — Lisa tomou mais Squirm pelo canudo. — Vim aqui pra isso.

— Nunca fiquei bêbada — confessou Sydney. Nunca tinha dado importância ao fato, mas agora se sentia boba.

— Tem uma primeira vez para tudo. — Lisa sorriu. — Acredite, não vai ser a última.

Drew tinha ido a essas festas para ficar bêbado? Era isso que queria que ela fizesse? Viver a vida, agir como essas pessoas? Agora que ela estava ali, não parecia tão ruim. Talvez estivesse exagerando. O que Drew disse era verdade. Era hora de tentar coisas novas, de se divertir. Não queria se lembrar dessa época e perceber que tinha perdido tempo estudando em casa.

— Vira tudo! — gritou Lisa, afastando o canudo para entornar a bebida.

Sydney jogou fora o canudo e encostou o copo nos lábios. Quando conseguiu ver o fundo do copo, olhou para Lisa.

— Refil! — disse Lisa, agarrando a mão de Sydney e a puxando para a sala de bebida.

♥

Sydney cambaleou, e a bebida ultrapassou a borda do copo, molhando seu braço. Ela riu enquanto Craig a segurou.

— Senta — instruiu ele, puxando uma banqueta de bar por trás dela. Sydney se sentou, sentindo o vinil pinicar o bumbum dentro do jeans. — Acho que bebeu demais, Chutney. — Ele pegou o copo e o esvaziou no chão de cimento.

Sem saber como, nas últimas duas horas, tinha sido apelidada de "Chutney". Craig explicou que ela era "cheia de açúcar, pimenta e um pouco de vinagre". Ela tentou lhe dizer que chutney também levava fruta, mas, quando ele falou "e daí?", ela deu de ombros. E, quando enfrentou Brad Baker virando doses de uísque, a galera tinha gritado "Chut! Chut! Chut!" para incentivá-la. Ela ganhou também.

Agora, entretanto, o mundo estava oscilando como uma gangorra e até sentar ficava difícil. Encostou a cabeça no corpo de Craig e sentiu as costelas dele no rosto.

— Drew vai ficar muito bravo se aparecer — ponderou Craig.

— Drew — murmurou ela, tentando lembrar por que ele ficaria bravo. Então ela riu, com lágrimas descendo pelo canto dos olhos. — Terminamos, sabe.

— É, eu sei.

— Ele nem vai se importar.

— Aposto que vai.

Mesmo em meio ao torpor do álcool, ela desejava que ele *se importasse*, porque isso significaria que ainda a amava.

— Liga pra ele.

— Nem pensar!

— Vai, Craig. Liga pra ele.

— Nem morto eu vou ligar pra ele com você sussurrando ao fundo.

A música parou enquanto alguém trocava o CD. Segundos depois, um R&B vibrava por alto-falantes escondidos.

— Wooo! — gritou Sydney. — Gosto desta música. — Ela se levantou e começou a dançar. Lisa apareceu e a agarrou pela mão. Rodaram juntas, até Sydney perder o equilíbrio e cair num velho pufe, rindo até sentir a barriga doer.

— Sydney?

Ela abriu os olhos ao mesmo tempo em que ouviu Craig dizer "merda" em algum lugar distante.

— Drew? — perguntou, depois se levantou e se jogou em cima dele. — Drew! Por onde você andava? — Ele estava usando a jaqueta verde do exército com gola alta que ela tanto amava. Seus ombros largos ficavam muito bem nela.

— Você está bêbada?

As mãos dele na sua cintura, os olhos azuis no seu rosto... Nossa, ela sentia falta daquilo, e só fazia... Quanto tempo? Tempo demais, é claro. Como ela podia viver sem tê-lo como namorado?

— Nós terminamos — disse, encostando no peito dele. Ela o abraçou e entrelaçou as mãos. — Não vou soltar.

— Sydney. — A voz reverberou no peito dele.

— Cara, foi mal. — Era Craig. — Não achei que ela fosse ficar tão bêbada... Sério. Ela veio querendo se destruir hoje.

— Vou levar você pra casa — respondeu Drew.

Ela se afastou e tropeçou em Craig.

— Não quero ir pra casa. É chato. E silencioso. Ninguém fala comigo em casa. — As lágrimas embaçaram a visão. — Me dá um Squirm, Craig. — Ela fungou e enxugou os olhos.

— Vale o que o cara diz. — Craig levantou as mãos e se afastou.

— Tudo bem. — Ela foi para a sala de bebida e pegou um copo.

— Não precisa beber mais. — Drew tirou o copo dela.

— Devolve.

— Não precisa de mais, Sydney. Me escuta.

— Que droga, Drew! Estou me divertindo! Era o que você queria, não era?

Ele jogou o copo na lata de lixo.

— Eu não estava falando disso.

A sala rodava mais, porém os sentidos estavam voltando, e ela começou a chorar.

219

— Não quero ir pra casa, Drew. Não aguento ficar lá.

Ele segurou o rosto dela, e, por um instante, ela achou que fosse beijá-la. Mas não, ele só a equilibrava para que pudesse olhar em seus olhos.

— Vou ficar com você até que durma.

— Vai?

Ele enxugou as lágrimas do rosto dela.

— Se for embora agora e me deixar levá-la para casa, vou.

— Mas você não me ama mais.

— Amo, sim.

— E por que terminou comigo?

Ele suspirou.

— Aqui não, Sydney. — Pôs as mãos nas costas dela e a levou para fora da sala de bebida e do celeiro. Drew pegou o casaco dela em algum lugar e a envolveu.

Lisa acenou, dando tchau, e Sydney balançou a cabeça, antes de encarar o frio. Drew a conduziu até a caminhonete, a ajudou a entrar e até afivelou o cinto de segurança. O interior da caminhonete estava quente e aconchegante, e ela dormiu sem nem perceber.

♥

— Sydney. Acorda.

Ela abriu os olhos e olhou para Drew. A separação tinha sido um pesadelo?

Não. A cabeça latejando, a boca seca e o enjoo no estômago a lembraram de que era muito real, bem como a noite de bebedeira.

Agora, sentada na caminhonete de Drew, na viela atrás da casa, a dor dobrou de tamanho com o efeito do álcool, e ela pulou do carro e vomitou no chão tudo que tinha no estômago.

Drew apareceu de repente e pôs a mão quente no seu ombro. Quando ela terminou, ele passou o braço pela sua cintura. Escorada, ela cambaleava para a frente, sentindo que os pés pesavam feito chumbo.

— Shhh — sussurrou Drew ao entrarem e trancou a porta.

— Meu pai não vai acordar — disse ela, talvez alto demais. Ou talvez Drew não tivesse ouvido.

Eles cruzaram da cozinha para o corredor e chegaram a salvo no quarto. O pai dela dormia no andar de cima, distante como sempre, e a mãe estava a uma hora de distância, numa vida nova, confiando que a filha se comportaria como sempre, mesmo sem estar por perto. Mas Sydney não era mais a mesma. Nada era como antes. Odiava mudança.

— Banheiro — disse ela e entrou no banheiro particular, fechando a porta. Escovou os dentes, mal conseguindo abrir os olhos. Preocupada, apressou o ritual, temendo que, ao sair, Drew tivesse ido embora.

Enxaguou a boca e abriu a porta. Ele ainda estava lá, encostado na cabeceira. Ela tirou os sapatos, quase caindo. Depois tirou a calça e vestiu um short. Entrou debaixo do cobertor, ao lado de Drew.

— Tudo bem? — perguntou ele.

Ela ficou em silêncio por um longo tempo, imaginando qual seria a resposta certa para a pergunta. Se dissesse que estava bem, ele iria embora? Ele disse "bem" querendo saber se ela ia vomitar de novo ou se ela estava mentalmente bem?

— Já estive melhor — murmurou. — Vai ficar quanto tempo?

Os dedos dele acariciavam o cabelo de Sydney, contornando a testa até a orelha. Ela tremeu. Eram essas pequenas coisas que mais faziam falta.

— Até você dormir — respondeu.

— Fique até de manhã. Sinto sua falta. — Ela se acomodou mais debaixo do cobertor, envolvendo as pernas nas dele. — Não aguento ficar sem você.

O batimento do coração dele preenchia o silêncio que se estendia. Ela o ouvia em seu peito, enquanto estava deitada, esperando alguma reação. Sentou-se.

— Drew?

— Durma, Sydney.

A cabeça latejando e os olhos pesados diziam que dormir era uma boa ideia. Ela se aconchegou ao lado dele novamente. Se essa fosse a última vez, queria lembrar assim. Não queria estragar tudo com uma discussão.

— Eu te amo — sussurrou ela.

— Você sabe que eu também te amo.

Ela repetiu essas palavras na cabeça até dormir.

Vinte

Regra 14: *O nome do Ex não pode ser mencionado, a não ser que a pessoa que terminou com ele fale dele.*
Regra 19: *Se você vir o Ex de uma amiga, não comente nada com ela.*

No domingo, as três garotas foram para a casa de Alexia. Estava nevando de novo, flocos leves e esparsos, mas o vento soprava com força, e ninguém queria fazer nada além de ficar em casa.

A chaleira no fogão apitou enquanto Alexia separava três canecas.

— Eu pego — disse Sydney. — Vá se sentar.

Alexia foi mancando até a mesa da cozinha. O tornozelo estava bem melhor hoje. Não parecia inchado nem roxo, só meio dolorido. Poderia ter feito o chá, mas não adiantava discutir com Sydney.

Sydney serviu água quente nas canecas.

— O que vocês querem? — perguntou olhando para trás.

— Chá verde pra mim — respondeu Alexia.

— Qual foi o da última vez? — Kelly franziu a testa, mordendo o lábio inferior com os dentes. — Era algo de laranja?

— Laranja doce silvestre — completou Alexia. — Olha no armário, Syd. Do lado da geladeira.

Sydney foi até o armário e achou o chá de laranja doce silvestre. Carregou as canecas com os saquinhos para a mesa.

— Quer alguma coisa, Ray?

— Não. — Raven brincava com o saleiro. — Pego uma água depois, se sentir sede.

— Está tudo bem? — perguntou Alexia, mergulhando o saquinho de chá na água quente.

Raven largou o saleiro.

— Tudo ótimo. — Levantou os olhos e sorriu.

Alexia apostava que *nada* estava ótimo. Raven não sorria assim, a não ser que: 1) odiasse você, mas não quisesse dizer isso na sua cara, ou 2) estivesse se sentindo péssima, mas não quisesse bancar a chorona; então tentava fingir que estava tudo ótimo. Era frustrante para Alexia que Raven não pudesse dizer logo que estava chateada. Por que não era sincera com as amigas?

Alexia estava cansada de convencer Raven a falar; então deixou para lá. Pegou o caderno.

— Estão prontas?

— Estamos — respondeu Kelly e soprou o chá, e o vapor subiu.

— O que exatamente vamos fazer? — perguntou Raven, repousando as mãos no colo.

Alexia disse:

— Vamos rever o Código do Término de novo para verificar se precisa de ajustes.

— Acho que está ótimo — disse Raven.

— É, mas você saiu com um cara na sexta à noite — contestou Alexia —, e isso vai contra as regras.

— Não saí com ele. — Estreitou os olhos. — Eu estava *jantando* com ele.

— Saiu com alguém? — perguntou Sydney. — Quem?

Raven apertou os lábios; então Alexia respondeu por ela.

— Zac.

— Ele é lindo — ponderou Kelly. — Parece um daqueles deuses gregos.

— Se estavam curtindo, ficando ou transando — disse Alexia —, não interessa. Você violou uma regra. Então pensei ontem à noite e escrevi isso.

— Não pensou que podia estar delirando por causa dos analgésicos? — respondeu Raven, pegando a folha de papel.

— Muito engraçado.

Raven leu em voz alta:

— "Regras adicionais. *Regra 26: você não pode beijar nenhum garoto por pelo menos três meses após o fim do namoro.*

Regra 27: você não pode alimentar nenhuma paixão nova por pelo menos três meses após o fim do namoro."

Ela largou o papel e olhou para Alexia, do outro lado da mesa.

— Regra 28: entre para um convento, pois não vai mais ter vida depois disso.

— Raven.

Alexia lhe lançou um olhar vago. Com certeza, havia algo errado com ela. Não costumava ser mordaz assim.

Raven suspirou, passando os dedos no cabelo.

— Desculpa. Só estou... cansada hoje.

— Aconteceu alguma coisa ontem à noite? — perguntou Sydney, segurando a caneca de chá com as duas mãos.

Raven balançou a cabeça, evitando o contato visual.

— Gosto dessas regras — disse Kelly. — Quero dizer, fazem sentido.

— Acho que não vou ter dificuldade com a regra 27 — acrescentou Sydney. — Não devo me apaixonar por pelo menos um ano.

— Como você está, aliás? — perguntou Alexia com hesitação. — Tudo bem?

Sydney sacudiu os ombros, bebendo chá antes de responder.

— Estou legal. Quero dizer, sinto falta do Drew... mas estou legal.

— Ouvi dizer que você ficou alucinada ontem à noite — disse Kelly, olhando Sydney do outro lado da mesa.

— Ouviu de quem?

Kelly pareceu ofendida.

— Uh... Bem, do Drew.

— Quando falou com ele?

— Hoje. Na minha casa. Ele foi ver o Todd.

Sydney desviou o olhar.

— Ah.

— Você acabou de violar uma regra — disse Raven, enrolando a ponta do papel que Alexia tinha distribuído. — Número... Sei lá... Não pode mencionar o Ex.

— Na verdade, foram os números 14 e 19 — corrigiu Alexia. — Você não pode mencionar o nome do Ex da amiga nem contar que o viu.

— Mas ela me perguntou! — retrucou Kelly. — Eu devia ter mentido?

Raven e Alexia se olharam.

— Bem... — Alexia começou.

Raven deu de ombros.

— Voto por uma emenda — disse Kelly.

Alexia pegou o diário do Código do Término na bolsa e o abriu.

— É melhor. Mentir é errado. Que tal: *"Regra 28: não minta para uma amiga a respeito do Ex, mesmo que viole alguma regra"*?

— Parece bom — respondeu Sydney.

— Perfeito — concordou Kelly.

— Agora tenho que rabiscar meu diário — resmungou Raven ao anotar a nova regra num papel. — E estava tão bonito.

— O que deu em você hoje? — perguntou Sydney.

Raven fez uma careta.

— Só estou cansada. Já disse.

— O cansaço te deixa engraçada, não grossa.

Era verdade, Alexia pensou, mas não disse em voz alta.

Com um suspiro, Raven inclinou a cabeça para trás, obviamente exausta.

— Só estou... confusa... com umas coisas.

— Tipo o quê? — insistiu Sydney.

Raven balançou a cabeça.

— Não quero falar sobre isso. Ainda.

— É um cara, não é? — Alexia ergueu uma sobrancelha, entendendo tudo. Ela conhecia a aparência enlouquecida que Raven exibia quando pensava num cara de quem gostava. Só que dessa vez parecia que tinha medo de admitir a paixão em voz alta ou até mesmo para si. Talvez fosse por isso que estava de mau humor.

Em vez de responder a pergunta, Raven se levantou e empurrou a cadeira para o lugar. Ela rangeu no piso frio.

— Tenho que ir ao banheiro. — Não esperou reação nem resposta, só desapareceu da sala.

— Devemos ir atrás dela? — perguntou Kelly. — Talvez a gente não devesse ter insistido no assunto sobre os garotos.

Sydney balançou a cabeça.

— Vamos deixá-la esfriar a cabeça.

— É óbvio que é um garoto — resmungou Alexia. — Mas não acham que ela voltou com o Caleb, acham?

— É melhor que não — retrucou Sydney. — Caleb é um imbecil, e Raven sabe disso, agora que não estão mais juntos. Tem que ser outra pessoa.

Alexia tampou a caneta e a enfiou na espiral do caderno.

— Talvez a regra de novas paixões a deixe de mau humor.

— Só que ela estava sendo sarcástica antes mesmo de você mencionar a nova regra — ressaltou Kelly.

— É verdade — assentiu Sydney, pegando a caneca. — Acho que ela está lutando contra uma paixão por causa do Código e é isso que a deixa de mau humor.

— Se for isso, pode até ser bom para ela — disse Alexia.

♥

Mais regras para seguir? Raven resmungou, pegou um lenço de papel e assoou o nariz. Estava indo muito bem com as regras até que Horace complicou as coisas. Estava certa de que tinha violado a regra 27 antes mesmo de ela ser inventada.

Não dava mais para negar, estava a fim de Horace, muito a fim. Mas isso não significava que fosse fazer algo a respeito.

Não.

Não.

Não.

Não podia. Não iria.

Horace era o melhor amigo que uma garota podia querer. Estragar isso seria mais do que terrível. Seria uma tragédia, porque nunca iria tê-lo de volta se — não, *quando* — terminassem. Por mais indulgente que fosse, não tinha como sobreviver a Raven Destruidora com um sorriso no rosto.

Este era o motivo do seu mau humor. Não podia ficar com o cara que queria. É provável que a paixão fosse pior por causa disso. Era natural querer algo que não poderia ter, e isso a transformava numa megachata. Não era sua intenção que o mau humor sobrasse para as amigas. Simplesmente aconteceu, mas ela sabia que iriam entender, desde que se retirasse agora, antes que o mau humor vencesse.

Ao sair do banheiro, voltou para a cozinha. Sua chegada silenciou o cômodo. Estavam falando dela. Seu rosto corou de vergonha. Ela podia explicar, as amigas serviam para isso, mas não estava com vontade de falar sobre o assunto agora. Sobre Horace. Não queria falar sobre nada. Talvez fosse para casa e pendurasse as persianas nas janelas, visto que o pai não visitava a casa há séculos. Pendurar persianas era uma grande distração, não era?

— Ei — disse, baixando os olhos por um segundo. — Foi mal pelo mau humor, gente. Vou nessa antes que estrague o dia de vocês.

— Ray — chamou Alexia —, não precisa ir.

— É — concordou Kelly. — Fica.

Ela balançou a cabeça e pegou a bolsa na mesa.

— Preciso de silêncio, sabem?

Kelly se levantou e a abraçou.

— Se precisar, nos ligue, certo?

— Pode deixar. Valeu.

Kelly encolheu os ombros.

— Para que servem as amigas?

Vinte e um

Regra 21: *Você precisa sempre estar mais do que radiante na presença do Ex.*

No fim de semana seguinte, Kelly recebeu uma ligação de Morris, do abrigo de animais, pedindo que chegasse uma hora mais cedo. Ela concordou, mas a perda de uma hora estava atrapalhando a programação.

— Cadê a porcaria da roupa? — gritou ela na escada do porão.

— Você tem uma porcaria de roupa *especial*? — Todd apareceu no alto dos degraus. — Achei que todas as suas roupas fossem uma porcaria.

— Haha — resmungou enquanto examinava três cestas de roupas limpas na lavanderia.

Sua mãe sempre lavava as roupas. Mas, essa semana, havia se ocupado organizando um chá de bebê para uma amiga, então as roupas estavam atrasadas. Kelly tinha apenas trinta minutos antes que seu turno começasse. Não dava tempo de lavar e secar a porcaria da roupa. Bem, era uma porcaria porque ela só usava no abrigo, mas era uma roupa legal. Só uma velha calça jeans e uma velha camiseta da Abercrombie & Fitch. Porcaria, mas na moda.

— Tá fazendo o quê? — perguntou Monica ao descer para o porão. Ainda usava o pijama: shorts e uma regata que dizia BRAT em letras douradas. Seu cabelo claro estava preso numa trança apertada.

— Procurando a minha roupa.

Monica foi até o cesto transbordando de roupa suja.

— Esta aqui? — perguntou, segurando um jeans cheio de pelo de cachorro.

— É — suspirou Kelly e se sentou no chão. Já tinha olhado no cesto. Como não viu? Monica entregou o jeans.

— Valeu.

Kelly ergueu a calça para olhá-la. Havia uma mistura de pelo dourado de cachorro e pelo preto de gato, marcas de patas sujas, alguma crosta no joelho (provavelmente de ração) que já tinha secado. Não podia usar isso, não importava que fosse um trabalho sujo.

Correu para o quarto e vasculhou o fundo do armário. Depois de só encontrar uma samba-canção furada, foi até a cômoda e abriu a gaveta de calças. Puxou uma cáqui de cordão na cintura, que não usava desde o sexto ano, quando era gorda como uma baleia.

Olhando para o relógio, viu que não tinha mais tempo para enrolar. Vestiu a calça e apertou o cordão na cintura. E pegou a camisa preta que a mãe tinha comprado no brechó da Legião da Boa Vontade. Era uma camisa do 'N Sync. A mãe dela não tinha noção do presente. Achou que Kelly ia adorar a camisa, já que adorava a banda. É, no ensino fundamental.

Mas hoje a camisa ia servir. Não tinha ninguém para impressionar. Trocara os dias para não trabalhar com Will. Hoje seria um domingo tranquilo e relaxante no abrigo de animais.

♥

O uivo dos filhotes, exatamente 23 deles, estava deixando Kelly com dor de cabeça. Lá se foi a tarde tranquila e relaxante no abrigo de animais. Depois de várias semanas de trabalho, a polícia prendeu um casal de idosos por comandar uma fazenda de filhotes.

Os 23 filhotes agora estavam seguros numa sala, mas ainda havia um monte de trabalho a fazer. O veterinário estava examinando cada animal. Todos precisavam ser limpos e alimentados. Além disso, Kelly ainda tinha que cuidar dos outros cachorros.

— Vou chamar alguém — disse Morris, indo para a recepção.

Kelly mal reparou na saída dele. Um labrador preto mestiço estava correndo entre as suas pernas, mordiscando seus calcanhares. Ela o pegou no colo e o acariciou atrás das orelhas, tentando acalmá-lo. Funcionou. Ele se acalmou tanto que fez xixi nela.

— Oh!

Ela o largou no chão, mas ele já tinha terminado seu trabalho. É claro. Os irmãos dele agora estavam correndo em círculos, uns atrás dos outros. Usando toalhas de papel, ela se secou como foi possível, já que não tinha outra camisa. E por que não? Não era a primeira vez que faziam xixi nela. Sua intenção era deixar uma muda de roupa no carro exatamente por esse motivo. Assim que chegasse em casa, iria montar uma roupa de emergência para o abrigo e deixá-la no porta-malas.

— Dr. Burne? — chamou Kelly. — Já terminou com os labradores pretos?

— Já. — Ele ergueu as mangas da camisa xadrez antes de agarrar outro filhote. — Pode instalá-los no canil.

Graças a Deus.

A tímida fêmea preta foi fácil de capturar. Mal tinha se mexido desde que chegara. A outra fêmea, com uma mancha preta na patinha, era mais bagunceira que a irmã. Mas, com um pouco de sorte, Kelly conseguiu agarrá-la e levá-la para o canil.

Os dois machos que sobraram provavelmente dariam trabalho. No momento, estavam correndo em volta da sala, latindo para os outros cachorros e agitando todo mundo. Suas unhas compridas ecoavam no chão de concreto.

Assim que ela se jogou para encurralar um dos filhotes, Will entrou, e estava lindo com um jeans desbotado e uma camisa marrom de manga comprida.

— Oi — disse, com um sorriso torto. — Parece que está difícil. Deixa que eu pego.

Ela ficou de pé, alisando a camisa molhada de xixi. Estava com o cabelo na frente dos olhos enquanto o observava. Com passos lentos, ele chegou por cima de um dos filhotes, depois se abaixou e pegou o cachorro nos braços.

— Devagar — disse ele a Kelly. — Tem que ter paciência.

Reclamando, ela deixou que *ele* cuidasse dos filhotes enquanto ia ver os cachorros adultos. Um husky mestiço latiu quando ela chegou perto, derrubando a tigela de ração e a de água na ânsia de chamar sua atenção.

— Estou indo — assim, abrindo o portão. O husky pulou, enchendo a camisa dela de marcas de patas sujas.

— Desce — ralhou, empurrando a cabeça dele. O husky obedeceu choramingando.

O dia estava descendo pelo ralo, piorando a cada minuto.

— E aí, como você está? — perguntou Will, chegando por trás dela.

— Estou bem.

Will pegou a vassoura e começou a varrer o interior do canil.

— Faz um tempo que não falo com você.

— É.

— Fiz algo errado?

Ela olhou para ele, que estava apoiado no cabo da vassoura, observando. Por que justo hoje ela parecia tão desarrumada? Urina de cachorro, marcas de patas e uma camisa do 'N Sync?

— Não — respondeu. — Você não fez nada errado.

— Que bom. — Ele sorriu, e ela sabia que fazia isso quando queria ganhar vantagem na situação. Costumava funcionar.

— Vem com a gente hoje à noite. Vamos jantar no Emerson's.

— A gente quem?

— Meu irmão. Jessie e Dan. April. — Ele deu de ombros. — Não é nada formal.

Ela estava tão estressada depois de um dia ruim que tudo que queria era sair para relaxar com os amigos. E o Emerson's fazia o melhor sanduíche de frango de Birch Falls.

Se ela tratasse a saída como amizade, não seria nada demais. Estaria desrespeitando o Código? Não era o mesmo que voltar com o Will. Sair com gente diferente parecia divertido e essa era uma das regras: fazer atividades com amigos — tanto garotas quanto garotos. Essa era a regra quatro ou cinco? Era tão difícil acompanhá-las. Ainda não tinha feito o diário do Código, o que, agora que estava pensando nisso, talvez fosse o motivo de ela não tê-lo decorado.

Será que não era a hora de fazer o diário do Código do Término? Também tinha dever de espanhol para fazer à noite. Assim que chegasse em casa terminaria as duas tarefas.

— Está bem — respondeu. — Eu vou.

Will sorriu de novo.

— Ótimo. Nos encontre no Emerson's lá pelas seis.

♥

Ding.

Raven desviou os olhos da revista *Blender* que tinha nas mãos para a tela do computador. Um novo e-mail estava piscando, esperando sua atenção. Ela largou a revista e foi para a cadeira do computador.

Esperava que fosse Sydney ou Alexia. Em vez disso, viu o nome de usuário Ace23, e o coração deu um pulo.

Ace23 era Horace.

Ela sabia porque tinha achado o perfil dele no MySpace, que listava seu nome de usuário do Instant Messenger e outras coisas. Seu amor por música e sua banda amadora que ainda não tinha nome. E que seu filme preferido era *Encontros e Desencontros*, e seu programa de TV favorito era *American Idol* e...

Humm... talvez ela estivesse cruzando a fronteira entre a curiosidade e a perseguição.

Ei, respondeu.

Ace23: *Oi, como vc tá?*

Ray: *Bem. Como achou meu nome de usuário?*

Ace23: *Perguntei pro Ben, q perguntou pra Alexia, q me deu. Passei um perrengue pra achar seu nome de usuário.* ☺

Ray: *Esse Ben eh o Daniels?*

Ace23: *Eh.*

Por que Ben perguntou a Alexia? Nem eram amigos eram? Ela teria que perguntar a Alexia mais tarde.

Ray: *Qual eh a boa?*

Ace23: *Preciso te pedir um favorzão.*

Saber que ele precisava dela a fez sorrir inesperadamente. Caleb só precisava dela quando queria dar uns pegas.

Ah, que ótimo! Ela estava pensando no passado com Caleb, violando a Regra 10. Puxou o elástico do trevo de quatro folhas e o soltou.

— Aaaai.

Esfregou o punho rapidamente, tentando eliminar a sensação de ardor. Alexia se divertia torturando-as?

Ray: *Q favor?*

Ace23: *Naum posso dizer ainda.*

Ray: *Pq naum?*

Ace23: *Tenho medo de vc dizer naum.*

Ray: *Td bem, isso não parece bom. Quer q eu entre em alguma seita?*

Ace23: *Haha. Naum.*

Ray: *Me dá uma pista q talvez eu aceite.*

Na verdade, ela já estava quase aceitando, mas era divertido provocá-lo. Além do mais, uma pista não faria mal.

Ace 23: *Tem a ver com música.*
Ray: *Vc quer montar uma banda folk e quer q eu toque banjo?*
Ace23: *Quase.*
Ray: *Beleza, tô curiosa. O q tenho q fazer?*
Ace23: *Eu sabia q podia contar com vc. Na minha casa às 18h?*
Ray: *Claro, desde q naum faça nenhum ritual.*
Ace23: *Prometo, nd de rituais. Ray?*
Ray: *Q?*
Ace23: *Valeu.*
Ray: *Tranquilo.* ☺

Ela se desconectou. O sorriso ficou ainda maior e ela não conseguia parar. Não era o máximo que Horace a tivesse chamado no IM para pedir um favor? Não que ela se permitisse ficar superempolgada. Bem, um pouco empolgada. Era legal que tivesse pensado nela, fosse qual fosse o favor.

O relógio marcava 16h09. Ela correu para o banheiro e viu seu reflexo. Inclinando a cabeça, conferiu o cabelo. Estava duvidoso. Não tinha tomado banho hoje. Era melhor entrar no chuveiro.

Vinte e dois

Regra 8: *Só faça coisas que você tem vontade de fazer durante três meses. Você não pode se envolver com nenhum homem por nenhum motivo.*
Regra 12: *Você não pode namorar um amigo do Ex.*

A primeira coisa que Kelly notou ao entrar no Emerson's Pub não foi o cheiro de fritura nem o som do jazz estourando na jukebox iluminada com néon. O que ela notou primeiro foi Brittany. Depois a voz grossa de barítono do Sr. Daniels pedindo que a garçonete levasse o uísque de volta, porque tinha pedido com gelo e estava sem gelo.

Essas duas observações fizeram Kelly grunhir por dentro. O Sr. Daniels era difícil de encarar. Sentada ao lado dele estava a Sra. Daniels. Três mesas quadradas estavam juntas para acomodar o grande grupo. Havia bastante espaço para dez pessoas, mas a cadeira de Brittany estava tão perto da de Will que Kelly tinha certeza de que respiravam o mesmo ar.

Kelly respirou fundo e foi até lá.

— Oi — disse, sentando-se ao lado de Ben. Era um lugar seguro. Ben a deixava à vontade porque era gentil e sempre tinha algo a dizer. Ou seja, não precisaria fingir que era falante nem ficar em silêncio enquanto o Sr. e a Sra. Daniels a ignoravam, visto que preferiam se concentrar na maravilha que era Britanny.

— Ei, Kelly! — respondeu Ben.

— Kelly — cumprimentou Will, afastando-se alguns centímetros de Brittany, que franziu a testa.

— Oi — repetiu Kelly.

— Que bom que veio, Kelly — disse o Sr. Daniels. — Embora atrasada. — Ele passou a mão na barba bem-aparada. Apesar de ser um jantar descontraído de domingo, ele estava vestido como se fosse entrar num tribunal, com um terno preto caro e uma gravata de seda vermelha.

A Sra. Daniels estava de terninho, e o cabelo tinha luzes e penteado recentes. Ela esfregou os lábios cor de rubi um no outro ao olhar o relógio.

— Me desculpem — disse Kelly. Ela poderia ter dito que Will tinha marcado às 18h e que o relógio dela marcava 17h54, mas os Daniels não aceitavam desculpas. Kelly sempre se perguntava como Ben sobrevivia nessa família. Era muito tranquilo e relaxado, como se tivesse sido criado por uma família muito despreocupada.

Kelly engoliu em seco, tentando controlar o constrangimento, e olhou para os outros rostos à mesa. Conhecia April, Dan e Jessie, mas o último cara, de camisa polo verde e cabelo louro caído no rosto, era desconhecido.

— Oi — disse ele, esticando a mão até o outro lado da mesa. — Sou Breckin.

Breckin? Que raio de nome era esse? Provavelmente, o sobrenome dele era algo tipo Jagger ou Carswell.

— Breckin. — Ela sorriu, apertando sua mão. Ele tinha a pele macia, mais que a dela, que era garota. — Breckin de quê?

— Waverly — respondeu ele, com orgulho na voz.

O nome era familiar.

— É um prazer — disse ela, apoiando a mão no colo.

— Breckin está na Birch Falls Historical Society comigo — explicou Will.

O Sr. Daniels limpou a garganta.

— Breckin estuda na Waverly. Uma escola refinada. Tentei inscrever o Will, mas não adiantou.

Certo, era daí que Kelly conhecia o nome. A Waverly era uma escola particular que ficava 65 quilômetros ao norte de Birch Falls. Era caríssima e difícil de entrar. É óbvio que Breckin Waverly tinha sido admitido automaticamente, já que era da família fundadora do lugar.

— É uma figura, né? — sussurrou Ben em seu ouvido, e ela explodiu numa gargalhada. A mesa inteira ficou em silêncio e todos a encararam.

— Me desculpem. — Ela abafou o riso, olhando para Ben.

— Que foi? — Um sorriso sarcástico se abriu no rosto dele.

— Acho que está na nossa hora — disse a Sra. Daniels. — Venha, querido. Vamos deixar as crianças se divertirem sem a vigilância dos pais.

O Sr. Daniels entregou um cartão de crédito a Will.

— Pague para os seus amigos hoje. — Ele se levantou e abotoou o paletó. — Sua mãe e eu vamos voltar para o escritório para trabalhar um pouco. Não voltem muito tarde, meninos. — Os olhos dele se demoraram em Ben, como se quando a mensagem fosse mesmo para ele.

Todos se despediram quando o Sr. e a Sra. Daniels saíram. Kelly agradeceu em segredo por terem ido embora, pois os pais de Will a deixavam apavorada. Eram intimidadores, tinham expectativas altas e obviamente não gostavam muito de Kelly. O que teriam pensado de Brittany? Não falaram muito com ela, e Kelly se perguntava se essa ignorância seria um sinal bom ou ruim. Pelo menos, Brittany não tinha sido repreendida por chegar atrasada.

O garçom veio distribuir os cardápios. Tirando Breckin, todos na mesa sabiam o que queriam, já que tinham praticamente decorado o cardápio. Kelly geralmente pedia o sanduíche de frango, que tinha poucas calorias e era delicioso.

Quando o garçom voltou, ela pediu a Coca diet de sempre, enquanto Will e Breckin o interrogavam a respeito da maionese. Tinha gordura ou era light? E os pães de hambúrguer eram de farinha branca ou integral?

— É pão, cara — disse Ben, mastigando um pedaço de gelo do copo d'água.

— Benjamin — retrucou Will, franzindo a testa. — Não é só pão.

— O integral faz bem — continuou Breckin.

Kelly precisava concordar. Sempre tinha cuidado da saúde, mas, mesmo assim, estava entediada com o jeito como questionavam o garçom sobre cada detalhe dos pratos.

O garçom se mexia com nervosismo, respondendo a todas as perguntas, mas Kelly percebeu que estava irritado. Ela não o culpava. Enfim, Will se decidiu pelo sanduíche de frango, e Breckin pela salada Cobb.

Enquanto esperavam a comida, Breckin e Will discutiam questões importantes: redações para a inscrição das faculdades e o estado dos pontos históricos.

— É tão chato que dói — sussurrou Ben.

— Concordo.

— Não está mais namorando sério o meu irmão, está? — perguntou, escondido atrás do copo d'água. — Quero dizer, tudo legal se estiver, mas, cara, não é *nada* legal se estiver.

— Isso não faz sentido.

— Você namorar o meu irmão também não.

— Ahhh. — Ela fez uma careta. — Caí feito um patinho.

— Caiu mesmo.

— Bem... não estamos namorando.

— Ele está praticamente apaixonado por você.

Kelly franziu a testa.

— Não está, não. Ele só anda com a Brittany. Ele me dispensou na noite depois da exposição...

— Ele usa a Brittany para se exibir. Você é pra valer, só que ele não admite.

Passando os olhos pela mesa, Kelly pegou Will olhando para ela. Ele sorriu e desviou o olhar. Brittany percebeu, e Kelly resmungou para Ben.

— Por que está me dizendo tudo isso se acha que não devo sair com ele?

— Porque você tem o direito de saber e tomar uma deci-são. — Ele ergueu a sobrancelha, tomou um gole da água e pôs o copo na mesa. — Mas vale a pena repetir... não seria nada legal se ainda estivesse com ele.

— Não sei o que está rolando — admitiu ela.

Os pratos chegaram, e Kelly comeu em silêncio, ouvindo a conversa da mesa.

O que significava exatamente o próprio irmão de Will achar que não dava para ficar com ele? Significava muito.

Ela não tinha vindo por causa de Will. Não queria reatar com ele, mas e agora que sabia que ele talvez gostasse dela?

Não... não mudava nada. Não sentia embrulho no estômago, nenhuma agitação. Tinha esquecido Will. De algum jeito, de alguma forma, os sentimentos por ele haviam enfraquecido nesses dois meses de separação.

Aparentemente, o Código do Término estava funcionando.

Depois de terminar o sanduíche, Kelly se desculpou e foi ao banheiro. No caminho, viu um rosto familiar a uma das mesas junto à parede.

Drew.

Os olhares se cruzaram, e ela acenou, esperando nada além de outro aceno. Mas Drew se levantou, deixando o pai sozinho à mesa, falando ao telefone.

— O que veio fazer aqui? — perguntou ele.

— Estou com uns amigos. — Ela apontou para a mesa próxima da porta de entrada.

— Chegou faz pouco tempo?

— Não. Na verdade, já estou indo. — Graças a Deus.

Drew enfiou as mãos nos bolsos da calça jeans, erguendo os ombros desconfortavelmente.

— Você... huh, se importa se eu for com você?

Kelly franziu a testa.

— E o seu pai?

— Ele mal percebeu que estou aqui. Ficou ao telefone o tempo todo.

Kelly não pôde ignorar uma ponta de raiva, talvez de decepção.

— Então tá. Só vou me despedir.

Eles foram até a mesa. Ben e Drew deram um aperto de mão e começaram a falar de esportes, algo assim.

— Já vou — disse ela a Will, aí se virou para Breckin. — Foi um prazer conhecer você.

Breckin abriu seu sorriso largo e ficou de pé.

— Posso ligar pra você algum dia desses?

O resto da mesa observou em silêncio, inclusive Ben, o que era quase um fato inédito. Ele raramente ficava em silêncio.

— Hum... — O rosto dela queimava, mas os dedos estavam gelados. Legal da parte dele deixá-la nessa saia justa.

— Na verdade... — Ela respirou fundo e olhou direto para Will enquanto falava —, estou mais feliz solteira agora.

A expressão de Will era impassível.

— Mas obrigada.

Ela puxou Drew pelo braço e disse:

— Vamos.

♥

A casa de Horace ficava fora dos limites de Birch Falls, onde as casas eram espaçadas e os quintais, grandes como um campo. Era uma casa de fazenda de dois andares, com uma varanda fechada com tela que dava a volta no prédio. Raven se lembrou das casas dos livros de histórias, com muros amarelos, venezianas brancas e um passeio de pedra.

Ao parar na entrada, ela reparou nos vários carros estacionados perto da garagem mais afastada da casa. Ou Horace estava dando uma festa, ou os pais dele tinham muitos carros.

Ela saiu quando a porta lateral da garagem abriu.

— Ei. — Horace foi encontrá-la na entrada. — Nós estamos na garagem.

— Nós? — Ela ergueu a sobrancelha.

— Espere e verá. — Ele segurou a porta e ela entrou. O calor saía por um exaustor no alto. A primeira coisa que ela notou foi a bateria, os amplificadores e a guitarra. Depois reconheceu Hobb e Dean, dois caras da banda da escola. Estavam sentados num sofá cor de laranja rasgado, encostado na parede. Hobb dedilhava o baixo, e Dean batia com as baquetas numa latinha.

— Ray — disse Horace —, você conhece Hobb e Dean.

— Oi — disseram os dois.

— Oi. — Ela acenou, depois se virou para Horace com uma expressão que dizia "o que está rolando?".

— Já estamos tocando há um ano — explicou ele —, mas o nosso vocalista pulou fora e precisamos de um substituto.

Três pares de olhos a observavam.

— Está bem — disse ela, pouco à vontade, cruzando os braços no peito. — E o que eu tenho a ver com isso?

— Queremos tocar na noite dos calouros que você mencionou — explicou Horace. — Mas não temos vocalista.

Eles queriam que ela cantasse? Estavam loucos?!

— Eu não canto. Eu toco flauta.

— Já ouvi você cantando, Ray — retrucou Horace. — Sei que é boa.

— Quando você me ouviu cantando? — Ela só cantava em casa, no quarto ou no chuveiro. Às vezes, cantava ouvindo o iPod, mas tomava cuidado quando usava os fones na escola.

Horace engoliu em seco, desviando os olhos dela para fitar o chão.

— Aquela noite no ônibus. Depois da competição da banda.

Ah. *Aquela* noite.

Ela estava ouvindo o iPod quando Horace trocou de lugar e tocou no ombro dela. Raven se lembrava de ter cantado, mas achou que só estava murmurando e que o resto do ônibus estava tomado pelas conversas. Não achou que alguém a tivesse ouvido.

— Só canto por diversão — argumentou.

— Vamos... — disse Hobb, mascando uma mecha do comprido cabelo castanho. — Ter uma menina cantando as nossas músicas seria legal demais.

— Hobb — interrompeu Horace, balançando a cabeça.

— O quê?

— Precisamos de alguém — acrescentou Dean, em pé. — Estamos desesperados.

Ela se mexeu para apoiar o peso do corpo em outro pé.

— Preciso lembrá-los de que eu não canto?

— Só tenta — pediu Horace. — Podemos tocar um cover. Escolhe uma.

Sem chance de cantar na frente dos três! Ela nem sabia cantar. Provavelmente, faria papel de boba, e Horace pensaria que era uma idiota.

— Não posso. Além disso, não sei a letra de nenhuma música. Só sei cantar acompanhando meu iPod.

— Tudo bem. Vá pegar seu iPod — disse Horace.

Estava no carro. Poderia dizer que não estava com ele, mas algo lhe dizia que Horace perceberia a mentira. Quando ficava *sem* o iPod?

— E depois? — perguntou.

— Você canta com o iPod e nós tocamos.

— Mas e se não conhecerem nenhuma das canções?

— Você tem Greengers lá? Estava cantando isso no ônibus.

247

— Tenho.

— "Save Me Yesterday"?

"Save Me Yesterday" era uma de suas canções preferidas. A banda Greengers era uma revelação da cena alternativa. Ainda não eram como Three Days Grace, mas sua popularidade estava crescendo. Ela tinha ouvido falar deles dois anos antes, quando surgiram em Boston.

— Tenho, sim.

— Podemos tocar essa — disse Hobb, esticando suas longas pernas. — Vamos lá.

Raven hesitou enquanto os garotos montavam o equipamento. Horace ficou parado, olhando para ela. Cantar com o iPod era fácil. Cantar ali, na frente deles, era a parte difícil. E era só a noite dos calouros da escola. Por que era tão importante para eles?

Talvez fosse importante para eles, para Horace, porque era uma paixão e não importava onde tocassem — noite de calouros ou um grande show —, desde que pudessem tocar e o público pudesse ouvir sua música.

A música era uma grande influência na vida de Raven, ela entendia essa paixão.

— Por favor, Ray? — O apelo enrugava os cantos dos olhos de Horace.

Apesar do constrangimento lhe queimando o rosto, ela aceitou e foi buscar o iPod no carro. Queria fazer Horace feliz. Por algum motivo, satisfazê-lo a deixava satisfeita, e ela tendia a acreditar no que ele dizia, mesmo que não fossem comentários sobre seus seios ou seu talento para dar um amasso.

De volta, ela pôs os fones e se virou para os garotos. Hobb estava com o baixo pendurado pela alça, Dean estava sentado na bateria e Horace, com a guitarra.

— Eu não sabia que você tocava — disse ela, balançando a cabeça. Horace estava na percussão da banda da escola. Parecia natural que ele só tocasse bateria.

Ele encolheu os ombros e tirou uma palheta das cordas.

— Toco guitarra há mais tempo que bateria. Só que a banda da escola não aceita guitarras.

— E por que isso? Parece uma injustiça.

— Sei lá, mas é um saco. — Ele começou a dedilhar umas notas para ensaiar, enquanto ela procurava na lista do iPod a canção certa.

— Vamos começar — disse Horace. — Entre quando estiver pronta.

— Certo.

Horace posicionou os dedos no braço da guitarra e começou a dedilhar com a palheta na outra mão, e as notas saíram pelo amplificador atrás dele. Ela não pôde deixar de observá-lo, com os dedos se mexendo sem esforço pelas cordas, subindo e descendo no braço da guitarra.

Ele a pegou nesse momento e sorriu.

— Vai — murmurou, enquanto Dean entrou com o prato, *tick, tick, tick,* e Hobb com o baixo, *dum, dum, dadum.*

O pé dela começou a bater no chão de cimento. Ela deu o "play" no iPod, e a música ao vivo se misturou à gravação. Ela fechou os olhos e pegou o microfone pelo pé.

Não pense.

Vá com tudo.

Ela respirou fundo, silenciou a voz que lhe dizia que isso era loucura e cantou.

Quando a canção acabou, o coração dela estava disparado no peito.

— Uau — sussurrou. Nunca tinha sentido nada assim. A canção não ressoava apenas nos ouvidos dela, mas vibrava pelo chão, rebatia nas paredes, fluindo dela.

— Foi irado! — comentou Hobb. Dean concordou com a cabeça.

— Ray, foi incrível — acrescentou Horace.

Ela sentia como se estivesse reluzindo.

— Eu me *senti* incrível.

— Então entre na Hobb and the Heartbreakers! — convidou Hobb.

Dean balançou a cabeça.

— Nosso nome não é esse.

— Vai cantar com a gente? — perguntou Horace, ignorando a discussão atrás dele.

A mãe iria matá-la se ela se juntasse a eles. Para a Sra. Valenti, uma banda de rock era sinônimo de circo. Mas, no momento, Raven não ligava para o que a mãe iria pensar. Só queria fazer música.

Sorriu.

— Estou dentro

Vinte e três

Regra 27: *Você não pode alimentar nenhuma paixão nova por pelo menos três meses após o fim do namoro.*

No dia seguinte, depois da escola, Kelly foi direto para casa e largou o dever de casa no quarto. Iria estudar depois. Foi para o escritório, acessou a internet e entrou no e-mail do Yahoo.

Digitou a senha e deu "enter"

Você tem 1 nova mensagem.

Seria do Will?

Não interessa, pensou. Não vou responder se for dele. Já o esqueci.

Ela clicou na caixa de entrada. Era de Drew. O assunto era: "Preciso da sua ajuda".

Kel,

Preciso da sua ajuda. Kenny vai furar no pôquer de hoje à noite e preciso urgente de outro jogador. Já disse pro seu irmão que você topava. Por favor, me diga se está nessa.

-D

Sair com Drew parecia divertido, mas jogar pôquer com o irmão dela não. Ela clicou em "responder".

Oi, Drew! Não sei se...

— Kelly?

Kelly se virou na cadeira. A estrutura rangeu de tão velha.

— Oi, mãe. E aí?

A Sra. Waters entrou no cômodo e fechou a porta. Estava segurando firme um pedaço de papel. Ao se sentar no sofá, inclinou-se com os cotovelos apoiados nos joelhos.

— Temos um problema.

Ela entregou o papel como se apresentasse uma prova.

Kelly o examinou e se encolheu. Eram as notas do bimestre. Droga. De repente, vários trabalhos perdidos passaram por sua cabeça. O capítulo sete de Geometria. Uma bomba num teste-surpresa de Espanhol 2. Uma tarefa incompleta de História. Com sorte, esses fracassos e bombas valeriam nota sete. Precisava de sete para passar.

Acontece que andava muito estressada com a separação. Não tinha vontade de estudar nem de fazer os deveres. Na época, não parecia nada demais, mas agora ela se perguntava se finalmente estava pagando pela falta de ambição.

— Como estão as notas? — perguntou Kelly.

A Sra. Waters suspirou profundamente e olhou para o papel.

— Você vai ser reprovada em Espanhol e Geometria, e corre o risco de ser reprovada em História também.

Kelly imediatamente corou de vergonha e constrangimento. Era *tão* ruim assim? O professor de Espanhol tinha sido o único a conversar com ela sobre as notas, mas os professores de História e Geometria não disseram nada. Ah, sim, o professor de Geometria havia sugerido que ela contratasse um professor particular. Kelly esqueceu.

— Vou fazer os trabalhos que perdi — antes Kelly. — E vou perguntar aos professores o que posso fazer para ganhar nota. Costumam ser legais com isso.

A Sra. Waters balançou a cabeça e olhou as notas de novo.

— Você prometeu que faria os trabalhos na última vez que tivemos esta conversa.

Kelly mordeu o lábio.

— Mãe. Por favor, vou me esforçar! Vou arranjar um professor particular de Geometria, e História e Espanhol vão ser moleza.

A mãe colocou a mão no peito.

— Se são moleza, por que não fez isso na primeira vez?

Kelly encolheu os ombros. Não tinha uma boa desculpa. Não podia dizer que havia ficado desleixada por causa de uma separação.

— Estresse — respondeu enfim, torcendo para que fosse o suficiente.

— Você tem três semanas para provar que pode aumentar as notas. Espero ver alguma melhora.

— Vai ver. Prometo. — Kelly se levantou em um pulo e abraçou o pescoço da mãe. — Você é a melhor.

— Provavelmente vai mudar de ideia se não fizer o dever.

— Não, vou fazer.

A Sra. Waters saiu do escritório.

Kelly voltou ao e-mail de Drew.

Olha só, vou jogar pôquer hoje à noite se você me ajudar com Geometria. Me responde. Estou sobrecarregada e preciso desesperadamente da sua ajuda.

~Kelly~

♥

Alexia jogou a esponja suja e molhada no balde de água quando ouviu o celular tocar no quarto. Andou na ponta dos pés pelo banheiro recém-limpo para não manchá-lo.

Pegou o celular na cômoda e o abriu.

— Alô.

— É a pessoa que você mais gosta no mundo.

Alexia sorriu, segurando firme o telefone.

— Ben. Oi.

— Está fazendo o quê?

— Bem, estava terminando de limpar o chão do banheiro.

— É sério?

— Muito.

— Não parece nada divertido.

Alexia se sentou na beira da cama e cruzou as pernas como um índio.

— Não é, mas alguém tem que fazer.

— Acho que sim. Escuta, o que vai fazer depois de limpar o chão do banheiro?

— Não sei ainda. Talvez deva passar o aspirador.

— Uh, não. Talvez deva sair de casa e ir ao cinema comigo.

Já fazia algumas semanas que Alexia e Ben tinham dado o primeiro beijo. Não se beijaram de novo, principalmente porque 1) Alexia sentia medo de que, mesmo que o primeiro beijo não tivesse sido ruim, o segundo fosse um desastre e 2) não queria que as amigas soubessem do lance com Ben ainda. Parte dela ficava preocupada que Kelly considerasse a relação de Alexia e Ben uma violação direta das regras. Ben era irmão gêmeo de Will. Seria quase como sair com Will.

— Anda — disse Ben —, aceita.

Quais eram as chances de encontrar alguma amiga no cinema? Sydney estava em casa. Alexia sabia disso porque tinha falado com Sydney pouco tempo antes. Kelly estava fazendo os deveres atrasados e Raven, trabalhando.

— Que filme podemos ver? — perguntou Alexia. Além do mais, se encontrasse alguém, diria a verdade: ela e Ben eram só amigos. Ele não tinha pedido oficialmente para namorar.

É, foi exatamente o que Raven disse de Zac, e você encheu o saco, pensou. Alexia grunhiu para essa crítica interna. Agora era diferente. Não estava se recuperando de uma separação; então as regras não se aplicavam totalmente.

— Vamos ver o que você quiser — respondeu Ben.

— Que tal *Kiss and Tell*?

Houve uma longa pausa.

— Bem, se é o que você curte...

— É brincadeira!

Ben soltou um longo suspiro.

— Graças a Deus. Eu não ia dizer nada, mas não queria mesmo ver esse filme.

— Não é fã de histórias de amor?

— Não na tela, porque nada é tão perfeito.

— Que tal *When They Collide*?

— Gosto de comédia — disse Ben. — Que tal a sessão das 19h? Eu te pego?

— Parece ótimo. Até lá.

♥

Risadas enchiam o cinema em volta deles. *When They Collide*, comédia sobre um homem e uma mulher batendo de frente no mundo corporativo e depois se apaixonando, era hilário.

Enquanto ela e Ben saíam andando, as pessoas relembravam as cenas favoritas, repetindo trechos dos diálogos mais engraçados. Na calçada, o brilho amarelado dos postes iluminava o caminho até o carro estacionado numa rua transversal.

— Foi divertido — disse Ben, esbarrando no ombro dela.

— Também achei.

Ele pegou a mão dela e entrelaçou os dedos. Ela abriu um sorriso enquanto Ben corria o polegar pelo lado da sua mão. Como um gesto tão pequeno podia ser tão eletrizante?

Quando chegaram ao carro de Ben, ele destrancou primeiro a porta do carona e a segurou para Alexia entrar, saindo do vento frio. As mãos tremiam de emoção, e ela as cruzou no colo para Ben não perceber. Provavelmente acharia que ela era uma boba sem experiência. Talvez ele desse a mão a muitas garotas com quem saía. Ele saía com muitas garotas.

Com o motor ligado, o ventilador liberava calor, aquecendo o rosto de Alexia. Ela se virou para Ben e o pegou olhando para ela, com o carro ainda parado.

— O que foi?

— Gosto de você — disse ele, e a franqueza surpreendeu Alexia, mesmo vindo de Ben.

O sorriso dela refletia o nervosismo.

— Também gosto de você.

— Então, se você gosta de mim e eu gosto de você, por que não estamos oficialmente juntos? — Ele sorriu. — Quero que você seja minha namorada, Alexia.

O queixo de Alexia caiu e ela rapidamente fechou a boca.

Namorada dele?

Ela ouviu direito?

— Diz alguma coisa — insistiu ele, pegando a mão dela de novo.

— Só estou surpresa.

— Isso é bom ou ruim?

— É bom — esclareceu. — Eu... Uh...

A onda de empolgação no peito não a deixava respirar. Ela olhou para Ben, no banco do motorista. Era o que ela estava esperando. Nos últimos dois anos, as amigas dela haviam namorado, mas ela continuava solteira. Até esse momento, tinha a preocupação de ficar sozinha para sempre e sair do colégio sem ter namorado. Ou isso, ou precisaria se contentar com alguém de quem não gostasse de verdade.

Mas gostava de Ben, se o frio na barriga servia como prova.

— Tudo bem — disse, pensando apenas naquele momento e ignorando o futuro, ou seja, o que as amigas diriam. Iriam excluí-la porque tinha namorado e elas não? Ela não queria perder o que possuíam agora, todas juntas, saindo.

— Tudo bem o quê? — perguntou Ben, acanhado.

— Está bem, vou ser sua namorada.

— É?

— É.

Ele se inclinou, passou os dedos pelo cabelo dela e a beijou, selando o acordo.

Tenho namorado!

Vinte e quatro

Regra 4: *Você deve esquecer o aniversário do Ex. Esqueça que ele nasceu.*

Regra 18: *Não pergunte para ninguém o que o Ex anda fazendo. Não interessa! A sua única preocupação deve ser o que você está fazendo.*

Regra 20: *Você tem 24 horas para lamentar a perda do Ex. Depois de 24 horas, chega de lágrimas.*

Uma hora na segunda-feira. Duas horas na terça-feira. Trinta minutos na quarta-feira.

Hum, pelo menos a quarta-feira foi um dia bom, pensou Sydney.

Três horas no sábado.

A lista continuava e passava muito das 24 horas. Era provável que lamentasse a perda de Drew pelo resto da vida. Vinte e quatro horas não eram suficientes. Uma vida inteira não era suficiente.

Ela tocou nos dias no calendário de mesa e parou em 18 de março.

Amanhã é o aniversário do Drew, pensou. Não, não posso ficar pensando nisso. Deveria estar esquecendo isso.

Abriu a gaveta da escrivaninha, pegou um pequeno porta-joias e levantou a tampa. Havia apenas três coisas lá dentro: uma pulseira que tinha ganhado da mãe no aniversário de dez anos, um medalhão em forma de coração dado pela avó e um anel. Um anel de homem. Que Sydney tinha comprado meses antes para o aniversário de Drew. Passou o dedo pelo círculo frio de ouro branco, como se circulasse a borda de uma taça de vinho para fazê-la cantar.

O que faria com o anel?

Talvez devesse se livrar dele. Afinal, seguiria a Regra 4 e esqueceria o aniversário de Drew; guardar o presente comprado especialmente para a ocasião não fazia sentido.

Mas ainda não, pensou, atordoada. Não quero me livrar dele ainda.

No fundo, ela torcia para que precisasse do anel no futuro. Para que talvez houvesse uma pequena chance de reatarem. Aí ela iria se arrepender de ter se livrado do anel.

— Sydney! — gritou o pai dela da cozinha.

Sydney bateu a tampa do porta-joia e o guardou de volta na gaveta da escrivaninha.

— Já vai.

Na cozinha, o Sr. Howard abriu a lava-louça e começou a empilhar várias tigelas na bancada.

— Me ajuda, por favor.

Sydney começou pelos pratos, que era mais fácil.

— A mãe vem pra casa hoje?

O Sr. Howard guardou as tigelas no armário.

— Não. Mas aposto que virá em poucos dias.

Ele fez uma pausa longa para olhar Sydney e sorriu sem mostrar os dentes. Sydney sabia no que ele estava pensando. Ele sentia falta da Sra. Howard, e uns poucos dias deveriam se tornar vários dias.

Terminaram de esvaziar a lava-louça. Sydney pediu licença e foi para o quarto. Pegou o diário do Código do Término e pulou para a cama, virando uma nova página. Deitou de bruços com os joelhos flexionados.

Estava com a cabeça cheia de pensamentos que queria extravasar, mas não sabia por onde começar. Destampou a caneta e começou a desenhar. Espirais se transformaram no nome dela, e ela então rabiscou sem parar até escrever *Drew + Sydney.*

Resmungando, bateu com a cabeça na página. A festa de Craig no celeiro abandonado tinha sido três semanas antes. Três semanas desde que Drew cuidou de Sydney e praticamente passou a noite com ela. Tudo aquilo havia piorado a separação. Não conseguia parar de pensar em como ele fora gentil e protetor. Ou como tinha sido carinhoso ao dizer que a amava.

Preferia ficar sem Drew a ter só uma parte dele, que foi o que aconteceu naquela noite de sábado. Ele a ajudou como se ainda estivessem juntos. Cuidou dela, cumpriu a promessa de levá-la para casa e deitá-la na cama, mas tinha ido embora quando ela acordou, tinha escapado durante a noite. Quando ela ligou à tarde para agradecer, ele estava distante. Será que se arrependia de ter ficado com ela?

Pelo menos não haviam brigado. Viviam brigando quando estavam juntos, e as discussões eram mais frequentes que as declarações de amor, mas ela tinha se convencido de que era só uma "fase". De que iam superá-la.

Mas não superaram, e agora estavam ali: separados. Terminados.

Se tinha algo de bom na separação, era mostrar a Sydney seus defeitos. Era capaz de ter terminado consigo mesma pelo modo como estava agindo. Não dera valor a Drew.

Não eram só as festas ou o comportamento mais extrovertido. Agora eram pessoas diferentes. Infelizmente, Drew tinha percebido primeiro, e Sydney havia ficado às cegas. Ela tentou preservar algo que não existia mais. Tinha se enganado.

— O jantar está quase pronto — avisou o Sr. Howard, e a cozinha exalava o cheiro da carne para taco sendo refogada.

— Está bem.

Sydney pegou a caneta de novo e começou a escrever, só para esvaziar a mente. A mãe tinha um diário quando Sydney era pequena. A Sra. Howard se sentava no canto da sala de estar, que era virado para o quintal. A cadeira estava no mesmo lugar, juntando poeira no estofado bege. Não saía do lugar e ninguém a usava.

Sinto muito, escreveu no diário. *Sinto muito por não ter enxergado. Por não ter ouvido. Sinto muito por ter me aproveitado de você e da sua boa índole. Sinto muito pelo que eu disse e não disse. Quem me dera poder voltar atrás.*

Relendo, balançou a cabeça. Parecia bom na mente dela, sincero. Era quase um alívio passar para o papel. Era assim que a mãe se sentia quando escrevia no diário tanto tempo atrás?

O que Drew iria pensar se lesse para ele? Ela não queria usar aquilo para reconquistá-lo, só queria que ele soubesse o que pensava e sentia. E talvez ele não se sentisse tão mal por ter terminado. Seria um jeito de lhe dizer o quanto significava para ela *e* que ela estava pronta para esquecê-lo. Bem, *quase* pronta para esquecê-lo.

Podia ser um presente de aniversário. Em vez do anel lhe diria isso na noite dos calouros.

Era loucura querer se humilhar em público? Provavelmente era.

— O jantar está pronto — disse o Sr. Howard.

— Estou indo. — Sydney tampou a caneta e a guardou dentro do caderno, marcando a página para quando voltasse ao diário.

♥

No dia seguinte, para *não* pensar em Drew e no aniversário, Sydney acordou cedo, arrumou a mochila e seguiu para o Birch Falls Park com a câmera digital da mãe.

Era um dia de fim de inverno, com o céu límpido e o sol brilhando. Na claridade, a sensação era quase de primavera nas temperaturas positivas. Graças a Deus faltavam poucos dias para a primavera. Sydney mal podia esperar para trocar as roupas de inverno.

Parou no estacionamento em frente ao parque e desceu do carro com a mochila. Tinha usado a câmera algumas vezes depois de buscá-la no sótão. Não havia encontrado o manual, então não entendia muito bem as funcionalidades da máquina. O importante era que sabia ligar e desligar e bater uma foto. Era tudo de que precisava.

Havia alguns carros no estacionamento, mas ninguém à vista. Era provável que todos estivessem numa das dez trilhas que percorriam o parque. Sydney já tinha feito todas com a mãe.

Seguindo pelo estreito caminho pavimentado, foi em direção ao início da sua trilha favorita, Lost Lake. O caminho estava limpo, mas molhado pela neve derretida. As botas Columbia de Sydney chapinhavam nas poças rasas.

O passeio era ladeado por árvores, e o chão estava coberto por montes de neve e pilhas de folhas secas. Um esquilo gordo e preto correu debaixo de um dos bancos de madeira quando Sydney pisou num galho.

Esquilo, pensou Sydney. Vi um esquilo preto no dia em que Drew e eu oficialmente terminamos.

Suspirou quando o antigo sofrimento daquele dia a invadiu. Já tinha parado de chorar, mas a dor que sentia no peito sempre que pensava em Drew ainda era grande.

Nunca mais quero olhar pra outro esquilo de novo, pensou.

Mas pegou a câmera, apertou o botão do zoom duas vezes e bateu uma foto. Tinha capturado o esquilo segurando algo na boca com as duas mãos. Era quase como se estivesse rezando.

— Não ficou tão ruim — comentou consigo mesma.

— O que não é tão ruim?

Sydney gritou e se virou. Kenny, um cara da escola, estava atrás dela, com o peito subindo e descendo como se estivesse correndo. O suor acumulava-se nas têmporas. As bochechas estavam vermelhas.

— Oi — disse ela. — Você me assustou.

— Desculpa. — Ele encolheu os ombros e virou o boné que usava para trás. — Achei que você tinha me ouvido vir correndo.

Sydney olhou além de Kenny para a trilha pavimentada que serpenteava entre as árvores. Às vezes, Drew corria ali com Kenny. Uma parte dela torcia para vê-lo chegando.

— Estou sozinho — disse Kenny, pondo as mãos no quadril.

— Certo. Eu só estava... — Parou antes de fazer papel de boba. Kenny não era idiota. Sabia que ela estava procurando Drew. — Como ele está?

— Drew? Está... — Kenny passou a camisa nas têmporas para enxugar o suor. — Acho que está bem. Sabe como o Drew é. Não é de expressar as emoções.

Sydney sorriu e assentiu. Mudou o peso de um pé para o outro. Tinha milhões de perguntas para fazer, mas odiava ser intrometida. Além disso, não tinha nada a ver com o que Drew fazia. E havia a possibilidade de irritar Kenny com o interrogatório e, se ela o irritasse, ele certamente reclamaria com Drew.

O que as amigas dela fariam nessa situação? Raven só iria sorrir e jogar charme para conseguir as respostas que quisesse. Alexia não perguntaria nada. E Kelly... daria um jeito de perguntar sem realmente perguntar.

Vamos, Sydney. Você é a esperta. Pense em alguma coisa.

— Então — começou enquanto tentava pensar em algo inteligente —, o que você anda fazendo?

Kenny passava o tempo todo com Drew. Talvez ela conseguisse pescar algo na resposta.

— Nada de mais — respondeu. — Basicamente, ando com Todd, Drew e Kelly, sabe?

E Nicole Robinson? Sydney queria muito perguntar. Abriu a boca, pronta para soltar a pergunta sem pensar direito, mas olhou para a câmera que tinha nas mãos. Significava algo novo na sua vida, algo só dela. E, nesse momento, a ideia de caminhar pela mata tirando fotos como costumava fazer com a mãe parecia muito mais interessante que as fofocas da escola.

Ela se preocupava com o fato de Drew estar saindo com Nicole Robinson, mas isso não a levaria a lugar algum. Só iria causar mais estresse, e tinha ido ao parque para se distrair.

— Bem — disse —, vou deixar você voltar pra sua corrida.

Kenny concordou.

— É. Ainda me falta quase um quilômetro. — Ele levantou os braços para se alongar. — A gente se vê. — Acenou com a cabeça e saiu correndo pelo caminho.

Sydney pegou a câmera e bateu uma foto. O resultado saltava da tela. Os raios de sol filtrados pelos galhos nus davam a impressão de que Kenny estava correndo em direção a uma luz divina.

— Lindo — disse Sydney em voz baixa. Ainda tinha espaço para mais cinquenta fotos na câmera e ela mal podia esperar para encher o cartão de memória.

Vinte e cinco

Regra 22: *Você não pode seguir o Ex nem pedir aos amigos dele para falarem bem de você.*

No fim de semana seguinte, Sydney estava fazendo praticamente a mesma coisa que tinha feito no anterior: nada. A não ser que considere andar de carro sem rumo uma atividade produtiva para o fim de semana. Enfim, o que ela deveria fazer numa noite de sexta-feira como solteira? Passara os últimos dois anos planejando o fim de semana com outra pessoa e, agora que o tinha só para ela, se sentia perdida.

Já havia experimentado as festas. Foi divertido ver o pessoal fora da escola, mas a bebedeira estava na lista de coisas que nunca mais iria fazer. Se ela tivesse uma lista assim. Não costumava fazer coisas das quais se arrependeria, já que Drew era a voz da razão e lhe dizia se suas ideias eram boas ou a segurava quando enlouquecia. Como na vez que ela decidiu fazer aula de equitação e começar *agora*.

— Você tem medo de cavalo — lembrou Drew. — E as aulas são caras.

— Mas... — relutou, porque queria muito cavalgar, talvez sem sela em alguma praia.

— Por que não pensa durante três dias? Se ainda tiver interesse, vá em frente.

Ele estava certo. Poucos dias depois, a ideia já não lhe parecia tão genial.

Agora ela não tinha a voz da razão. Não tinha Drew. Será que algum dia iria esquecê-lo? Provavelmente não, mas estava tentando superar e as amigas estavam ajudando, além do Código do Término. Era legal ter um guia, e ela parava de pensar em Drew quando se concentrava em seguir o Código.

Sydney virou na Scrappe e estacionou. Estava prestes a descer quando viu a caminhonete de Drew passando.

Drew.

Aonde ele ia? O que fazia nas noites de sexta-feira agora que não saía com ela? Que ela soubesse, não tinha nenhuma festa rolando. Não que estivesse por dentro das festas.

Sydney voltou para a SUV e deixou o estacionamento da Scrappe para seguir na mesma direção de Drew. A curiosidade iria deixá-la louca ou lhe causar muitos problemas, mas a racionalidade não estava ao lado dela.

Drew estava dois carros à frente quando ela chegou à rua, o que devia ser bom. Não poderia vê-la com facilidade.

Ele virou na Hilldale, e Sydney virou lentamente depois. As luzes de freio brilharam na penumbra da noite quando ele encostou no meio-fio e estacionou. Sydney fez uma careta, torcendo para que ele não a visse ao descer da caminhonete. Felizmente, estava de costas para a estrada.

Ele estava na casa de Kelly, sem dúvida curtindo com o irmão dela. Todd era legal, mas sabia ser um cretino.

Talvez devesse visitar Kelly.

Não. Seria muito óbvio. Além disso, não era certo usar a amiga assim. Não que não quisesse ver Kelly. Sydney pegou o celular no banco do carona e discou o número de Kelly.

A Sra. Waters atendeu.

— Alô.

— Oi, Sra. W. É a Sydney.

— Oi. Quer falar com a Kelly?

— Quero.

— Só um instante.

O som ficou abafado quando a Sra. Waters tirou o telefone da orelha e gritou pela casa chamando Kelly.

Kelly pegou a extensão.

— Alô.

— Sou eu.

— Ah... Syd, oi.

— Vai fazer o que hoje? — Sydney reduziu numa placa de PARE. — Quer ficar de bobeira?

— Na verdade... Vou num lance com o meu irmão hoje. Ele me chamou para uma festa do time de basquete.

— Ah. — Então era isso que Drew estava fazendo. — É uma festa grande?

— Não. É na casa do Matt. Acho que os pais dele vão estar lá, então...

— É capaz de o Drew ir.

— É. Ele está aqui com o Todd.

Sydney mordeu o lábio.

— Posso pedir um favor enorme?

— Claro.

— Você pode... ficar de olho nele pra mim? Sabe, só no caso... — O que estava dizendo? Estava ficando patética. E obcecada. Como uma ex-namorada louca que não esquece o ex-namorado. Ela era assim mesmo, mas agora Kelly sabia...

— Eu entendo, Syd. É claro. Vou ficar de olho nele, mas duvido que faça alguma coisa.

— Eu sei. E agora não tenho mais qualquer poder sobre ele. Só não quero que pegue uma garota qualquer, sabe? Ele merece uma pessoa maravilhosa.

Kelly riu.

— Eu sei.

Respirando fundo, Sydney falou:

— Bem, vou desligar. Divirta-se.

— Claro. Duvido. Quando é que eu me divirto com o meu irmão?

— Então por que você vai?

Kelly fez uma longa pausa antes de responder.

— Sei lá. Acho que é só pra sair mesmo. Mas vamos fazer alguma coisa amanhã. Quer tomar um café, algo assim?

Ela queria? Com certeza.

— Vamos. Vou chamar a Alexia também. A gente marcou de se ver. Que horas?

— Que tal às duas? Me encontra na Scrappe.

— Valeu. Vejo você lá.

Sydney fechou o celular e percebeu que ainda estava parada na mesma placa de PARE. Antes de acelerar, discou o número de Raven. Talvez estivesse disponível.

Espero que sim, porque não quero passar outra noite de silêncio em casa.

♥

Raven pegou o celular na bolsa e saiu da garagem de Horace, ouvindo o som de baterias e guitarras desaparecer ao fechar a porta.

— Oi, Syd — disse, depois de ver o nome de Sydney no identificador de chamadas.

— Oi. Está fazendo o quê?

Raven chutou uma pedra com a ponta da bota.

— Ah, nada.

— Boa, estou indo aí.

— Espera. Não estou em casa.

— Então está onde? Como não está fazendo nada se não está em casa?

Raven resmungou com indiferença.

— Estou na casa de um amigo.

— Que amigo?

— Um amigo amigo.

— Não faz sentido.

— Faz, sim.

Sydney ficou boquiaberta.

— Está na casa de um garoto, não é?

— Não.

— Mentirosa! Quem é ele?

— Não é nada disso. — Raven se agitou e passou o outro braço pela cintura. A noite estava silenciosa e o termômetro de arco-íris na garagem de Horace marcava três graus. Mas Raven usava apenas uma camiseta fina e estava com o corpo arrepiado.

— É o Horace — confessou —, e somos apenas amigos.

— Horace McKay?

— É.

— Ah. Legal. Estão fazendo o quê?

A porta da garagem abriu e Horace botou a cabeça para fora.

— Estamos prontos quando você quiser.

— Está bem — respondeu ela, depois voltou ao telefone.
— Estou ajudando a banda dele. Estou... hum, cantando.

— Uau! Sério?

— Sério.

— Você sempre teve uma voz linda, Ray. Está se divertindo?

E como. Cantar com a banda era uma adrenalina. Como pular de um precipício. Não que já tivesse pulado de um precipício. Mas, se tivesse, imaginava que seria tão estimulante como sentir a música ressoando ao redor dela.

— Estou. — Sorriu. — Estou me divertindo pra caramba.

— Parece que está radiante. — Havia uma ponta de inveja.

— Sempre amei música.

— É mais do que isso.

Raven se encostou na parede da garagem.

— Acho que é porque estou fazendo algo por mim, não por um cara.

— Ou talvez porque tenha encontrado um cara de quem gosta de verdade.

As bochechas de Raven coraram de culpa. Ainda bem que estava no telefone. Sydney não teria deixado de notar o rubor.

— Somos amigos, Syd — repetiu, apesar de não ter sido muito convincente.

— Sei — respondeu Sydney. — Apenas amigos. Escuta. Kelly, Alexia e eu vamos nos encontrar amanhã no Scrappe, às 14h. Quer vir com a gente?

— Claro.

— Legal. A gente se fala depois.

Raven desligou e já ia voltar para a casa quando o celular tocou de novo.

— Que foi? — resmungou, achando que era Sydney de novo, mas era a sua mãe. Raven olhou para os garotos pelo vidro da porta. Ainda estavam esperando.

— Oi, mãe — disse.

— Oi, querida. Onde você está?

— Na casa de um amigo. Estamos ensaiando com a banda. — Tecnicamente, não estava mentindo.

— Fico feliz em saber! Que bom que está levando a banda a sério, porque é uma atividade importante na escola...

Sydney só ouvia "blá-blá-blá".

— Pois é — concordou vagamente. As conversas da mãe costumavam envolver o que ela julgava melhor para Raven. Então responder "pois é" era sempre seguro, mesmo que não estivesse dando ouvidos.

— Quando vai voltar para casa? — perguntou à mãe na mesma hora em que Horace tocou vários acordes na guitarra. — O que foi isso?

— Nada — respondeu Raven, se afastando da garagem. — Não foi nada.

— Foi uma guitarra?

— Não.

— Raven! — gritou Hobb pela porta. — Venha cantar com o coração!

— Cantar? — perguntou a Sra. Valenti. — Quem era?

— Ninguém. — Raven acenou para Hobb ir embora e se afastou pelo caminho de terra, passando dos carros. Estava quase na estrada agora. Não tinha como a mãe ouvir a guitarra.

273

— Raven Marie, o que está havendo?

— Mãe. — Raven respirou fundo. Deveria mentir?

— Está tocando em alguma banda de garagem?

Raven respondeu com o silêncio.

— Venha para casa agora.

— Mãe.

— Não. Venha para casa neste minuto. Quero conversar com você.

— Não.

— Não o quê?

— Não. Não vou para casa neste minuto. — Ela apertou a mandíbula, sentindo a raiva subir. — Vou ensaiar com a banda primeiro, depois vou para casa.

— Não quero que perca tempo com uma banda de garagem, Raven! Volte agora...

Raven fechou o telefone nos gritos da mãe e o desligou. Encararia um mundo de problemas quando chegasse em casa, mas depois daria um jeito.

Vinte e seis

Regra 28: *Não minta para uma amiga a respeito do Ex, mesmo que viole alguma regra.*

— Você vai com o Drew — disse Todd enquanto corria pelo quarto vasculhando uma pilha de roupa suja no chão do quarto.

— Todd — disse Kelly, lançando um olhar rápido para Drew, encostado na cômoda. Devia estar vazia, pois *todas* as roupas de Todd pareciam se encontrar no chão. — Por que não vamos no meu carro e pegamos a Emily no caminho?

No fim de semana passado, quando Drew ajudava Kelly a estudar Geometria, ele a convidou para a festa anual do time de basquete. Estava determinada a não ir, já que era o ex de Sydney e não pegava bem. Mas, na verdade, estaria indo com o irmão, e o Drew iria com eles. Até que Todd decidiu mudar os planos.

Todd parou de vasculhar as roupas para lançar um olhar decepcionado à irmã.

— De jeito nenhum! Não vai ser um encontro se a minha irmã caçula estiver dirigindo.

— Não acho que seja um encontro mesmo. Quem vai querer sair com você?

— Haha. — Ele puxou uma camisa azul-marinho da pilha e a inspecionou. — A Emily não teria me ligado pra saber o que eu ia fazer hoje se não me quisesse.

Ela bufou e olhou para Drew. Ele sorriu, balançando a cabeça. Kelly quase recusou o convite, mas agora mal podia esperar. Fazia meses que não ia a uma festa. Não era o lance do Will. Kelly só gostava de dançar. Não precisava beber, fofocar nem nada disso. Só precisava acompanhar a música para se divertir.

Todd tirou a camiseta que estava usando e vestiu a azul.

— Vai com o Drew. Qual é o problema?

Ela não tinha certeza de qual era o problema. Algo lhe dizia que aparecer numa festa com o ex da melhor amiga não era uma boa ideia. Não que se sentisse culpada — não era um encontro —, mas o que iriam pensar? As pessoas comentam em Birch Falls.

— Não ligo de você ir comigo — disse Drew, enfiando as mãos nos bolsos da calça jeans.

— Viu? — Todd passou a mão pelo cabelo despenteado. — Além do mais, foi esse perna de pau que convidou você.

— É verdade — concordou Drew com um sorriso.

Kelly suspirou.

— Está bem. Vou pegar meu casaco.

Todd jogou os braços para o alto.

— Aleluia! Finalmente, ela me deu ouvidos.

— Cale a boca, Todd! — gritou ela ao cruzar o corredor.

♥

A vibração da música podia ser ouvida da garagem quando Kelly desceu da caminhonete de Drew. Já havia vários carros parados na entrada e ao longo da estrada. A luz brilhava em todas as janelas do primeiro andar da casa vitoriana e em algumas das janelas menores do porão.

Drew saiu e deu a volta pela frente da caminhonete para encontrar Kelly.

— Pronta?

— Claro.

Eles andaram juntos, passando por algumas garotas que estavam saindo. As garotas olharam para Drew, sorrindo e flertando até que viram Kelly com ele. Ficaram de queixo caído e começaram a cochichar.

Drew e eu somos só amigos, pensou. Não preciso me sentir culpada.

O Sr. Turner, um cinquentão de cabelos ralos, abriu a porta depois que Drew bateu.

— Entre, Drew — disse, empurrando a porta. — Estão todos lá embaixo.

Passaram pelo Sr. Turner, e Kelly ficou atrás de Drew, deixando que ele abrisse caminho. Passaram pela sala de estar, cruzaram um corredor e fizeram uma curva para chegar na escada do porão. Depois de passarem pelo rebaixamento do teto, a temperatura subiu uns cinco graus. Estava quente e abafado com tantos corpos. Kelly olhou de cima e ficou surpresa com o bloco de gente se movimentando. Não esperava que estivesse tão cheio.

Quando chegaram lá embaixo, Kelly se encostou em Drew quando um casal passou por ela para alcançar a escada. Drew se inclinou.

— Quer beber alguma coisa? — gritou.

— Quero.

Drew pegou a mão dela e a puxou pela galera que dançava. Chegaram ao outro lado do porão, onde o ar fresco entrava por várias janelas abertas. Havia um sofá em forma de L no canto e uma enorme estante de eletrônicos em frente.

A música saía pelo som surround, enquanto a TV de LCD pendurada na parede exibia uma imagem do mar em movimento com palmeiras e uma rede. Era como um protetor de tela.

Um carteado estava em andamento na mesa de centro, quadrada e de vidro. Além de um arco no teto, Kelly viu uma mesa de sinuca, e um conhecido da aula de Matemática se preparava para dar uma tacada.

— Vamos — chamou Drew, indicando com a cabeça outro cômodo do porão. Havia um bar numa parede, onde uma mulher mais velha enchia copos de gelo e refrigerante.

— Oi, Sra. Turner.

— Ah, Drew! Como vai? — A Sra. Turner afastou o cabelo dos olhos e abriu uma garrafa de Pepsi de dois litros.

— Tudo bem, obrigada. Pode nos dar água?

— Claro. — A Sra. Turner entregou duas garrafas.

— Obrigado. — Drew entregou uma garrafa a Kelly. — Quer sentar?

Ela assentiu, e ele a levou de volta ao sofá do cômodo principal. Drew e outros garotos se cumprimentaram com apertos de mão, enquanto Kelly se acomodava na ponta do sofá. Mexeu na jaqueta, colocando-a sobre o colo para esconder a barriga. Não se sentia magra naquele dia. O que tinha comido ontem? Sanduíche de peito de peru... uma ameixa... ah, é, uma tigela de sorvete. Esse último não deve ter feito bem para suas coxas.

Talvez precisasse se exercitar.

Ela se inclinou para falar com Drew.

— Vou dançar.

— Falou — respondeu ele quando ela levantou.

Cautelosa, ela se aproximou da multidão de pessoas que dançavam, procurando algum conhecido para entrar na roda. Havia garotas de algumas aulas, mas ninguém que conhecesse bem.

Então ouviu alguém gritar seu nome mais alto que a música e um assovio agudo com os dedos na boca.

Craig Thierot.

— Ei! — gritou ele, vindo para o lado dela. — Dança comigo?

— Claro. — Ela começou a mexer os quadris e levantou os braços. Craig se aproximou, mas não pôs as mãos nela. Em vez disso, enroscou o dedo indicador no dela. Ela jogou a cabeça para trás e riu enquanto ele a rodopiava.

Fazia tempo que não dançava numa festa. Não era o tipo de programa do Will e, para ele, "dançar" tinha que ser algo formal e lento. Algo para o qual era preciso fazer aulas.

Craig segurou forte a mão dela, passando o braço por trás de Kelly para apoiá-la quando a inclinou. Ela gritou quando ele a jogou para trás e ela viu o teto de repente. Até que Drew apareceu no campo de visão.

— Posso interromper? — perguntou ele com um sorriso torto.

Craig levantou Kelly.

— Tudo bem, cara. — Ele soltou Kelly e se misturou às pessoas, encontrando facilmente outra parceira de dança.

Uma música pop agitada começou, e o clima da pista mudou na hora com o ritmo da dança. Drew pegou a mão de Kelly. Ela começou a balançar a cabeça no ritmo, mexendo os pés. Drew a acompanhou quando ela levantou as mãos deles, como todo mundo.

Ele riu quando ela gritou "uau!" e o rodeou rebolando.

Que divertido! Desde quando ela não se divertia tanto? Tipo, meses! Desde que começou a namorar Will. Para ele, diversão era ficar em casa fazendo cartões com lembretes da história americana.

Quando a música acabou, a testa de Kelly estava molhada de suor, e ela secou. Drew pegou sua mão e a puxou para fora da pista de dança, entregando-lhe uma garrafa de água.

— Foi divertido — comentou, sorrindo para ela.

— Demais. — Ela tomou um gole de água e o estômago roncou. — Tem comida aqui? Estou faminta.

— Só batata frita — respondeu Drew como se pedisse desculpas. — Mas podemos ir a algum lugar. Se estiver com fome.

— Estou morrendo de fome, mas não quero tirar você da festa.

Drew balançou a cabeça.

— Tudo bem. Já vim, já apareci. Agora estou pronto pra ir embora. Venha.

Ele agarrou a mão dela e a puxou para a escada.

♥

Você merece o melhor, mas dei o pior, Sydney escreveu no diário do Código do Término. *Você sempre cuidava de mim, mas nunca dei atenção a isso.*

O toque do celular quebrou o silêncio do quarto de Sydney e da casa toda. Ela rolou na cama, pegando o celular na cômoda. Piscando na tela, LISA.

— Ei.

— Oi, Chut — respondeu Lisa. — O que está rolando?

Sydney tentou não fazer careta para o apelido.

— Nada demais. — Voltou para a cama e destampou a caneta. Desenhou uma estrela na página aberta do caderno, depois passou por cima das linhas pretas várias vezes. — O que está rolando com você?

— Eu estava na festa do Matt... do time de basquete.

— Ah. — Sydney desenhou outra estrela, maior que a primeira. — Foi legal?

— Foi normal. Eu vi o Drew lá.

Sydney parou de desenhar.

— É?

— É. E estava lá com alguém.

Ele não ia com Todd e Kelly? Tinha mudado de planos?

— Ele estava com quem? — O telefone ficou em silêncio.

— Lisa?

— Ele estava com a sua amiga Kelly.

Sydney soltou um suspiro de alívio.

— Ah. É. Eu sei. Falei com ela pouco tempo atrás. Ela e o Todd iam com o Drew.

— Bem, ela e o Drew saíram juntos, sem o irmão dela. E... estavam dançando juntos. Tipo se agarrando.

O coração de Sydney disparou.

— Mas...

— Sinto muito. Achei que você devia saber.

— Tem certeza de que eram eles? — Sydney fechou o diário com a caneta e se levantou para andar de um lado para o outro.

— Tenho. Tenho certeza. É difícil não reparar no Drew.

— Está bem. — De repente, Sydney se sentiu atordoada. — Valeu, Lisa.

— Não me agradeça. Me liga depois, certo? Vamos fazer alguma coisa.

— Claro. Tchau. — Ela desligou e continuou andando pelo quarto. Kelly não faria nada para arriscar a amizade entre elas. Faria? Tinha que ser algum engano ou ter uma explicação. Drew e Kelly eram amigos. Há muito tempo. Sydney havia conhecido Drew por meio de Kelly.

Sydney discou o número do celular de Kelly, que atendeu no segundo toque.

— Oi — começou Sydney, se perguntando como conduzir a conversa sem parecer uma pentelha ou uma ex-namorada obcecada. — E aí, foi à festa?

— Fui — respondeu Kelly, um pouco sem fôlego.

— O Drew... hum, dançou com alguém?

— Não. — Uma porta bateu e o motor de um carro deu partida. My Chemical Romance explodiu no som quando o CD player ligou. — Foi mal, continua — gritou Kelly. A música diminuiu ao fundo.

— Está com o Drew? — perguntou Sydney. Kelly mentiu na pergunta sobre a dança? Ou Lisa mentiu? Por que Lisa iria mentir?

282

— Estou — respondeu Kelly. — Estamos indo comer alguma coisa.

— O Todd está com vocês?

Kelly resmungou.

— Não. Ele largou a gente pela Emily Sutton. Acredita nisso? Emily é uma idiota, não é?

— Estão só você e o Drew? — Sydney segurou o telefone com força. Não tinha por que se irritar, tinha?

— Só... Tudo bem? — perguntou Kelly com delicadeza.

Sydney apertou os olhos e contou até dez. Estava tudo bem? Ela deveria se incomodar? Sim, ela se incomodava, mas talvez a pergunta certa fosse: ela tinha o direito de se incomodar?

— Claro. Tudo ótimo. Não me incomodo — disse enfim.
— Me liga mais tarde, OK?

— Vou ligar. Tchau.

Sydney fechou o telefone, mas continuou andando pelo quarto. Kelly estava mentindo? Eles dançaram se agarrando? Drew tinha dançado?

Sydney tentou esquecer a raiva que fervilhava dentro dela. Só precisava se acalmar. Tinha que haver uma explicação razoável. Até lá, não havia motivo para duvidar da melhor amiga.

Vinte e sete

Regra 11: *Você não pode namorar o Ex das suas amigas.*

Alexia olhou para Ben, que estava sentado no sofá de sua sala. Ainda parecia fascinada por ter um namorado. A demora tinha sido tanta que começara a questionar a própria capacidade de namorar. Como se talvez houvesse algo de errado e ela ficaria solteira para o resto da vida.

Provavelmente, era uma coisa boa que Ben fosse tão extrovertido e direto, ao contrário dela. Ele tinha brincado tanto desde o início que ela se sentia à vontade com ele e não se fechava como sempre.

Talvez sempre tenha sido esse o problema dela. Só precisava conhecer alguém que ficasse à vontade consigo mesmo. Não havia dúvida de que Ben estava seguro.

— O que foi? — perguntou ele enquanto ela o observava.

— Nada. — Ela desviou o rosto com as bochechas coradas.

Ben deslizou pelo sofá e deitou a cabeça no ombro dela.

— Me faz um carinho, amor — disse, aconchegando-se.

Ela riu e passou os dedos pelo cabelo despenteado dele.

— O que vamos fazer hoje à noite? Quer assistir a um filme?

Ele se sentou.

— Bem, tem uma festa para o time de basquete. Quero dar uma passada, pelo menos. Podemos ver um filme, depois ir para lá?

Era provável que alguma conhecida estivesse lá, e ela não queria que as amigas soubessem ainda. Como ela poderia contar do Ben quando todas estavam encarando uma separação? Ser a única com namorado iria afastá-la do grupo. Em vez de serem quatro amigas solteiras se entrosando, seriam três amigas solteiras e uma com namorado.

— Não sou de festas — respondeu, torcendo para que a desculpa bastasse para não ter que comparecer.

— Não é esse tipo de festa. É para o time de basquete. O técnico deve estar lá, os pais do Matt também. Vai ser legal. Prometo. — Abriu um sorriso que mostrava todos os dentes.

— Não. Acho que não quero ir.

O sorriso sumiu.

— Algum problema, Alexia?

— Não. Por quê?

Com o cenho franzido, ele esfregou o lábio inferior com o dedo indicador, pensando.

— Sabe, pensando bem, você me evitou a semana toda na escola. E sempre que sugiro que a gente saia em público, tipo num lugar onde seremos vistos, você me faz mudar de ideia.

Ele percebeu que ela queria manter segredo?

— Bem, eu sou muito... introvertida.

— Mentira — disse ele com delicadeza. — Me diga a verdade.

— Hum...

Ele cruzou os braços, cruzou uma perna sobre o joelho e esperou.

— É porque eu sou lindo? Você tem medo de causar histeria em massa no público feminino?

Ela riu, nervosa. Pelo menos, ele continuava fazendo piada. Era um bom sinal, mas algo lhe dizia que ele não teria ânimo para piadas depois que ela dissesse a verdade.

— É por causa das minhas amigas — disse, e tudo saiu numa enxurrada de palavras. — Por enquanto — finalizou —, quero que... a gente... fique entre a gente.

Respirando fundo, ele se levantou, pairando sobre ela, que continuava no sofá.

— Não — disse.

— O quê? — Ela se levantou. — O que significa esse "não"?

— Não sou um segredinho sujo, Alexia.

O sorriso que naturalmente estampava o rosto dele tinha sido substituído por uma expressão próxima do constrangimento.

— Você não é — ela disse, apressada. — Só não quero magoar minhas amigas.

— Prefere me magoar? — Os cantos dos olhos dele se enrugavam com a confusão. — Não entendo.

Depressa, pense em alguma coisa!, Alexia pensou. Ele parece estar prestes a fugir, e você vai perder o único namorado que já teve. E em tempo recorde! Nem a Raven supera isso!

— Escuta, Ben — ela começou a falar com culpa na voz —, eu não queria magoar você. Só que...

— O quê?

— Preciso de uns dias. Tudo bem? — Ela retorcia as mãos. — Vou contar às minhas amigas que estamos juntos.

— Demore o quanto precisar. — Ele pegou o casaco no sofá. Se vestindo, olhou para ela. — Me liga quando tiver contado.

— Espere. Vai embora?

Ele parou com a mão na porta.

— Vou. Nos vemos depois, certo?

— Ben?

Ele saiu e fechou a porta com cuidado. Alexia correu para a janela e o viu entrar no carro. Ela esperava que fosse brincadeira, que ele saísse do carro rindo descontroladamente, e ela iria rir também. Mas, não. Ele deu partida e saiu dirigindo.

— Ele estava falando sério — murmurou.

De repente, percebeu ou, pelo menos, pôde entender melhor o que as amigas sentiram quando os namorados terminaram com elas. Alexia sentia que precisava resolver a situação ou ir a algum lugar para agir, mas não tinha o que fazer, além de ver Ben ir embora. Essa era a pior sensação, como se estivesse desamparada, sem controle de nada.

Mas não era exatamente verdade no caso de Alexia, porque ela podia resolver a situação, ao contrário das amigas. Os namorados tinham terminado com elas. Não havia segunda chance ou abertura para ligar mais tarde, depois de refletirem. Mas Ben tinha concedido uma segunda chance, e Alexia precisava aproveitá-la.

Mas ainda não. As amigas de Alexia eram importantes para ela. A questão não era o Ben, mas ele estava distorcendo tudo. Só queria manter as amigas *e* o namorado. Era possível, não era?

As amigas não tinham conseguido equilibrar os dois lados, mas Alexia estava decidida a tentar. O plano, pelo menos na cabeça dela, era esperar que as amigas fossem até o fim do Código do Término e finalmente esquecessem os ex. Aí ela falaria sobre o Ben. Mas não antes disso.

♥

Kelly riu, esquecendo que estava com a boca cheia de salada de taco. Cobriu a boca com a mão enquanto a histeria continuava. Do outro lado da mesa, os olhos de Drew estavam marejados e as lágrimas escorriam por seu rosto.

— Eu tenho fotos — disse, enxugando o rosto.

— Não acredito! Quero uma cópia. Todd nunca mais vai poder implicar comigo se eu tiver uma foto dele de roupa íntima feminina.

— Pode usar para ameaçá-lo. Diga que vai espalhar pela escola inteira — disse Drew, mergulhando uma batata frita em ketchup.

— Com certeza. É claro que eu teria que esconder a foto num cofre, porque é provável que ele revire o meu quarto para encontrá-la.

— É verdade.

— Ele sabe que você tem fotos?

Drew balançou a cabeça.

— Ele tenta encontrá-las sempre que tem uma chance.

— Aposto que ele nunca mais jogou Verdade ou Consequência depois disso.

Drew pôs a batata na boca.

— Não. Sou o campeão e devo continuar assim até morrer.

A garçonete, uma mulher de vinte e poucos anos com o cabelo extremamente louro, foi até a mesa.

— Querem mais alguma coisa?

— Não, obrigado — respondeu Drew. — Kel?

— Não, estou bem. — Ela sorriu.

— Está bem, vou trazer a conta. — A garçonete sorriu para Drew, interessada em algo mais além de servir seu jantar. Beth, era o que dizia o crachá, vinha flertando com Drew desde que chegaram ao Striker's, uma hora antes. Ou Beth percebeu que Drew e Kelly eram só amigos ou não ligava.

Kelly estava esperando que ela pedisse o telefone de Drew. Se Drew fosse ao caixa sozinho, talvez Beth aproveitasse para agir.

Beth não fazia nem um pouco o tipo de Drew. Sydney era baixinha, morena e tinha uma personalidade agitada. Kelly sempre achou que formavam um belo casal. Beth não era nada disso, ao menos pelo que Kelly tinha observado ali.

— Aqui está — disse Beth, deixando a conta virada para baixo na mesa.

— Valeu. — Drew abriu seu sorriso perfeito, e Beth quase morreu. Só que Kelly desconfiava que Drew não fazia ideia do efeito que o sorriso dele tinha nem de que era *tão* lindo.

— Já volto. — Ele pegou a conta e puxou a carteira com a outra mão. Kelly se virou no sofá para observá-lo indo ao caixa. Beth estava lá, esperando de forma conveniente.

Ela apertou várias vezes a tela touch screen do caixa. Drew entregou uma nota de vinte, que Beth segurou durante vários segundos, como se quisesse prolongar sua permanência. Ela entregou o troco, e então, olhando em volta, fez uma pergunta. Drew parou, sorriu e indicou Kelly com a cabeça.

Beth ficou de cara no chão.

— Ah — disse, acenando com a cabeça.

O que foi isso?

Drew pegou duas balas na tigela de cristal ao lado do caixa e voltou para a mesa.

— Tome. Eu trouxe uma bala pra você — falou, jogando a bala vermelha e branca na mesa.

— Valeu, mas não sou muito chegada em bala. Pode ficar.

Drew franziu a testa.

— Ah. Claro... Sydney... gosta de bala. Acho que peguei por hábito. — Ele pegou a bala e a enfiou de volta no bolso. — Foi mal.

— Não foi nada. — Kelly ficou em pé e vestiu o casaco. — E aí, a garçonete jogou uma cantada?

Ele riu.

— Não. Ela perguntou se você e eu estávamos juntos.

— É? E o que você disse?

— Eu disse que sim. — Deu de ombros.

O queixo de Kelly caiu.

— O que você fez?

Franzindo a testa, Drew chegou perto dela.

— Não foi nada demais, Kel. Não ligo de pagar. Pode ficar com a próxima conta.

Kelly relaxou e balançou a cabeça, pensando na própria estupidez.

— Eu achei... Quero dizer... Pelo jeito como a garçonete tinha se comportado... Achei que ela tinha perguntado se estávamos juntos como namorados.

Drew franziu o nariz.

— Não acha que foi isso que ela quis dizer, acha?

Antes que Kelly pudesse responder, Drew deu de ombros.

— Não interessa, de qualquer forma. Vamos. — Ele deixou uma nota de cinco dólares na mesa. — Venha.

Ela o seguiu até o lado de fora, incapaz de ignorar o olhar de Beth. Como se Kelly tivesse culpa de Drew não ter gostado dela.

Tanto faz.

Na caminhonete, Kelly tremeu com o ar frio que tinha entrado enquanto comiam. Drew ligou o motor e acionou o aquecedor. Quando pararam na frente da casa de Kelly, a cabine já estava em torno de 27 graus.

— Bem, obrigada por me levar à festa e para jantar.

Drew encolheu os ombros e passou o braço por cima do assento dela.

— Eu me diverti.

— Eu também. Ah, você tem que me arranjar uma cópia daquela foto do Todd.

— Vou arranjar.

Kelly alcançou a maçaneta, mas Drew tocou o braço dela.

— Espera.

Ela parou.

— Kel... aquele lance... na lanchonete... — Ele se mexeu e pôs as duas mãos no colo. — Você gostaria, hum, de sair de novo? Comigo?

Kelly engoliu em seco. Às vezes, como agora, o olhar de Drew a irritava.

— Tipo, como amigos?

Ele se virou para o lado.

— Não.

Agora ela estava com a boca seca. Era impossível engolir.

— Hum... Drew...

Ele a estava chamando para um encontro. Kelly quis ouvir isso de Drew anos atrás, antes de Sydney, antes de ele ter passado dois anos namorando sua melhor amiga. Agora era tarde demais.

Não importava o quanto tivesse gostado dele, agora era tarde demais. Não podia ficar com ele, não podia magoar a melhor amiga. Mas o principal...

— Drew, sei que terminou com a Sydney por algum motivo, mas acho que ainda a ama. Vocês eram perfeitos um para o outro e, mesmo que a gente se dê bem e se divirta, você estará pensando nela.

As balas eram a prova disso e o comentário de estudar Matemática com Sydney... Não que ela fosse citar isso e deixá-lo sem graça.

Ele olhou para baixo. Kelly finalmente sentiu que podia respirar.

— Então está me dispensando porque não quer magoar a Sydney ou porque acha que devo ficar com ela?

— Os dois.

— Acha que deveríamos voltar?

— Quer ouvir a verdade?

Ele levantou o olhar de novo.

— Quero.

— Então, sim. Acho que você sente saudade dela, mas não quer admitir.

Mexendo-se de novo, ele se virou para a janela do lado do motorista e apoiou o cotovelo no descanso da porta.

— Nós não estávamos mais nos entendendo.

— Vocês tentaram se entender?

Ele encolheu os ombros.

— Talvez eu tenha pulado fora muito cedo.

— Ela sente a sua falta também, sabia?

— Eu sei.

A porta da casa de Kelly abriu e Todd botou a cabeça para fora.

— Que diabos estão fazendo aí? — gritou. — A Emily me deu um fora!

Drew resmungou, balançando a cabeça.

— Nós avisamos, não avisamos?

Kelly riu.

— Claro. Também não vou deixá-lo em paz.

— Bem, é melhor você ir limpar o nariz dele. Deve estar chorando como uma menininha.

Kelly concordou com a cabeça e abriu a porta.

— Valeu, Drew. De verdade.

— De nada. — Ele deu um sorriso tímido, aquele que Kelly sabia que era reservado para as pessoas mais próximas, o sorriso *verdadeiro*. — Até logo.

Acenando com a cabeça, ela fechou a porta e o observou indo embora.

Vinte e oito

Regra 23: *Eu sei que você mal pode esperar por este momento: se você ficar cara a cara com o seu Ex, precisa fazer com que ele saiba o que está perdendo dando mole para ele, encostando nele e fazendo qualquer coisa que a situação pedir.*

Na quinta-feira antes da noite dos calouros, Raven ainda não tinha decidido o que fazer. Desafiar a mãe? Ou sair da banda? Ela balançou a cabeça cheia de pensamentos enquanto ia para o terceiro período.

Passos ecoaram no corredor seguinte. Raven diminuiu o passo. As botas pesadas no piso — *tum, tum, tum* — lhe diziam exatamente quem era. Além disso, ela podia sentir que Caleb estava perto, como um cervo sente um idiota qualquer marchando pelo bosque. O instinto lhe dizia para correr para longe!

Ela se apressou, tentando chegar ao outro corredor antes que Caleb a visse.

— Raven! Espere aí!

Tarde demais, Raven se encolheu. Deveria fingir que não tinha ouvido? Continuar andando? Desaparecer no banheiro? Talvez devesse sair correndo pela porta sem olhar para trás. Caleb era uma pedra no sapato dela agora. Quase sentia vergonha de ter namorado com ele.

— Oi — disse ele, deslizando na frente dela antes que tivesse chance de fugir. — Tenho uma coisa pra você. — Levando uma das mãos às costas, puxou uma rosa.

— Pra que isso? — perguntou ela.

— É um pedido de desculpas.

Ele estava falando sério? Será que ela havia entrado na quarta dimensão? Porque esse não era o Caleb que conhecia. O Caleb que ela conhecia não pedia desculpas por nada. É provável que nem soubesse o que isso significa.

— Caleb... — Não era uma boa hora para ele debochar. Ela estava de mau humor desde que a mãe a tinha proibido de cantar na banda de Horace.

Cantar e ficar com aqueles caras tinham sido a única coisa boa desde que Caleb terminara com ela. Raven ansiava por cada ensaio para o qual pudesse escapulir, mas agora já fazia uma semana que não ia e estava incomodada. Sentia falta de Horace e Dean e até de Hobb. Sentia falta de cantar.

Foi esse mau humor que a levou a fazer o que fez.

Pegou a rosa da mão de Caleb.

— Obrigada, baby — sussurrou como fazia quando estavam juntos. Sentiu o perfume da rosa e chegou perto dele.

Passando a mão pelo braço dele, ergueu os olhos. Ele estava com as pálpebras semicerradas e passou o braço pelos ombros dela para puxá-la. Ela se aconchegou e virou a cabeça, como se esperasse um beijo.

Caleb se inclinou e, quando foi beijá-la, Raven virou o rosto.

— Foi mal — disse, batendo de leve com a rosa no peito dele —, mas você terminou comigo, lembra? — Arqueou a sobrancelha. — E me humilhou na frente da escola toda beijando uma garota qualquer. Pode enfiar esta rosa no rabo, Caleb, porque a nossa separação foi a melhor coisa que me aconteceu.

Depois dessa, ela virou e saiu andando.

♥

Aquilo foi como uma rajada de ar fresco, pensou Raven. Estava jogada na cadeira, esperando o sinal tocar para que a aula de História Americana começasse. Ou melhor, para que Horace aparecesse para sentar ao lado dela.

Menos de um minuto depois, ele entrou pela porta, arrastando as botas de couro marrom pelo chão. Ele sorriu quando cruzaram o olhar e entrou pela fileira de mesas até a dele.

— Oi, Ray — disse, virando-se na cadeira. — Ainda está de castigo?

— Sim — respondeu revirando os olhos —, mas estou amaciando a minha mãe. Só não posso prometer nada. — Ela sentiu um pavor no estômago só de pensar nisso. "Amaciar" a mãe não iria levá-la a lugar algum, provavelmente. A mãe dela era teimosa como uma mula para as coisas que julgava "boas" para as filhas.

— A noite dos calouros é neste fim de semana. Precisamos muito ensaiar pelo menos uma vez antes do show — disse Horace.

— Eu sei. — Raven batucava no livro com o lápis. — Talvez vocês devessem procurar outra pessoa. — Era doloroso dizer essas palavras. Não queria que achassem outra pessoa. Queria cantar, e a ideia de deixar outra garota tomar seu lugar transformou o pavor em inveja.

— Nem pensar — respondeu Horace, e Raven ficou aliviada.

— Queremos você. Sua voz é perfeita para as canções.

Ela apertou os lábios num sorriso. Provavelmente, estava reluzente.

— Mas e se eu não conseguir fugir?

— Vamos dar um jeito — disse ele com confiança. Mas Raven achava difícil.

♥

— Se te faz feliz, você tem que fazer — disse Alexia a Raven no almoço do dia seguinte. — Vai se arrepender para sempre se não tentar.

Raven puxou o anel da lata de Coca-cola.

— Mas o que vou fazer com a minha mãe?

— Pode mentir — sugeriu Kelly, partindo o sanduíche de peito de peru em pedaços pequenos.

— Como assim? — perguntou Raven. — Tipo dizer que vou estudar na biblioteca?

Sydney riu.

— Acho que não vai colar.

Todas as atenções se viraram para Sydney. Ela estava rabugenta a semana toda. Raven imaginava que tivesse algo a ver com Drew e a separação, mas Sydney não confessava nada.

— Certo — concordou Kelly. — Pode dizer que vai lá em casa estudar pra uma prova enorme de História.

— Pode me usar também — disse Alexia. — Só me avise antes, para o caso da sua mãe ligar ou algo assim.

— Valeu, mas, mesmo que eu consiga fugir pra ensaiar, a minha mãe vai acabar descobrindo. Quero dizer, vamos tocar na noite de calouros da Scrappe. A minha mãe vai estar lá, aí eu não vou só ficar de castigo, vou é ficar trancada no quarto para sempre com livros e fichas de inscrição para faculdades.

Alexia jogou uma batata frita na boca e a triturou.

— Mas, se é importante pra você, tem que fazer. É o que a minha mãe sempre diz. Não pode deixar uma chance passar só porque não tem coragem ou porque alguém proíbe. Vai se arrepender de não ter feito, e aí?

Raven concordou com a cabeça, absorvendo o conselho de Alexia. Tocar com a banda de Horace a fazia feliz, mas a mãe ficaria furiosa. O que o pai faria? Se tinha alguém que entendia sua paixão por música, era ele. E talvez fosse a única pessoa que pudesse dissuadir a mãe de Raven.

♥

Raven sabia que o melhor momento para achar o pai era numa tarde de sexta-feira. Ele trabalhava seis dias por semana, às vezes 12 horas por dia, mas sempre tirava folga na sexta-feira. Sempre dizia que era seu dia favorito da semana. As sextas-feiras traziam esperança.

Agora ele estava sentado diante de Raven numa mesa salpicada de vermelho no Striker's. Era a única pessoa do lugar de terno, gravata de seda e sapatos sociais mais brilhantes que os eletrodomésticos cromados da cozinha do restaurante.

O Sr. Andrews ajustou os óculos com armação de metal sobre o nariz e olhou para a filha.

— O que está havendo, Raven? Conte para o papai.

Raven não o chamava de "papai" desde o sétimo ano, mas ele sempre se referia a si mesmo assim, e ela nunca o corrigia. Ela tomou um gole do milk-shake de chocolate e mexeu o canudo na bebida grossa.

— Mamãe me deixou de castigo porque eu estava cantando numa banda.

O Sr. Andrews inspirou profundamente e amassou um guardanapo com suas mãos grandes.

— Sabe o que sua mãe acha de música e bandas.

— Sei.

Ele balançou a cabeça.

— Raven, eu adorava música na sua idade e era o que eu mais queria. Sua mãe me deu uma chance e eu fracassei. Ela não quer que você fracasse. Eu não quero que você fracasse.

Fazia tantos anos que o pai de Raven estava fora de casa que tinha adquirido um cheiro diferente do de Raven, sua mãe e Jordan. Era mais denso e almiscarado, como chocolate amadeirado. Ela sentia esse cheiro agora e de repente percebeu como sentia falta do pai. A culpa pelo silêncio recente não era só dele. Raven poderia ter ligado para ele também. Quando pedia ajuda, ele sempre estava disponível. Como agora. Ele deixava de lado qualquer trabalho para ajudar as filhas.

— Pai, preciso fazer isso. — Empurrou o milk-shake para o lado. — É importante pra mim. E como é que eu vou aprender alguma coisa se não me deixarem tentar? Você e a mamãe não podem me proteger para sempre. Por favor, peça para ela me deixar ir à noite dos calouros e cantar.

Ele pegou metade do sanduíche de bacon, alface e tomate e mordeu. Limpou as mãos num guardanapo e mastigou antes de responder. A espera foi quase interminável.

— Escute, não vou dizer à sua mãe o que ela deve fazer. Se ela pensa que está certa, então tenho que respeitá-la. — Como se estivesse conspirando, inclinou-se para a frente e sussurrou. — Mas que fique registrado que, se eu desse ouvidos ao que os outros diziam, não estaria aqui hoje. — Voltou a recostar-se na cadeira e piscou para ela. — Agora termine seu milk-shake.

Raven pegou o copo e sorriu. Sabia exatamente o que ia fazer.

Vinte e nove

Regra 1: *Você nunca mais pode trocar e-mail nem mensagem instantânea com o Ex. Tire o nome dele da sua lista de contatos.*

Sydney passou as 24 horas antes da noite dos calouros mergulhada em preparativos. A concentração evitava que pensasse em Drew e Kelly.

Droga, acabou de pensar neles de novo.

Tudo bem, talvez a mente dela não estivesse totalmente fixa na noite de calouros.

Até agora, não tinha sabido de mais nada sobre Kelly e Drew saindo juntos. Sydney começava a se sentir uma idiota paranoica. Pelo menos, não havia cedido à raiva e à paranoia. Isso tinha que valer alguns pontos.

Agora foi para o laboratório de informática da escola e ligou um computador. Tinha que fazer panfletos para o evento beneficente da noite seguinte. Os panfletos eram uma investida de última hora. Ia distribuí-los pelas lojas do centro.

Estava indo tudo bem com o evento. A sala dos fundos da Scrappe estava cheia de quitutes caseiros, como biscoitos, brownies e fudge, e ela e Alexia fariam bombom de chocolate mais tarde. A Dra. Bass, muito antes de ser uma psicóloga bem-sucedida, fazia doces para fora para ter uma renda extra. Tinha formas, panelas de banho-maria, tudo de que as meninas precisariam.

Raven e Kelly fariam biscoitos que não precisavam assar, que tinham escolhido porque nenhuma das duas entendia muito de cozinha.

A tabela de apresentações estava cheia desde terça-feira, e havia mais gente na lista de espera. Sydney tinha que entrar às 20h15. Só que estava pensando em desistir e deixar outra pessoa, alguém com talento, ficar com o horário dela.

Ler poesia em público, principalmente poesia amadora, era como se posicionar diante do pelotão de fuzilamento. Será que o Drew iria dar valor ao que ela estava fazendo? Iria se importar? Afinal, iria ler para ele, para que ele soubesse que era um cara muito legal, mesmo que não tenha demonstrado isso quando namoraram.

Fazia dias que ela não falava com ele. Tinha parado de ligar sem motivo para incomodá-lo ou ouvir o recado da caixa postal. Na verdade, estava orgulhosa de si mesma. Até parecia que estava tocando a vida.

Talvez estivesse. Será que tinha sido o Código do Término? Ele a havia ajudado a se concentrar. O diário ajudava muito. Não se surpreendia que a mãe passasse tanto tempo escrevendo. Era um grande desabafo gritar, resmungar, choramingar nas páginas do diário, e ela não precisava se lamentar por ter se exposto, já que ninguém ouvia.

Mas, amanhã à noite, praticamente toda a escola estaria ouvindo-a recitar um poema. Era ao mesmo tempo empolgante e nauseante, mas nunca tinha fugido de nada.

Com os panfletos prontos, Sydney apertou o botão de "imprimir", e a impressora rangeu. Enquanto esperava, abriu uma página na internet para olhar o e-mail.

Você tem 1 mensagem nova.

Provavelmente da Alexia ou algo assim.

Clicou no link e abriu a caixa de entrada. Leu o nome do remetente...

Drew Gooding.

O coração dela literalmente pulou no peito contra a caixa torácica, batendo como um tambor enlouquecido. Era só um e-mail do Drew. Já tinha aberto o e-mail mil vezes e visto o nome dele na caixa de entrada.

Mas agora era diferente. Era diferente porque não estavam mais juntos. Porque fazia semanas que ele não mandava e-mail. E isso não tinha partido dela. Só dele.

Clicando na linha do assunto para abrir a mensagem, Sydney mordeu o lábio inferior e respirou fundo.

Oi, Syd,

Eu queria ligar, mas não sabia se você estava a fim de conversar. Então, se quiser me ignorar, é só apertar o botão de deletar.

Acho que eu só queria saber como você estava. Não estou pedindo nada. Só quero conversar.

Drew

Como se fosse ignorar Drew. Não dessa vez. Nem nunca. É, tinha ficado desconsolada quando ele terminou com ela. É, tinha sentido raiva quando ele não retornava as ligações imediatamente. Mas fora seu melhor amigo numa época. Aliás, ainda era.

Havia poucas pessoas no mundo que conheciam Sydney por dentro. Drew era uma delas. Sempre tinha sido gente boa, mesmo quando terminou com ela. Era por isso que havia se apaixonado por ele.

Ela apertou o botão de "responder" no e-mail e digitou uma mensagem, depois leu.

— Não, parece carente — murmurou, apertando "deletar". Reescreveu o e-mail umas dez vezes antes de conseguir algo que parecesse alegre, mas não demais, nem desesperado.

Drew,
É claro que eu gostaria de conversar com você. Venha à noite dos calouros amanhã na Scrappe. Chegue às oito. Vamos conversar.
Sydney

Não queria pensar muito sobre isso. Não queria ficar esperançosa, mas agora estava sem ar e zonza. Se Drew queria conversar, o que isso queria dizer?

♥

Alexia mexia a segunda panela de chocolate derretido enquanto Sydney espremia o chocolate vermelho derretido em formas de coração.

— Como andam as coisas? — perguntou Alexia. — Com a separação, o Código?

Sydney deu de ombros.

— Acho que já violei todas as regras.

— Sydney! Está falando sério?

— Infelizmente. Não é que eu faça de propósito. Acontece. Mas gosto muito do diário. Foi uma boa ideia, Lexy.

Alexia desligou a boca do fogão e derramou o chocolate numa garrafa plástica de espremer.

— E Kelly e Raven? Disseram alguma coisa?

— Não. Você tem que perguntar a elas.

— Então, basicamente, está dizendo que o Código não serviu pra nada? Se violou todas as regras...

Sydney lambeu o chocolate dos dedos e lavou as mãos.

— Não. Não é isso que estou dizendo. Acho...

Ela fechou a torneira e olhou pela janela escura. Seus lábios se abriram, como se fosse falar e tivesse mudado de ideia.

— Esquece. Não sei se consigo explicar direito, mas acho que o Código funcionou, entendeu?

Alexia afastou a garrafa plástica e pôs as mãos no quadril, enquanto o cabelo caía nos ombros.

— Mas você violou as regras. Quer dizer que não funcionou.

Sydney revirou os olhos.

— Você está analisando demais novamente. — Encheu outra forma com chocolate. — Bem, acho que já está bom de chocolate. Pode levar tudo isso para a Scrappe amanhã? Ainda vou distribuir panfletos hoje à noite.

— Tudo bem.

— Valeu. — Sydney pegou a bolsa e o casaco. — Me liga depois, tá?

— Claro.

Alexia levou Sydney até a porta, despediu-se e foi procurar os pais. Encontrou os dois no escritório. A luz do teto estava acesa, a luminária da escrivaninha também, e as cortinas estavam abertas. Os pais sempre gostaram de ficar rodeados por luz. Diziam que era bom para a mente, principalmente nos meses de inverno.

— Oi — disse Alexia, sentando em uma das poltronas forradas de vermelho. — O que vocês estão fazendo?

— A revisão final do nosso livro — respondeu o pai. Ele lambeu o dedo e passou várias folhas. — É pra segunda-feira, o prazo está apertado.

— E o que você está fazendo? — perguntou a mãe.

Alexia apoiou o rosto na mão fechada.

— Nada. Sydney saiu agora, estou esperando o chocolate esfriar.

— Como ficaram os bombons?

— Ótimos.

O Dr. Bass pegou a caneca de cerâmica.

— Preciso de mais café. — Olhou para a esposa. — E você, querida?

— Não, obrigada — respondeu ela dando a volta na mesa para sentar na frente de Alexia. Quando ouviu os chinelos do marido se arrastarem no chão de madeira do corredor, ela se virou para a filha. — Está tudo bem?

Como os dois eram psicólogos, Alexia estava acostumada a falar com os pais sobre o que sentia. Só que também estava

308

acostumada com os dois tentando analisá-la e tratá-la. Podia ser muito chato e, à medida que envelhecia, cada vez mais censurava o que contava.

Mesmo assim, toda a questão do Código do Término e de Ben estavam pesando em suas costas. Tudo que queria era ajudar as amigas e reuni-las de novo. Elas *estavam* saindo juntas outra vez, mas ela realmente tinha ajudado?

Se todas violavam as regras, então as coisas não estavam indo tão bem quanto esperava. E, na própria vida amorosa, só tinha conseguido estragar tudo com Ben. Se não podia ajudar nem a si mesma, como poderia ajudar as amigas?

Fracassava com elas.

Talvez a mãe tivesse algum conselho. Afinal, a lista que havia feito para ajudá-la a lidar com a perda da gata funcionara maravilhosamente bem. Provavelmente, sabiam algo sobre esse processo que ela não sabia.

— Se lembra da lista que vocês me pediram para fazer quando perdi a Gypsy?

— Lembro — concordou a mãe e cruzou as pernas.

Alexia explicou que tinha criado o Código do Término para as amigas usando a lista como modelo.

— No começo, achei que estava indo bem, mas agora não está funcionando direito porque elas não seguem as regras ao pé da letra.

— Querida — a mãe se inclinou e entrelaçou as mãos —, aquela lista... nunca foi para seguir as regras.

Franzindo a testa, Alexia perguntou:

— Como assim?

— Essas listas são para você se distrair.

— Como é?

— Elas servem para isso. Se você se concentra na lista, não vai remoer a dor nem a frustração. São usadas em casos de depressão, morte, vícios. São comuns entre pessoas que querem parar de fumar. Mas já ouvi falar em tudo quanto é tipo de aplicação.

— Então me enganaram quando eu perdi a Gypsy?

A Dra. Bass enrugou o nariz.

— Não. É claro que não. Não é enganação, é psicologia básica.

Alexia apertou os lábios. Fazia sentido. Quando era criança e tinha que ir ao médico tomar uma injeção, o médico sempre perguntava quais eram seus desenhos preferidos. Enquanto listava os três favoritos, o doutor furava a pele do seu bíceps e, surpreendentemente, não doía tanto quanto ela imaginava.

— Suas amigas estão conseguindo esquecer os ex-namorados? — perguntou a mãe.

Alexia deu de ombros.

— Parece que sim.

— Então, querida, parece que o Código do Término funcionou.

Trinta

Raven já estava tremendo e ainda faltava uma hora para a banda entrar. A Scrappe estava lotada, e havia uma fila de gente do lado de fora esperando para pagar a entrada de cinco dólares. Qualquer que fosse a propaganda que Sydney e o resto do conselho estudantil tivessem feito, funcionou. Era quase um milagre. Raven não fazia ideia de que tanta gente morava em Birch Falls.

— Aqui está — disse, entregando a um casal mais velho o troco da nota de vinte dólares. — Vou carimbar a mão de vocês para poderem entrar.

Ela passou o carimbo que dizia SCRAPPE numa almofada de tinta multicolorida e a pressionou na mão da mulher, depois na do homem.

O carimbo tinha sido feito sob medida por um dos revendedores da Sra. Valenti. Era impossível que alguém copiasse o carimbo para entrar sem pagar.

Uma mulher de uns 30 anos era a próxima da fila e segurava a mão de uma garota de 10 anos, que praticamente brilhava de empolgação.

— Está empolgada para ver o show? — perguntou Raven, pegando a nota de dez dólares.

A garotinha concordou com a cabeça.

— Vim pra ver o Horace.

A mãe sorriu, balançando a cabeça.

— Minha filha está apaixonada.

— Mãe!

— Me desculpe. — A mãe encolheu os ombros. — Só acho isso bonitinho.

A garota soltou a mão da mãe e cruzou os braços.

— Não estou apaixonada.

— Eu não posso dizer que você está errada — disse Raven, pegando a mão da garota para carimbar. — Acho o Horace um cara muito bacana.

A garota desviou o olhar com timidez.

— É. Ele é legal. De onde você o conhece?

Raven quis dizer que cantava na banda, mas não queria atrair azar, ou algo pior, fazer com que isso chegasse aos ouvidos da sua mãe. Em vez disso, só respondeu:

— Ele é um grande amigo meu.

— Meu irmão é amigo dele — explicou a garota. Encheu o peito. — Ele está sempre lá em casa.

— Legal.

A mãe estendeu a mão para ser carimbada.

— Meu filho toca baixo na banda do Horace.

— Ah! O Hobb?

— É, acho que o apelido dele é esse. — Sorriu. — Só o conheço como Sean.

Raven corou por ter esquecido que "Hobb" era um apelido que ele ganhara no sétimo ano porque tinha os pés como os de hobbits.

— Me desculpe — disse.

— Imagina, acho bonitinho. — Aparentemente, a mãe de Hobb achava tudo bonitinho. — Está pronta?

A garota concordou, e o constrangimento de instantes atrás desapareceu para dar lugar à empolgação renovada.

— Sabe que horas o Horace vai entrar?

— Oito e meia — respondeu Raven.

— Se você o vir, diz que a Sugar Pop desejou boa sorte? Ele vai saber que sou eu.

Sugar Pop? Raven se perguntava por quê.

Ela assentiu com a cabeça e pegou o dinheiro do próximo da fila.

— Eu digo a ele.

Sugar Pop ficou radiante.

— Obrigada.

♥

O conselho estudantil tinha decidido decorar a noite dos calouros para criar um clima de celebração. Havia luzes douradas no teto, nas janelas e na área de apresentação. A mãe de Lisa tinha feito centros de mesa usando suportes de vidro, cubos de gelo falsos e folhas douradas de embalagens de pilha. Tinha sido ideia de Sydney ligar dois Glade na tomada para que o aroma de café fresco se misturasse ao de *pumpkin spice*.

— Syd? — chamou Lisa. — Por favor, me diga que trouxe os pratos de papelão para as comidas assadas.

— Claro. Estão no meu carro. Vou pegar.

— Graças a Deus — murmurou Lisa, correndo para cuidar de outro assunto.

Sydney pegou a chave do carro no bolso e passou pela sala dos fundos para evitar a entrada da frente. Três garotas desembrulhavam a comida, preparando a apresentação dos pratos. Ela as cumprimentou quando passou e seguiu em direção à saída.

Enquanto contornava a esquina para o estacionamento, viu Drew, que era tão alto que ficava acima dos carros. O coração reagiu antes do cérebro, disparando no peito como se ela fosse uma amadora no quesito namoro e essa fosse sua primeira paixão.

Então uma garota foi para o lado de Drew e eles pararam no meio do estacionamento. Num primeiro momento, Sydney achou que fosse Nicole Robinson por causa das mechas avermelhadas no rabo de cavalo despenteado. Então a garota se mexeu, e Sydney viu o rosto dela.

Era Kelly.

Sydney andou para trás, escondendo-se na esquina do prédio. Não conseguia ouvir o que estavam falando dessa distância, mas Drew não parava de sorrir e de se mexer. Então se abraçaram. O estômago de Sydney deu um nó de raiva, ciúme e decepção.

Principalmente raiva.

Cerrou o punho, sentindo a chave do carro entrando na mão enquanto saía do esconderijo e atravessava o estacionamento.

Ela ia *matar* Kelly.

♥

— Não estou esperando nada — disse Drew. — Talvez ela não queira resolver as coisas.

— Não sei — respondeu Kelly, encostando na porta do carro. — Acho que ela ama você o bastante para tentar qualquer coisa que possa dar certo.

Drew abaixou a cabeça para brincar com o zíper da jaqueta.

— Eu sentia muita saudade dela. Mal aguentava um dia inteiro sem querer ligar. Até fiz uma lista de desculpas que usaria quando ela atendesse. — Ele riu consigo mesmo. — Enfim, eu só queria agradecer. Por tudo. — Mudou de posição e abraçou Kelly. — Você é uma boa amiga.

Amiga. Ela teve a chance de ser mais do que amiga, mas não podia. Nunca. Primeiro, ele era um amigo bom demais; segundo, não podia magoar a melhor amiga. Sydney era mais importante que um cara. Suas três amigas eram.

— Boa sorte — disse Kelly, dando um tapinha amigável nas costas de Drew.

— Valeu. — Ele se afastou, enfiando as mãos nos bolsos da calça cargo. — É melhor entrar. Ela me pediu para chegar às oito. Não quero começar estragando tudo.

— Boa sorte — disse ela.

— Ele sorriu e foi em direção à entrada da loja.

Kelly pegou a bolsa no banco de trás do carro, depois bateu a porta e apertou "trancar" no controle do alarme. Foi para o canteiro do estacionamento ao notar uma pessoa decidida andando entre os carros.

— Oi, Syd! — acenou Kelly.

Só que Sydney não acenou de volta, só apertou a mandíbula enquanto ia em direção a Kelly.

Uau. Ela parece invocada, Kelly pensou. E as palavras que ela disse só confirmaram a observação.

— Você... Você... Argh! Não acredito!

♥

Alexia correu no meio da multidão crescente na porta da frente e tocou o ombro de Raven.

— O que é? — perguntou Raven, entregando o troco de um cliente.

— Ouvi alguém dizer que viu Sydney e Kelly discutindo no estacionamento.

Raven olhou para ela.

— Sério?

Raven examinou os rostos que estavam próximos a ela.

— Ei, Lisa! — gritou. Lisa veio com uma prancheta na mão. — Tenho que sair. Pode assumir a entrada?

— Ainda tenho um milhão de coisas pra fazer e...

— É muito, muito importante. Por favor?

Lisa revirou os olhos.

— Está bem. — Pegou o carimbo da mão de Raven e atendeu o próximo cliente.

— Vamos — disse Raven, abrindo caminho até a porta.

♥

Alexia podia dizer que Sydney estava furiosa só de olhar para ela. A agitação deixava suas bochechas vermelhas. As mãos estavam num movimento constante e as narinas tremiam.

— O que está havendo? — perguntou Alexia enquanto entrava com Raven na discussão.

Sydney apontou um dedo acusador para Kelly.

— Ela está saindo com o Drew!

— Como assim "saindo com o Drew"? — perguntou Raven com uma voz calma e neutra.

— Está saindo com ele! Ficando! Se liga!

— Calma, Syd. — Alexia pôs a mão no ombro de Sydney. O toque pareceu trazê-la de volta à realidade, e ela franziu os lábios.

— Não estou saindo com o Drew — disse Kelly, controlando a voz. Tinha a aparência de quem queria chorar. — Não estou escondendo nada da minha vida amorosa. Ao contrário de alguém que conhecemos.

Raven franziu a testa.

— Do que está falando?

Kelly indicou Alexia com a cabeça.

— Anda escondendo alguma coisa de nós?

Alexia fez uma careta.

— Estou namorando o Ben! — soltou.

— Will me contou — acrescentou Kelly.

Raven se virou para Kelly.

— Por que estava falando com o Will? É tipo uma violação de todas as regras!

Sydney pôs as mãos no quadril.

— Só Deus sabe há quanto tempo está violando a regra 27.

— Qual é a regra 27? — perguntou Kelly.

— Não alimentar nenhuma paixão nova.

Kelly franziu a testa.

— Por quem você está apaixonada?

Raven abriu os braços.

— Como se eu pudesse controlar isso! É uma regra idiota.

— Você acha que é idiota porque a violou — retorquiu Sydney.

— Meninas! — se intrometeu Alexia. — Escutem só isso. Estamos discutindo por causa de garotos e regras violadas? Eu criei o Código para ajudar vocês e nos aproximar de novo, mas, já que estamos aqui discutindo, acho que não funcionou pra nada.

Todas se calaram e olharam para o chão. Alexia abraçou a si mesma.

— Eu não diria que não funcionou pra nada — disse Raven. — Esqueci o Caleb. Pra valer.

Alexia levantou o olhar.

Kelly concordou.

— Eu esqueci o Will.

— Eu esqueci meu namoro com o Drew. Estava começando a tocar a vida quando ele me mandou um e-mail. — Ela não pôde deixar de sorrir.

Raven ergueu a sobrancelha.

— Ele mandou um e-mail?

Sydney concordou.

— Parece que quer conversar... Mas...

— Ele quer — disse Kelly. — Era por isso que estávamos conversando agora há pouco. Eu estava desejando boa sorte a ele. Somos só amigos, Sydney.

— Eu sei. — Sydney chutou uma pedra na calçada. — Eu sempre soube. Eu só estava...

— Completamente apaixonada ainda — completou Raven. — Isso faz você parecer maluca.

Sydney riu.

— Haha. Mas você provavelmente está certa.

— Sempre estou. — Raven levantou os ombros com orgulho.

— Essa foi engraçada — disse Kelly com sarcasmo, puxando o casaco na cintura mais para baixo.

Todas riram, então Sydney se virou para Kelly.

— Me desculpe por ter acusado você.

Kelly fez que sim com a cabeça.

— Não peça desculpas. Eu imagino como você deve ter entendido a cena, mas saiba que eu nunca, nunca faria nada que magoasse você.

Sydney passou os braços pelo pescoço de Kelly.

— Eu sei. Devia ter confiado em você. — Por cima do ombro de Kelly, fez um gesto para Raven e Alexia. — Venham aqui. Podem entrar.

Raven e Alexia se aproximaram, e Kelly e Sydney as puxaram para um abraço coletivo.

Alexia sorriu, sentindo-se tomada pelo alívio. Elas eram suas melhores amigas. Afinal, se não tivessem umas às outras, então não teriam ninguém.

— Sentimos muito — disse Kelly. — Você estava com a razão. Estávamos discutindo à toa.

— Eu só... queria que voltássemos a ser amigas sem que os garotos atrapalhassem. Sugeri o Código para ajudar vocês a esquecerem os ex. Achei que isso nos deixaria unidas.

— Deixou. — Sydney sorriu para todas. — De algum jeito estranho, funcionou.

— Me ajudou também — acrescentou Raven.

Sydney baixou a cabeça.

— Me ajudou, mesmo que Drew e eu *ainda* estejamos nos falando.

Elas se separaram. Alexia refletiu sobre contar como e por que o Código funcionava, que era uma tática de distração. Mas não importava como ou por que funcionava. O fato era que funcionava.

— Então está tudo bem com a gente? — perguntou.

Todas se entreolharam.

— Eu estou bem — disse Raven.

— Eu também — disse Kelly.

Sydney sorriu.

— Estou legal, tirando o fato de que vou subir no palco daqui a 15 minutos para ler um poema amador.

— Um poema? — perguntou Raven.

— Pois é. Vai ser uma bosta. Mas tenho que fazer isso.

— Vamos estar lá dando apoio moral — disse Kelly, e as luzes do estacionamento se acenderam atrás dela.

— Com certeza — concordou Raven.

Alexia incentivou Raven com um beliscão.

— *Você* também pode contar com a gente. Só espero que a sua mãe não tranque você no quarto por toda a eternidade depois dessa.

Raven riu.

— É. Eu também.

— Estamos prontas para a humilhação, então? — perguntou Sydney.

Raven balançou a cabeça.

— Acho que agora não dá mais pra amarelar; então vamos nessa!

Trinta e um

Regra 26: *Você não pode beijar nenhum garoto por pelo menos três meses após o fim do namoro.*

Sydney agarrava o poema que tinha nas mãos, e o papel estava amassado e úmido com o suor de seus dedos. Ela engoliu em seco por causa do calor da Scrappe. Estava na lateral da área de apresentação, esperando que Doug Mulne encerrasse sua stand-up comedy. Ele era bom, o público todo estava rindo. Sydney entraria com um poema dramático e deprimente e faria todos dormirem ou irem embora.

Doug agradeceu ao público e saiu do palco, enquanto a Sra. Valenti entrava com a prancheta da escala na mão.

— Agora vamos receber Sydney Howard, que vai ler um poema chamado "Eu Gostaria".

Se vai amarelar, a hora é essa, pensou.

Mas não amarelou, não podia. Caminhou até o microfone e desdobrou o papel.

Respirando fundo, olhou para o público, analisando os rostos. Parecia haver centenas de pessoas olhando para ela.

Não lembrava qual era a capacidade máxima da Scrappe, mas devia estar cheia. Procurou por Drew. Só queria ver um rosto conhecido. Ela o encontrou mais atrás, os olhos de um azul elétrico que se destacavam na multidão. Ele sorriu e levantou alguns dedos num aceno inseguro.

Sydney sorriu, e o medo ficou atrás do desejo de dizer aquelas palavras.

Começou a ler.

"Eu gostaria de voltar atrás
nas coisas que eu disse,
nas coisas que eu fiz.
Talvez ainda fôssemos você e eu.
Nós combinávamos,
você e eu,
como chuva e arco-íris.
Mas depois viramos
só você, só eu,
E talvez fosse o que você quisesse,
se encontrar,
ser você mesmo.
Eu respeito isso,
mas ainda amo você.
Ainda amo você e eu.
Eu gostaria de voltar atrás."

Quando ela terminou, o salão ficou em silêncio e ninguém se mexeu. O instinto de correr formigava nas panturrilhas, até que a mãe se levantou da mesa e começou a aplaudir. Então Kelly, Alexia e Drew aplaudiram, e todos se levantaram e aplaudiram.

Sydney respirou aliviada.

— Obrigada — falou no microfone e desceu do palco, atravessando o público para chegar até a mãe. — O que está fazendo aqui?

— Seu pai e eu conversamos longamente no telefone, e ele me criticou por não ficar em casa e passar mais tempo com a minha única filha. — A Sra. Howard respirou fundo. — Percebi que ele tinha razão. Então aqui estou. E cheguei na hora certa. Seu poema foi lindo.

— Obrigada.

— Eu escrevia poemas no meu diário quando tinha a sua idade. — Revirou os olhos. — Bem, ainda escrevo, pra falar a verdade.

Sydney não sabia direito o que pensar disso tudo. Fazia muito tempo que a mãe não fazia alguma coisa com ela nos momentos de folga. Será que essa epifania iria durar?

Como se tivesse lido os pensamentos da filha, a Sra. Howard disse:

— Tirei uma semana de folga para ficarmos juntas. E, depois dela, vou tentar reduzir meu horário de trabalho.

Sydney ergueu a sobrancelha.

— Sério?

— Sério. — A Sra. Howard abraçou Sydney. — Amo você, querida.

— Também amo você.

— Agora — a Sra. Howard se afastou —, acho que tem alguém esperando você lá atrás. Por que não vai falar com ele, e nos encontramos em casa?

Sydney olhou para Drew do outro lado do salão. Estava desesperada para ir até lá, abraçá-lo e implorar para que ele a aceitasse de volta, mas teria que se contentar em conversar.

— Obrigada — disse para a mãe. — Devo chegar em casa lá pelas onze.

— Não tenha pressa — respondeu a Sra. Howard.

Acenando com a cabeça, Sydney se perdeu na multidão e foi até o canto de trás.

♥

Raven podia contar nos dedos das mãos quantas vezes já tinha vomitado na vida. Estava prestes a passar para os dedos dos pés, pois já havia vomitado no banheiro. Estava mais do que enjoada enquanto esperava fora do palco pelo fim da última apresentação.

— Você vai se sair muito bem — incentivou Horace, tocando o ombro dela.

— É, mas a minha mãe...

— Assim que ela ouvir a sua voz, vai perceber que você nasceu pra isso. — Ele sorriu e ficou de frente para ela. — Ray, tenho fé em você. Sei que vai conseguir.

— A não ser que a minha mãe me arranque do palco.

— Vamos formar uma barreira humana.

Ela riu.

— Ah, por falar nisso, uma garotinha na entrada me pediu para dizer que a Sugar Pop desejou boa sorte.

As bochechas dele ficaram vermelhas.

— Ah, falou. É a irmã caçula do Hobb. Eu... — Ele abaixou o olhar. — Eu a chamo de Sugar Pop.

Raven deu risada.

— Eu achei fofo.

Ele deu de ombros de novo.

— Pode dizer que é ridículo.

— Não. É fofo.

— Bem, valeu por me poupar.

O público aplaudiu dois comediantes que saíam do palco fazendo uma reverência. A náusea de Raven voltou com a proximidade da hora da apresentação. A mãe dela foi ao microfone e anunciou a banda.

— Por favor, vamos receber a próxima atração, uma banda de garagem chamada... — Ela olhou para a prancheta. — October.

Eles tinham decidido o nome da banda depois de uma hora de discussão. E a genialidade do nome se devia ao fato de Dean ter visto um calendário velho pendurado na parede, esquecido aberto no mês de outubro, que Hobb havia escolhido como nome do primeiro disco. Se algum dia gravassem um disco.

— Já estou até vendo — tinha dito Hobb, abrindo os braços como se lesse uma manchete. — "A banda alternativa October estreia nas paradas da Billboard com um disco inovador, *Forgotten Since the Month of October*. É genialidade pura."

— É você que está dizendo — tinha perguntado Horace — ou a manchete?

— A manchete.

Raven não pôde conter o riso enquanto se lembrava disso. A noite anterior tinha sido divertida, apesar de ela só ter ido ao ensaio da banda porque mentiu para a mãe, dizendo que ia estudar com Horace na biblioteca.

Ficar com Horace, Dean e Hobb era divertido, e tocar na banda era revigorante. Se ao menos pudesse convencer a mãe de que era um hobby válido...

Os garotos foram para o palco e se posicionaram com os instrumentos: Horace na guitarra, Hobb no baixo e Dean na bateria. Raven esperou fora do palco como tinham planejado, para que a mãe dela não soubesse que iria cantar até que *estivesse* cantando.

Horace começou a canção, com um riff de guitarra que ganhou o público enquanto dedos deslizavam a palheta nas cordas. Dean e Hobb entraram em seguida, e Raven correu para pegar o microfone.

Evitou olhar na direção da mãe. Se ela fosse invadir o palco, Raven não queria ver.

A mistura dos acordes da guitarra e do baixo e a batida da bateria faziam a adrenalina correr nas veias de Raven. Ela esqueceu a náusea e o medo da mãe.

Hora de começar.

Abriu os lábios e cantou. Fechou os olhos, gritando a letra raivosa, batendo o pé no ritmo da bateria. Não havia público nem mãe, só Raven e a música, tudo combinando perfeitamente.

A canção acelerou, e a emoção e a empolgação cresceram em Raven. Queria passar o resto da vida fazendo isso. Viver um mês sem essa emoção era como viver uma vida sem ar.

Precisava disso.

Quando a canção terminou, Raven olhou para a mãe, com medo de ver raiva e decepção. Mas o que viu foi um sorriso no rosto da mãe e talvez até seus olhos marejados. Logo atrás dela estava o pai de Raven.

— Woo-hoo! — gritou ele, socando o ar. A ex-mulher olhou para ele, mas ele continuou gritando.

A Sra. Valenti balançou a cabeça como se estivesse se divertindo e foi ao palco anunciar a próxima atração. Mas, antes de pegar o microfone, abraçou a filha e disse:

— Nunca vi você tão bonita como quando subiu ao palco. Vamos falar disso em casa.

Aí disse ao microfone:

— Vamos aplaudir a minha filha e a banda October!

Os aplausos foram grandiosos, as palmas se misturavam com gritos e assobios. Raven não pôde deixar de sorrir quando Horace pegou a mão dela e piscou. Ela acabou com a distância entre eles passando a mão pelo queixo dele e o puxando para si.

Então o beijou.

♥

— Oi — disse Drew quando Sydney se aproximou.

— Oi. Aliás, feliz aniversário atrasado.

Ele sorriu.

— Valeu.

— Tome. — Ela puxou do bolso do jeans o anel que tinha comprado e entregou a ele. — Sei que não estamos mais juntos, mas faz meses que comprei e não seria justo dar para outra pessoa.

Girando o anel na luz, ele leu a inscrição.

— "Até a morte".

— Ainda é verdade — afirmou ela. — Vou sempre amar você de algum jeito, estando apaixonada ou não.

— Eu vou sempre amar você também. — Ele pôs o anel no dedo médio. Coube perfeitamente. — Gostei do seu poema.

Ela olhou nos olhos dele.

— Gostou?

— O bastante para querer te beijar neste momento.

Ela deu uma risadinha boba. Que Deus a perdoe, mas deu uma risadinha. Fazia quanto tempo que não se rebaixava a dar uma risadinha? Provavelmente, dois anos. Desde que ela e Drew tinham começado a namorar. Tinha alguma coisa nele que a fazia se sentir feminina e despreocupada.

— E aí? Vai me beijar?

— Depende de você querer ou não que eu beije você.

— Você sempre planejou demais — disse ela, aproximando-se.

— É mesmo — sussurrou ele, e o hálito de menta envolveu o rosto dela. — E você sempre foi impaciente demais.

— É. — Era hora de ser totalmente sincera consigo e com Drew. Tinha muito o que corrigir, é claro, mas estava disposta a mudar se isso fortalecesse a relação deles e a tornasse uma pessoa melhor. Porém o mais importante é que ficar solteira a fez ver quem ela era e quais eram seus defeitos. Por mais que odiasse admitir, ficar sem Drew tinha sido bom. Ela era Sydney agora, e não Sydney *e* Drew. Era uma pessoa independente.

— Então... — começou Drew, passando o dedo pelo queixo dela.

— Então... — repetiu ela.

O público enlouqueceu quando a banda October chegou ao auge da canção. Sydney achou que o momento não podia ser mais perfeito, ali e agora com Drew, e com a voz incrível de Raven os envolvendo.

Deus, ela se lembraria disso para o resto da vida.

— Me beija logo — pediu ela.

E ele a beijou.

♥

Alexia era adrenalina pura. Parecia que estava no ar como um gás hilariante, atordoando seu cérebro, movimentando seus pés. Talvez o que estava prestes a fazer fosse loucura, mas tinha que prosseguir. Sydney tinha lido um poema na frente de todo mundo, desabafando seus pensamentos mais íntimos no microfone, e Raven havia cantado com o coração enquanto enfrentava a ira da mãe.

Sob os holofotes, Alexia se virou para a Sra. Valenti e fez um gesto para o microfone.

— Se importa se eu der um aviso rápido?

Ela não tinha certeza se ele estava ali ou se agora se importava, mas precisava falar.

— De jeito nenhum. — A Sra. Valenti se afastou.

Alexia foi ao microfone e o segurou. As luzes do palco pareciam assar as sardas dela, e o suor brotava na sua testa. Ela tentou ignorar o frio no estômago e as centenas de olhos virados para ela.

— Oi — disse, e sua voz alta demais saiu pelos alto-falantes. — Hum... Eu só queria dizer... — Provavelmente, era um suicídio social, mas quem ligava? — Que eu *gosto muito* do Ben Daniels e...

Alguém parou ao lado dela. Ela olhou e viu Ben tomar o microfone nas mãos.

— E eu só quero dizer que *gosto muito* da Alexia Bass. Gosto mais dela do que de banana split, dias de sol e piadas com as mães dos outros.

Alexia riu com o público. Alguém começou a bater com os pés como num jogo de basquete para animar o time. O resto da multidão aderiu e começou a gritar: "Beija! Beija!"

Ben passou o braço pela cintura de Alexia, pôs a outra mão atrás da cabeça dela e a inclinou, colocando os lábios contra os dela enquanto o público comemorava.

Alexia tinha certeza de que era a melhor noite da sua vida.

♥

Kelly gritava com o resto do público enquanto Ben beijava Alexia no palco.

— Woo! — gritava, batendo palmas no alto. Sem dúvida, era uma noite memorável.

Quando estivesse mais velha, com a cabeça grisalha e o corpo enrugado e caído demais para entrar num belo jeans, Kelly iria se lembrar dessa noite. Talvez não tivesse um namorado como as amigas, mas isso, na verdade, era bom. Correra tanto atrás de Will que tinha esquecido quem realmente era. Estava na hora de se sintonizar com Kelly.

Quando se conhecesse de novo, saberia quem era o cara perfeito. E talvez, se parasse de procurar tanto, o cara perfeito a encontraria.

Trinta e dois

Regra 25: *Nunca pense que você não vai conhecer nem amar outro cara como você gostava ou amava o seu Ex, porque você vai, sim. Você só precisa se dar uma chance de esquecer o Ex.*

— Então estamos de acordo — disse Alexia — em acabar com o Código do Término? E que é hora de enterrá-lo?

Raven parou de mexer no iPod, enrolou os fones de ouvido e os guardou na bolsa.

— Eu concordo. Espero nunca mais ver o Código de novo.

— Você e o Horace estão bem? — perguntou Sydney antes de mastigar alguns palitos de pretzel.

Raven esperou para responder depois que a mãe de Alexia deixou na mesa de centro uma bandeja com quatro copos de refrigerante.

— Pronto, garotas — disse. — Se precisarem de algo mais, é só pedir.

— Valeu, mãe. — Alexia pegou um copo.

Depois que os passos da Dra. Bass desapareceram na cozinha, Raven disse:

— Estamos mais do que bem. É até um pouco assustador. Mas só faz duas semanas.

Kelly pegou um punhado de pretzels do pacote no colo de Sydney.

— Por que é assustador?

— Porque — Raven encolheu os ombros — gosto muito dele e não quero estragar tudo. Vocês sabem como eu sou.

— Mas você pode mudar — disse Alexia. — Além do mais, o Horace é um cara legal.

— Está bem. Está bem — concordou Raven. — Chega de falar de mim. Como você e o Ben estão?

O rosto de Alexia se iluminou e ela desviou o olhar.

— Estamos bem.

— Oh! — Kelly arregalou os olhos. — Pela sua cara, estão mais do que bem!

— Nossa, Alexia finalmente está apaixonada — disse Sydney.

— Para, gente! — Alexia bateu em Kelly com uma almofada. — Ainda não estou apaixonada; então se acalmem.

Sydney riu, chamando atenção.

— E você? Como está com o Drew?

Com uma expressão tímida, ela respondeu:

— Estamos tão bem que eu concordo em acabar com o Código do Término. Acho que não vou precisar dele tão cedo. Drew e eu estamos melhores do que nunca.

— Ela está apaixonada, com certeza — disse Raven. — Vejam como está com os olhos vidrados.

— Cala a boca!

— Kelly? — chamou Alexia. — Você concorda? Podemos enterrar o Código?

Kelly tirou do pulso o já gasto elástico com o trevo de quatro folhas e o guardou na caixa de sapato chamada Caixão do Código.

— Posso ser a única de nós que continua solteira, mas concordo plenamente que o Código deve ficar guardado em segurança. Nunca mais vou voltar com Will Daniels. Nunca mais vou me sacrificar para agradar um garoto. Essa foi a coisa mais importante que o Código me ensinou.

Sydney jogou o elástico de trevo no Caixão do Código. Raven jogou o dela também. Alexia pôs uma cópia do Código na caixa e fechou a tampa.

— Estão prontas? — perguntou, olhando de uma garota para outra. Sydney e Raven concordaram.

Kelly hesitou. Tinha esquecido Will. Estava empolgada com a solteirice, mas isso não evitava a preocupação de que nunca mais encontraria alguém. De que nunca mais amaria alguém como tinha amado Will.

Mesmo assim... o Código do Término tinha funcionado. Não precisaria mais dele.

— Kelly? — perguntou Alexia.

— Estou pronta.

— Espere, espere — pediu Sydney. — Vou ligar a câmera. Esta foto é importante. Uma foto para nos fazer lembrar do dia em que não estávamos mais de coração partido. Não acham?

Todas concordaram.

— Fiquem em volta do Caixão do Código — instruiu Sydney enquanto pegava a câmera. Apertou alguns botões, verificou o ângulo na tela e a pôs na mesa de centro. Correu e ficou ao lado de Kelly.

— Três segundos.

— Todas juntas — disse Alexia.

— Como as Mulheres do Código — disseram em uníssono
—, enterramos o Código do Término.

O flash disparou.

Este livro foi composto na tipologia Sabon Lt
Std, em corpo 11/15,5, e impresso em papel
off-white no Sistema Cameron da Divisão
Gráfica da Distribuidora Record.